U0946414

科学、文化与人 经典文丛

恬淡悠阅

——卞毓麟书事选录

卞毓麟 著

科学普及出版社

·北 京·

图书在版编目（CIP）数据

恬淡悠阅：卞毓麟书事选录 / 卞毓麟著. — 北京：科学普及出版社，2015.11
（科学、文化与人经典文丛）
ISBN 978-7-110-09234-7

Ⅰ. ①恬… Ⅱ. ①卞… Ⅲ. ①随笔－作品集－中国－当代
Ⅳ. ①I267.1

中国版本图书馆CIP数据核字(2015)第210830号

策划编辑：苏　青　徐扬科
责任编辑：吕　鸣　王　珅
装帧设计：耕者设计工作室
责任校对：何士如
责任印制：马宇晨

出版发行：科学普及出版社
地　　址：北京市海淀区中关村南大街16号
邮　　编：100081
发行电话：(010) 62103130
传　　真：(010) 62179148
投稿电话：(010) 62176522
网　　址：http://www.cspbooks.com.cn

开　　本：787毫米×960毫米　1/16
字　　数：245千字
印　　张：16
版　　次：2015年11月第1版
印　　次：2015年11月第1次印刷
印　　刷：北京中科印刷有限公司

书　　号：ISBN 978-7-110-09234-7/I · 443
定　　价：40.00元

作者简介

卞毓麟　1943年生，1965年南京大学天文学系毕业。现为中国科普作家协会副理事长、中国科学院国家天文台客座研究员、上海科技教育出版社编审、顾问。著译图书30种，发表科普文章约600篇。屡获全国和省部级表彰奖励，包括：全国先进科普工作者、全国优秀科技工作者、上海市科学技术进步奖二等奖、上海科普教育创新奖科普贡献奖一等奖、上海市大众科学奖、中国天文学会九十周年天文学突出贡献奖等。所著《追星——关于天文、历史、艺术与宗教的传奇》一书荣获2010年度国家科技进步奖二等奖。他还是唯一一位曾在享誉全球的科普与科幻大师艾萨克·阿西莫夫家做客的中国科普作家。

前言

英国思想家、哲学家、实验科学的先驱者弗朗西斯·培根的一篇*Of Studies*，400年来引得世上多少读者竞折腰。数十年前读王佐良先生的译文（篇名译为《谈读书》），唯觉词清句丽，妙不可言，曰："读书足以怡情，足以傅彩，足以长才。其怡情也，最见于独处幽居之时；其傅彩也，最见于高谈阔论之中；其长才也，最见于处世判事之际……"

这*Of Studies*，乃是培根存世的58篇论说文（《论真理》《论死亡》《论恋爱》《论嫉妒》等）之一。曩昔水天同先生着手翻译《培根论说文集》时，"适值敌寇侵凌，平津沦陷，学者星散，典籍荡然"，且1939年译成之书，到1950年才首次刊行。水译下了不少考证功夫，加了大量注释，给读者带来诸多便利。另一方面，鉴于水译用语的时代印记，在今天读来已难免有点拗口了。其中*Of Studies*译为《论学问》，开头几句是："读书为学底用途是娱乐、装饰和增长才识。在娱乐上学问底主要的用处是幽居静养；在装饰上学问底用处是辞令；在长才上学问底用处是对于事务的判断和处理……"

再者，1983年上海人民出版社曾出版何新译的《培根论人生——培根随笔选》，从上述58篇文章中选译了26篇。其中*Of Studies* 篇名译为《论求知》。开篇译为："求知可以作为消遣，可以作为装潢，也可以增长才干。当你孤独寂寞时，阅读可以消遣。当你高谈阔论时，知识可以装潢。当你处世行事时，正确运用知识意味着力量……"

一文多译，各有千秋。读者尽可对照英文原著（如外语教学与研究出版社1998年英文版培根*Essays*）细细品味，此处毋庸赘述。

有人评述，培根的那些论说文称得上是一种“世界书”，它不是为了一国而作，而是为万国而作；不是为了一个时代，而是为一切时代。这话自有相当的道理。但另一方面，阅历和处境不同的人，对培根论说文的感悟亦必有所不同。笔者以为，读这类书须持恬淡之性情；毋急功近利，方能品出真滋味。读后有所悟，才是真快活。

笔者尝应多家出版物之邀，撰文介绍书人书事。呈现在读者面前的这本书，是作者近十余年来谈论书事之文章精选，共计50篇。它们皆与科学为伍，又有文化相伴，其笔调当可传达作者悠然阅读之恬淡心情，全书亦遂以《恬淡悠阅》冠名。书中上篇“悦读撷菁”，汇集了作者对数十种佳作的评介；下篇“书外时空”，包含了多篇与书籍密切相关却并非直接评书的文字。当然，不分上下篇也可以，盖因诸文虽情景不同，而旨趣则一：与读者悠阅共享也！

选这些文章时，考虑了科学与人文的交融。本来，科学与人文是密不可分的。但是，不恰当的教育把它们割裂开来了。半个多世纪来，这在世界上已有大量专门的讨论。无论中外，有识之士都想力挽这“两种文化”分道扬镳的颓局，这确实大有必要。我本人写过一本书，名叫《追星——关于天文、历史、艺术与宗教的传奇》，曾获得了多种褒奖，包括国家科技进步奖、中华优秀出版物奖、国家图书馆文津图书奖等。在《追星》的“尾声”中，我引用了林语堂的一句话：“最好的建筑是这样的：我们居住其中，却感觉不到自然在哪里终了，艺术在哪里开始。”我想，最好的科学人文读物，不也应该令人“感觉不到科学在哪里终了，人文在哪里开始”吗？如何达到这种境界呢？很值得作者们多多尝试。

感谢科学普及出版社，将本书纳入“科学、文化与人经典文丛”。感谢吕鸣、王琤二位责任编辑精益求精的文字加工。“经典”二字重若千钧，笔者深感惶恐。但谈谈“科学、文化与人”却永远是一件乐事，愿与读者诸君共勉。

卞毓麟

2015年8月18日

目录
CONTENTS

目录
CONTENTS

下篇　书外时空

上篇　悦读撷菁

难忘的生日礼物

我叫卞毓麟，从小爱读《少年文艺》。今年60周岁，仍喜忙中偷闲，浏览这份著名期刊，此时便觉得童心复萌，其乐融融。

《少年文艺》创刊号封面

今天，我有机会作为一名老读者，在此盛典上发言，实在是激动不已。记得罗伯特·麦克拉姆曾经说过："决定一本书的开头，犹如确定宇宙的起源一样复杂。"但是，我想，最好的开头，就是实话实说。在3个多月前的《新民晚报》"十日谈"中，我这样回顾了50年前的少年时代——

家里添了个小弟弟，比我整整小十岁。可打从来到这个世界上，他就在为我提供丰富的食粮和营养。五六年后，我和小弟弟分手了。哎呀，一别就是好几十年。

在我们的心灵家园中诞生的小弟弟，名字就叫《少年文艺》。1953年7月他出生时，我正在念小学五年级。那月的28日，是我10周岁生日。家境虽然贫寒，我还是从爸爸妈妈手中接过了一份珍贵的生日礼物：《少年文艺》创刊号。

第一篇文章是宋庆龄写的《让鲜花开遍这块园地》。她"要求少年们爱护这块园地，并且能够从这里得到力量"。我，一个贪玩的10岁小男孩，学习成绩平平，真的立刻就从那里感受到了一股无形的力量。请看，那幅每个孩子都能一目了然的插图——列舍特尼科夫的著名油画《又是一个两分》：又得了两分的小学生回到家里，从书包里冒出头来的冰鞋泄露了他成绩不好的原因；母亲黯然神伤，小弟弟却有点幸灾乐祸；姐姐责难的表情衬托出帮助弟弟取得好成绩的决心；只有那条扑到他身上的小狗，才不明白自己的好朋友为啥那么沮丧。

《少年文艺》创刊号插图

常读《少年文艺》，对于少年励志大有裨益，这是德育教育的巨大成功。在我们的初中时代，许多同学有了自己的憧憬："我想当飞行员""我想当老师"……我还记得，当自己说"想当一名天文学家"时，老师是那么认真地注视着我。我相信这目光中定然包含着深情的期待。

后来，我报考了南京大学天文系，结果如愿以偿。在大学时代，往日阅读《少年文艺》造就的情趣在继续扩展、在继续提升，我仍然爱好文学和历史，钟情于中文系吴新雷老师的课外讲座。如今，我有时仍会去信向这位著名的红学家、昆曲家致意。

传播科学需要优美的语言，更需要有想象的翅膀。当初《少年文艺》给予的文学营养，随着写作实践日益丰厚，其功也历久弥彰。例如，20世纪80年代，我曾为《天文爱好者》杂志撰写数十篇"大文趣谈"，大多富有浓郁的人文色彩。90年代，又为《科技日报》副刊撰写了数十篇科学文化作品，诸如《"水调歌头 · 明月几时有"科学注》《莎士比亚外篇》《牛顿和伏尔泰》等，也都着眼于科文交汇、雅俗共赏。自20世纪80年代后期开始，中小学《语文》教材中的科学散文日有所增。我的一些短文，如《月亮——地球的妻子？姐妹？还是女儿？》《数字杂说》《天文学和人类》等，也先后进了不同的课本。

五十寒暑弹指间，如今我已年届花甲，而"小弟弟"《少年文艺》却更加光彩照人了。"创刊五十周年，培养三代读者"，此言委实不虚。

曾有人问我："作为一名科普作家，请问哪一种文学刊物对您的影响最大？"

其实，我常读的文学刊物很有限。但是，十来岁那几年天天见面的《少年文艺》，倒是实实在在帮助我埋下了日后写作的种子。遥想当年，父母亲作为生日礼物送给我的《少年文艺》，真是一份难忘的珍贵礼物啊！

《少年文艺》创刊50周年庆祝大会上本书作者与著名儿童文学家任溶溶（左）、任大星（右）合影

因此，我想再一次向亲爱的《少年文艺》、向它的作者们和编辑部的朋友们，致以最衷心的祝愿和最崇高的敬意，并借此机会向50年来我第一次见面的《少年文艺》编辑朋友赠送2册我本人写作的少年科普读物：《不知道的世界·天文卷》和《走近火星》，前者曾经获得“五个一工程”奖和国家图书奖。这两种书虽然不是由少年儿童出版社出版的，但我毕竟仍是少儿社的作者，多年前就是少儿社的《少年自然百科词典》的撰稿人。

写作的上游是阅读。我能够为少年朋友们写作，追根溯源，显然得益于当初持续地阅读《少年文艺》。有一份如此精美的精神食粮，是读者的幸运，也是我们民族的幸运。我真诚地祝愿《少年文艺》在新的世纪里创造新的辉煌！

谢谢大家。

本文是2003年9月26日在少年儿童出版社庆祝
《少年文艺》杂志创刊50周年大会上作为读者代表的发言

[附记] 《新民晚报》2003年6月18日至27日“夜光杯·十日谈”专栏配合《少年文艺》创刊50周年，先后刊出了各行各业10位作者的10篇纪念文章：李肇星的《少年理想伴我成长》、卞毓麟的《难忘的生日礼物》、叶辛的《〈少年文艺〉和少年的我》、吕凉的《我当了回“心灵密友”》、任大星的《走向少年朋友的心灵之桥》、张抗抗的《美哉少年》、施雁冰的《苦与乐》、姜玉民的《一个老运动员的少年情怀》、张成新的《激情燃烧的日子》，以及于漪的《撒播智慧的种子》。

回眸百年创新史

“诺贝尔科学奖”，是诺贝尔物理学奖、化学奖、生理学或医学奖三大奖项的统称。

百年来，诺贝尔科学奖的数百位得主，

可谓人人握灵蛇之珠，家家抱荆山之玉。

百年来，诺贝尔科学奖的数百项获奖成果，

改变了世界面貌，推进了人类文明。

系统地回顾诺贝尔科学奖的百年历程，有助于洞悉20世纪科学精神的升华，科学思想的飞跃，科学方法的鼎新，科学知识的结晶。

系统地回顾诺贝尔科学奖的百年历程，可以催人继往开来，奋发勇进；也便于人们以史为鉴，省身笃行。

于是乎，科学家们各陈己见，有宏论迭出；社会公众热情高涨，愿多谙详情；出版家们巧思纷呈，推出了一批批驰骋于诺贝尔奖领域的风采各异的图书。

于是乎，上海科技教育出版社也在新世纪之初，精思力行，取得多方支持，酿就了这套被列入“国家‘十五’重点图书出版计划”的《诺贝尔奖百年鉴》（以下简称《百年鉴》）。

自这套29卷的《百年鉴》启动伊始，便常有客问：你们为何要策划这套书？它又有什么特色？

诺贝尔奖章

《诺贝尔奖百年鉴》（29卷）书影

这是因为，许多人都很希望有这样一套书：它以具体的科学内容为基础，便于社会公众对20世纪的重大科技成就有恰当的感性认识；它以学科发展的传承性为主线，便于读者领略科学进步之永无止境；它简明扼要、通俗易懂，使人能轻松阅读，愉快受益。

有鉴于此，《诺贝尔奖百年鉴》乃将一百年来诺贝尔科学奖的全部获奖项目按其具体内容分别归入26个领域，每个领域各成一卷8万字上下的小书，每一卷书则以该领域的学科进展为脉络，以相应的获奖项目为重点，如此娓娓道来，使读者不仅能了解这些获奖成果的科学内容和每位诺贝尔科学奖得主的杰出贡献，而且更能知道诸多学科的发展轨迹。如果用一种更形象化的说法，那么可以把一个学科本身的发展比喻为一条剪不断的线，该学科中的每个诺贝尔奖获奖项目则都是这条线上的一颗明珠，《百年鉴》的每一卷小书正好勾画出这样的一条线，每个获奖项目则在书中各得其所地放着异彩。《百年鉴》的分卷不完全拘泥于一级学科的分类，以利体现现代学科之间的交融。此外，丛书还专设《追寻自然之律》《探究物质之本》和《叩开生命之门》3卷综述，分别对20世纪物理学、化学和生命科学做一鸟瞰，以便读者从宏观上了解它们的全貌。

全套《诺贝尔奖百年鉴》都是国内作者的原创科普作品。作者们工作于京沪等地的高校和科研机构，了解中国读者对科普的需求，熟悉中国读者的阅读习惯和思维方式，用中国人的理解和表述方式，道出自身对诺贝尔奖的解读、感悟和反思。或许正是上述所有这些特色，使得这套《百年鉴》在2001年刚出到第5本的时候，就被海峡彼岸的一家出版社相中，买走了全套29种书的繁体字出版权。

繁体字版的《诺贝尔奖百年鉴》

今天，作为《诺贝尔奖百年鉴》的主要策划人之一，每当我注视着这29卷书，就仿佛又看见了整套丛书的40位作者犹在奋笔疾书，看见了这些专家学者正以深邃的眼光向神州大地目语：

“时不我待兮，国人其勉之！”

原载《文汇报》2002年5月20日11版

电子和魔鬼的差异何在

——评少儿科普新作《量子幽灵》

电子和魔鬼这两样东西，同样都看不见摸不着，凭什么说前者是科学后者是迷信呢？

诸如此类的问题，即使对成年人而言，要一言中的地说出其所以然也绝非易事；然而，江向东著的青少年科普读物《量子幽灵》一书却有声有色地道出了其中的奥秘。

如何普及常与相对论并称为20世纪物理学两大支柱之一的量子理论，历来是科普创作中的一块硬骨头。凡是在这件事上做出成绩的，就理所当然地会受人称道。半个多世纪过去了，人们至今不是依然津津乐道于伽莫夫的名著《物理世界奇遇记》中的"量子台球"和"量子老虎"吗？这本《量子幽灵》无疑也是相当成功的。写作之道，各有所好，该书不是《物理世界奇遇记》，也不是《爱丽丝漫游奇境记》，它的风格近乎阿西莫夫的许多青少年读物，而语境则更适合我国的国情。

《量子幽灵》，江向东著，中国少年儿童出版社，2000年6月

著名物理学家韦斯科夫说过："别的伟大科学思想大都由早期思想稳步进化而来，但是量子理论需要一种全新的语言。因为任何一种真正崭新的事物，都是无法按照旧有方式来表达的。"诚哉斯言。量子化概念、波粒二象性、不确定原理、隧道贯穿、夸克禁闭，等等，可谓无一不新，无一不

奇。正是这些仿佛不可思议的事情，扩大了人类的视野，增添了一代又一代人的志趣。

用什么样的语言向青少年述说这些“无法按照旧有方式来表达的”东西呢?

《量子幽灵》一书设置了20个别具匠心的标题，循序渐进地介绍了奇迹般的量子世界，例如，“从黑体出来的幽灵”“我们也是波”“粒子有点像陀螺”“玄妙的几率波”“穿墙术和显微术”等，都是很精彩的。

《量子幽灵》中故事不断——科学史上的真实故事。正是这些故事，向青少年朋友们转达了曾对量子物理学做出巨大贡献的费恩曼（1965年诺贝尔物理学奖得主）的遗训：科学理论可以来了又去，往往被更好的理论所取代，但科学的方法却永远有效。真正明白了这层道理，也许要比死记硬背10个公式或100个数据强得多。明白了这层道理，正如《量子幽灵》的作者在该书“尾声”中所言：我们就“可以满怀信心地说，我们所面对的，不只是分子、原子、重子、轻子、夸克和胶子，更是生机、激励、智慧、创造、真理和文明！”

《量子幽灵》书中“烟波迷茫光子雨”一节的插图。相应的正文很有诗意：“在爱因斯坦的描绘下，使人们得到了这样一种印象：光似乎是一群光子‘雨’，光的颜色反映出‘雨点’的力量。雨霭茫茫，多像烟波；点点滴滴，酷似颗粒！原来，光有着波粒二象性，它既是粒子，又是波！”

现在，再回到“电子和魔鬼，凭什么说前者是科学、后者是迷信”这个问题上来。《量子幽灵》中举了一个例子：量子理论预言电子磁矩之值为1.00115965246，而实验测得的值为1.00115965221，理论与实验的一致性精确到小数点后的第九位数字。这个精确度相当于北京到上海的距离与一根头发丝的粗细之比！这就是电子和魔鬼的根本差异之所在。

《量子幽灵》是中国少年儿童出版社“看不见的世界”丛书中的一种。我衷心希望该丛书中的其他品种也写得同样深刻而生动——当然，效果究竟如何，就要由广大读者来评判了。

原载《北京晚报》2000年11月16日27版

[附记] 挚友江向东是一位理论物理学家，也是一位优秀的科普作家和翻译家。2009年夏他突发脑出血，昏迷不醒5个月后，于2010年1月17日与世长辞，年仅59岁。向东善诗，资深音乐家高博均先生曾为向东的诸多诗歌谱曲。2010年4月25日，朋友们在向东生前供职的中国科学院高能物理研究所举办了一场“收获的喜悦 负重的腰弓——追念江向东音乐会”，曲目以向东词、博均先生曲者为主。高能物理所前所长郑志鹏先生在会上致辞（即《现代物理知识》2010年第2期《怀念江向东》一文）。在会上自由发言期间，我朗诵了一周前给向东家属发去的变体藏头悼亡诗，现照录如下。

向天高歌士林一奇——向东挚友壮年遽逝

余与向东相知二十载，深感其立身之正，待人之诚，处世之稚，履职之慎，交友之信，为文之美。一朝永别，其悲其痛，盖非言语之所能名状也。因念向东生前钟藏头诗，乃作变体[1]一首，哀其何遽归道山也。其辞曰：

江山多娇兮华夏大地，
向天高歌兮士林一奇[2]。
东篱笔耕[3]兮壮心难羁[4]，
何遽归乎道山兮
令余长太息以掩涕[5]。

卞毓麟庚寅三月初五日

自注：

① 藏头诗原本是藏每句第一字。此处变其体，第四句连读前六字，与前三句相合而发“江向东何遽归乎道山”之问。

② 友人皆知向东善歌。彼心地极善而个性极强，其见解独到人咸奇之。

③ 向东未及花甲而归隐著译，宛有五柳先生遗风，故以采菊东篱喻之。

④ 向东晚年文字工作量惊人。他还有许多事情想做，今皆成遗恨矣。

⑤ 道山系传说中的仙山，旧称去世为归道山。2009年7月向东赴安徽老家省亲，尝谓待家慈病情好转，或可赴沪一聚。孰知8月初彼突然重病竟至不治，不亦悲哉，不亦哀哉，不亦痛哉！乃借《离骚》句抒极悲之情。

拉马努金之谜

今读传记两部，一部令我心醉，一部令我心碎。

令我心醉者，《人生舞台——阿西莫夫自传》，“书缘”曾作简介；令我心碎者，《知无涯者——拉马努金传》，是为本文主题。

拉马努金何许人也？他“对于数学是一块宝石……正如莫扎特之于音乐，爱因斯坦之于物理”，《杜鹃蛋》一书的作者克利福德·斯托尔如是说。

1887年12月22日，拉马努金诞生在印度南部的小镇埃罗德，该镇位于马德拉斯西南大约400千米，约有15 000居民。按照印度的古代神话，湿婆神怒斩梵天的五个头之一，埃罗德一词的原意“湿头”即由此而来。

生长在穷乡僻壤的拉马努金从未受过正规的数学教育。然而，他却用自己极其独特的、他人全然不可思议的方式，成了使印度为之骄傲、令世界为之瞠目的数学奇才。20世纪最伟大的数学家之一、英国人哈代曾经设计了一种关于天生数学才能的非正式的评分表，他给自己评了25分，给另一位杰出的数学家李特尔伍德评了30分，给他同时代最伟大的数学家希尔伯特评了80分，而对拉马努金，他评了100分！

拉马努金于1918年当选为英国皇家学会会员，时年31岁。但是，他的身体糟透了，死神在

《知无涯者——拉马努金传》，
[美]罗伯特·卡尼格尔著
胡乐士、齐民友译，
上海科技教育出版社，2002年10月

一步步逼近。拉马努金在疼痛发烧中，在无穷尽的家务纠纷中，在自己已不能泰然处之时，他躺在床上，头支在枕头上，依然在工作。他的妻子佳娜琪后来说："他和哪一个来看他的人都不讲话，总是数学……直到死前4天还在涂涂画画。"1920年4月16日上午，拉马努金在陷入昏迷后两个小时去世了，年仅33岁。在他身边的是他的妻子、父母、两个弟弟和几个朋友。

美国科学作家罗伯特·卡尼格尔的《知无涯者——拉马努金传》是美国的一部畅销书，曾获1992年"美国书评界传记奖"。作者怀着对丰富多彩而引人入胜的细节的高度热情，描绘了拉马努金这位无学历的印度年轻小职员如何于1913年写信给大名鼎鼎的哈代，请求他对自己的若干数学思想发表意见。哈代慧眼识俊杰，看出来信出自一位天才之手，就想方设法安排拉马努金来到英国。书中把我们从印度马德拉斯的庙宇和贫民窟引到英国剑桥大学的庭院和教堂。在那里，虔诚的印度教徒"直觉王子"拉马努金与严格而又怪癖的"证明使徒"哈代并肩验证他的光辉理论，这是一种极其难能可贵而富有成果的合作。拉马努金英年早逝令人扼腕，他身后留下的那份使人着魔的、深奥的数学遗产，如今仍为后辈数学家孜孜不倦地探索着。

英国数学家戈弗雷·哈罗德·哈代（1877–1947）

为了写作《知无涯者》，卡尼格尔专程前往南印度深入考察。他拜访了与拉马努金有关的有可能找到的几乎每一个人，当年拉马努金所到之处几乎都留下了卡尼格尔的足迹。他取得的第一手资料之丰富与准确，可以说无人能与之匹敌。"言必有据"，对于《知无涯者》来说实在是当之无愧的。作为一名优秀的科学作家，卡尼格尔曾经荣获格雷迪-斯塔克科学写作奖，他是《师从天才——一个科学王国的崛起》等书的作者，其作品散见于《纽约时报杂志》《文明》《今日心理学》《健康》《科学》等多种刊物。他还是巴尔的摩大学耶鲁·高登文学艺术学院语言、技术和出版设计研究所的高级研究员，曾在约翰斯·霍普金斯大学执教新闻文学。此书的两位译者珠联璧合——胡乐士先生英语文化背景丰厚，齐民友先生则是我国著名数学家，中译本读来深感其功力不凡。

拉马努金去世16年后，即1936年，哈代应邀在美国哈佛大学300周年校庆纪念活动中演讲。那年，哈代正好60岁，已经满头灰发。他用经过再三斟酌的散文韵律对听众说："如果我想为自己没能完成任务作辩解，我就会把它说成是无法完成的……这就是对现代数学史上一位最有传奇色彩的人物做出某种合乎理性的估计；这个人的生涯充满了悖论与矛盾，他不符合我们在相互估计时所习惯的几乎所有的典则。关于他，只有一种判断是我们大家都会同意的：他在某种意义下是一个很伟大的数学家。"

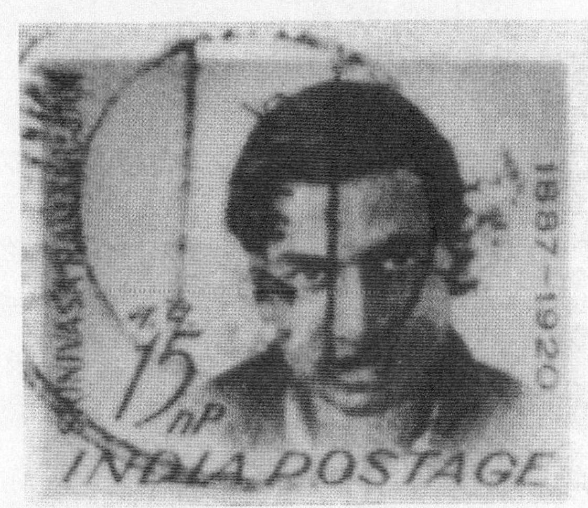

1962年印度发行的拉马努金纪念邮票

"这时，在哈代心目中，四分之一世纪前从印度寄来一个装满了数学公式的信封的情景还栩栩如生，哈代开始讲起他的朋友：拉马努金。"就这样，将近40万字的《知无涯者》画上了最后一个句号，然而拉马努金留给世人的思索却依然在延续……

《知无涯者》是一部成功的传记，也是传记体作品的成功。世界顶尖级的数学科普大师马丁·加德纳对《知无涯者》一书的评语是："至今出版过的关于当代数学家的传记中，这是最好的，文献最丰富的作品之一……您定会发现，对本世纪最杰出、谜一般的智者之一的光辉的研究会俘虏了您。"

确实，我被俘虏了，我愿意当这样的俘虏。

原载《文汇报》2002年12月13日15版

能不忆埃翁

——漫话《数字情种》

诺贝尔科学奖中未设天文学奖和数学奖。然而，在20世纪后期，天文学家已经屡屡荣获诺贝尔物理学奖，盖当代天体物理学已为整个物理学之重要组成部分也。在数学领域中，堪与诺贝尔奖相匹的是菲尔兹奖和沃尔夫奖。菲尔兹奖授予较年轻的数学家，得主的年龄都不超过40岁。沃尔夫奖分设物理、化学、医学、农业和数学5项奖金，每项奖额各10万美元，于1978年首颁，1981年又增加了艺术奖。该奖表示对获奖者终生成就的褒扬，得主年龄不限。

1983–1984年度的沃尔夫数学奖由两位风范殊异的大师分享，他们是73岁的美籍华人数学家陈省身和《数字情种——埃尔德什传》一书的传主71岁的保罗·埃尔德什。“我留了720美元，”埃尔德什说，“我记得曾有人评论，对我而言那已是留下了一笔不小的数目。”事实上，他所得的那5万美元大部分都捐给了他以其父母的名义在以色列设立的一项奖学金。

《数字情种——埃尔德什传》，
[美]保罗·霍夫曼著，
米绪军、章晓燕、缪卫东译，
上海科技教育出版社，2000年8月

《数字情种——埃尔德什传》的英文原著有一个冗长的书名：*The Man Who Loved Only Numbers: The Story of Paul Erdos and the Search for Mathematical Truth*，可直译作《那个只爱数的

人：保罗·埃尔德什和探索数学真理的故事》。这位美籍匈牙利人是当代罕有的数学奇才，他于1913年3月26日出生在布达佩斯，3岁时便能心算3位数的乘法，4岁时便自行“发现”了负数。他在60多年的数学生涯中，带着两件旧行囊，穿梭于各大洲的大学数学系和研究中心之间，在不同的数学领域内与多达485位合作者共同发表了1475篇高水准的学术论文。他有无与伦比的思维能力，却对日常生活束手无策；他极富同情心，无视一切物质享受，没有妻子和孩子，甚至居无定所，追求数学真理就是他的一切。

“不同于音乐或美术，数学的弱点是一般人无法了解。在这方面数学家所做的通俗化的工作是值得赞扬的，但一般人总与这门学问隔着一段距离，这是不利于发展的。”陈省身的这番话真是精辟。这里，数学通俗化绝不仅仅是向社会公众介绍形形色色的几何定理或代数公式，而且应该让公众理解隐藏在这些定理或公式背后的人的思维、精神和生活方式。这虽然很不容易做好，但毕竟已有不少优秀的范例，而在那些脍炙人口的数学家传记的背后，则是付出了艰苦劳动的传记作者。

2002年5月，卞毓麟（右）在天津市陈省身先生寓所向先生请教科学普及问题

《数字情种》一书的作者保罗·霍夫曼是《不列颠百科全书》出版商，美国公共广播公司“科学伟人”节目主持人，曾任《发现》杂志总裁兼主编，著有《阿基米德的报复》等10余种书。他于1986年与埃尔德什首次晤面。“那时我就决定花几个星期跟踪埃尔德什周游世界，目睹他神不知鬼不觉地出现在他那些同事们的檐下，匆忙道过寒暄而直入数学话题，”霍夫曼写道，“埃尔德什睡在哪儿，我就跟着睡在那儿，一天连续19个小时不睡觉，看着他不断地证明和猜想。眼看着年仅30岁的自己熬不过病病恙恙的73岁老人，我感到挺不是滋味。”他风尘仆仆地追踪采访埃尔德什一生的最后10年，其结晶便是这部《数字情种》。

这部传记情趣怡然，穿插着数学史上的种种趣闻轶事，刻画出一幅栩栩如生的埃尔德什“肖像画”，同时也向读者展现了一代又一代数学家不屈不挠地迎战诸如“费马大定理”“四色定理”这类难题，直至取得辉煌胜利。

《数字情种》中大量真实生动的细节强有力地感染着读者，使人们更深刻地领会了埃尔德什追求数学真理执著之甚。例如——

医生向急需进行角膜移植的埃尔德什仔细介绍预定的手术过程，“医生，我还能看书吗？”躺在手术台上的埃尔德什问。

“可以，”医生答道，“这正是我们手术的目的。”

手术室的灯光暗了下来，我们这位数学家烦躁地问：“你们为什么把灯关了？”

“为了手术。”医生说。

不料，这位数学家竟和医生吵了起来，说做手术的只是一只眼睛，为什么不能一边做手术一边用另一只眼睛看书呢？

在当今的世界上，“工作狂”并不罕见，然而对工作痴迷到如此程度的终究是凤毛麟角。霍夫曼从未使用“工作狂”这样的字眼形容埃尔德什，这是很明智的。因为在埃尔德什看来，“一个数学家就是一台把咖啡转化为数学定理的机器”，因而只有他那样的工作节奏和劳动强度才最顺乎自然。确实，只有像他那样的数学家，才会在70多岁的时候，有好几年发表的论文还多达每年50来篇，这比许多优秀数学家一生所写的论文还多。他证明了数学不只是年轻人的游戏。也只有像他那样的人，才会以异常平静的口吻说出这样的话：“坟墓里有的是休息时间。”

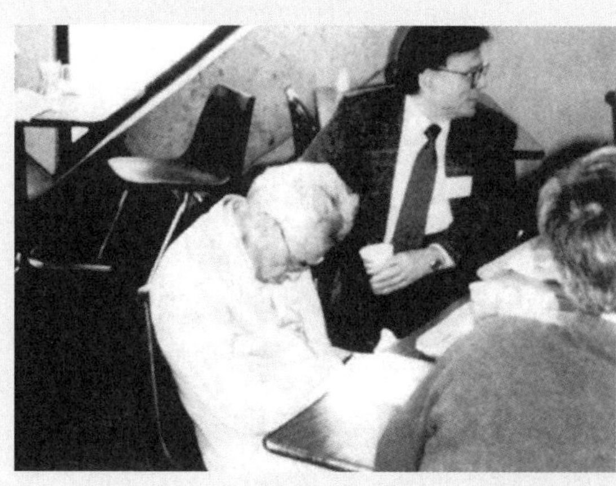

《数字情种——埃尔德什传》刊载的照片：埃尔德什每天有19个小时用于证明和猜想，他否认在数学讨论会上睡着了。他会说：“我不是在睡觉，我是在思考。”

1996年9月20日，埃尔德什的大脑和心脏终于停息下来。他的一生是求真务实、探索创新的一生。1949年，他和阿特勒·塞尔伯格出乎世人所料用初等方法证明了素数定理便是最著名的一例。这正是吾人时下不绝于口的科学精神。许多数学家视埃尔德什为20世纪的欧拉，而他用匈牙利文自撰的墓志铭竟是："我终于不再愈变愈蠢了"。

读完《数字情种》，心情很难平息。掩卷遐思，不知怎地，脑海中浮现出了卞之琳的《断章》诗：

你站在桥上看风景，
看风景人在楼上看你。
明月装饰了你的窗子，
你装饰了别人的梦。

据说诗人愿意认同对此诗的这一理解：相对的时空关系及其转换。我在梦中见到埃尔德什，那个"蠢"字当然与他无缘。但用一个字来概括埃尔德什真是太难了。所以，我想用略带禅味的"痴""慧"两字来注释他那硕果累累的一生。于是，梦醒后便有了这阕《忆江南·读〈数字情种——埃尔德什传〉》：

归去也，
痴慧大觉生。
倥偬神骁无系缚，
情钟数算有奇风，
能不忆埃翁？！

原载《中国图书评论》2001年3月号

爱因斯坦：圣人，俗人，伟人

2004年3月14日是阿尔伯特·爱因斯坦诞生125周年。岁首年末，继《爱因斯坦·毕加索》之后，又读了一本关于这位物理学巨擘的好书：《恋爱中的爱因斯坦——科学罗曼史》。

“严格来讲，这并不是一部爱因斯坦的传记——在书店的书架上这样的书已经够多了。事实上，我的目的是要使青年时代的爱因斯坦活过来，使他光彩夺目——是他的业绩使得这位老人、这位偶像得到了世人的崇敬。”这是本书作者、《纽约时报》科学编辑、美国知名科普作家丹尼斯·奥弗比的自评。

其所以能做到这一点，很大程度是因为20世纪末期发现了一大批有关爱因斯坦的新资料。例如，1996年11月，爱因斯坦的家庭信件在克利斯蒂拍卖行提交拍卖。他和在苏黎世联邦工业大学求学时期的女同学、后来成为他第一任妻子的米列娃·马里奇之间的430封情书卖了40万美元，而许多没有被卖掉的东西则由家庭成员分掉了。

爱因斯坦和米列娃是1919年2月14日离婚的，这时离他40岁生日还有一个月。他除了支付法庭费用外，还被罚了100法郎。他被宣布为通奸者，并禁止在两年内再婚——至少是在瑞士。另一方面，三个多月后的5月29日，英国天文学家爱丁顿率队观测

《恋爱中的爱因斯坦——科学罗曼史》，
[美]丹尼斯·奥弗比著，冯承天、涂泓译，
上海科技教育出版社，2003年12月

当天的日全食取得成功，观测结果对爱因斯坦的广义相对论提供了有力的支持。6月2日，爱因斯坦和埃尔莎在德国完婚。

爱因斯坦与他的第一任妻子米列娃·马里奇以及他们的长子汉斯·阿尔伯特，摄于1905—1906年

爱因斯坦因对理论物理学的贡献，特别是发现光电效应规律而荣获1921年的诺贝尔物理学奖。按照离婚协议中的有关条款，他把121 572瑞典克朗的奖金给了米列娃。后者用这些钱在苏黎世买了三幢公寓楼。她过着安静、坚韧克己的生活，做数学家教，照顾她和阿尔伯特的儿子爱德华，偶尔也和阿尔伯特谈到自己的生活。

这部书40余万字，其最大特色是科学与人文的美妙交融。丹尼斯·奥弗比毕业于麻省理工学院物理学专业，这有助于他驾轻就熟地描述相对论和量子论的要义。尽管他认为物理学读者也许会对书中详细描写爱因斯坦的罗曼史和家庭事务感到不快，而非科学界的读者又可能对讨论爱因斯坦的物理学毫无兴趣，但是实际上这不仅有必要，而且读者也能更充分地从中享受到阅读的愉悦。

作者奥弗比为本书写的引言有个标题，叫作“圣人与俗人”。他在引言中说：“只有在探索他（爱因斯坦）存在的神圣一面的同时也描述他凡俗的一面，才有可能自称对爱因斯坦的阐述是完整的。物理学是爱因斯坦的音乐，是他最初想与米列娃共同演奏的曲调，没有它，我们将不可能洞察他的生活，这类似于不听莫扎特的伟大歌剧就无法理解莫扎特一样。因此……我尽了最大的努力，来演奏一点爱因斯坦的音乐。”

原载《解放日报》2004年1月23日7版

多情的沃森

——从《基因·女郎·伽莫夫》想开去

“开辟鸿蒙，谁为情种？”曹雪芹问得真妙。

太平洋彼岸有个洋小子——詹姆斯·D·沃森，虽然和贾宝玉决然不同，却也是个地道的情种。不信，且看他那部名著《基因·女郎·伽莫夫》的煞尾：

“现在，三十多年过去了，她依然楚楚动人。”

此语付诸笔端，作者已经年逾古稀，说的是他在1968年正值不惑之时娶的新娘。而令他终生难以释怀的姑娘又是另一位，书中详述了作者昔日与她的恋情和别恨，还有他与其他女郎的故事。读罢掩卷，唯觉余音袅袅，不绝如缕。

切莫以为这沃森是个登徒子。不，他是真诚的，甚至是痴情的：他想找一位完美的女友。1953年，一心想赢得姑娘芳心的沃森年方25岁，就和比他年长12岁的英国科学家克里克一同建立了著名的DNA双螺旋结构模型。为此，他们与从事核酸X线衍射研究的英国物理学家威尔金斯分享了1962年的诺贝尔生理学或医学奖。“爱情是永恒的主题”，原本是指恋人之爱。然而，人类对科学之爱也是永恒的。像沃森这样的“科学情种”们，

《基因·女郎·伽莫夫——发现双螺旋之后》，
[美]詹姆斯·D·沃森著，
钟扬、沈玮、赵琼、王旭译，
上海科技教育出版社，2003年4月

为培育人类文明之花付出的辛劳是怎么估价也不会太高的。

沃森于1928年降临人间，他和意大利文艺复兴三杰之一拉斐尔同一天生日：4月6日。本期《行走于科学和爱情之间》一文，以《基因·女郎·伽莫夫》这部思想、爱情的“双城记”为中心，言简意赅地描述了沃森的业绩和生平。关于DNA，沃森于1968年出版的科普名著《双螺旋——发现DNA结构的个人经历》，销售历久不衰，我国三联书店于2001年8月推出了田洺的中译本。英国科普名家约翰·格里宾的力作《双螺旋探秘——量子物理学与生命》也极值得一读，中文版由方玉珍等执译，2001年7月由上海科技教育出版社出版。当然，《人之书——人类基因组计划透视》也是不应遗漏的，本刊今年4月号已以《认识你自己》为题做了介绍。

1968年3月28日，沃森和伊丽莎白·刘易斯喜结连理

发现DNA双螺旋结构是20世纪科学中的一件大事，也是人类有史以来最重大的科学发现之一。2003年，全世界都热烈庆祝DNA双螺旋结构发现50周年。媒体早就透露，英国女王伊丽莎白二世将亲临4月23日的纪念活动。岁月悠悠，遥想当年，1954年8月的《时尚》杂志刊登了沃森的照片，说明文字是“一位具有英国诗人般茫然表情的科学家”。它与扮演过哈姆雷特的大腕影星理查德·伯顿的照片刊登在同一页，这使沃森大感惬意。而今物换星移，英伦三岛的超级球星贝克汉姆于今春接到沃森亲笔签名的纪念活动请柬后，竟坦然承认自己“受宠若惊”。发现DNA双螺旋结构的影响真是巨大，甚至连西班牙大画家、超现实主义大师萨尔瓦多·达利都创作了一件大幅油画《半乳糖苷核酸——向克里克和沃森致敬》。

在《基因·女郎·伽莫夫》一书中，沃森让才华出众、极具幽默感的美籍俄国科学家乔治·伽莫夫充当一条忙碌的隐线，使书中涉及的方方面面事件契合得美妙无比。伽莫夫是20世纪最优秀的科学家之一，是大爆炸宇宙论的奠基人，也是很少有人能望其项背的一流科普作家。他的科普名著《从一到无穷大》《物理世界奇遇记》等赢得了世界上——当然包括中国——无数读者的仰慕和敬佩。他甚至让《物理世界奇遇记》中虚构的主角汤普金斯先生的名字也跻身于一篇学术论文的作者之中。

伽莫夫真是太有趣了。不，是科学实在太有趣了。于是，有些人觉得，科学家做的事情只是满足其个人的好奇心，所以并不值得特别尊敬。然而，这就大错特错了。伽莫夫认为，科学家最重要的素质正是极普通的好奇心。他写道："有人说：'好奇心能够害死一只猫'，我却要说：'好奇心造就一个科学家。'"伽莫夫极其强调科学对于人类发展的作用，认为科学的来源就是人类追求对于自然和自身的理解。我很赞同他的见解。本文撰写之时，正值SARS肆虐之际。这场突如其来的灾难再次说明，在生命科学领域还有太多太多的问题亟须查明。由此可见伽莫夫的见解是多么正确，诸如双螺旋结构之类的基础性研究又是何其重要。

英文原版的《基因·女郎·伽莫夫》

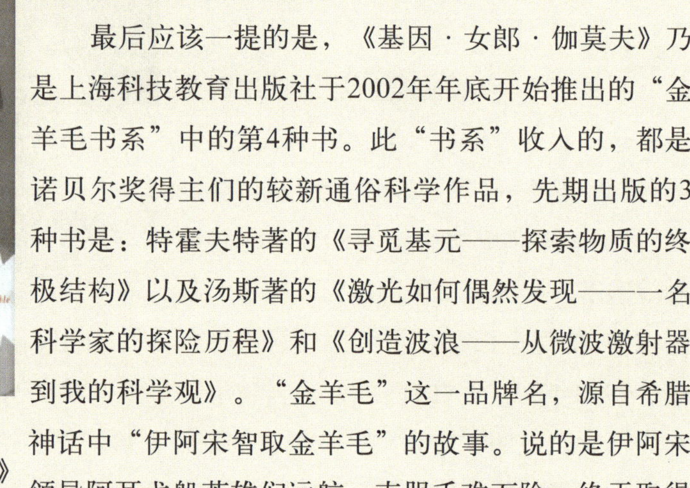

最后应该一提的是，《基因·女郎·伽莫夫》乃是上海科技教育出版社于2002年年底开始推出的"金羊毛书系"中的第4种书。此"书系"收入的，都是诺贝尔奖得主们的较新通俗科学作品，先期出版的3种书是：特霍夫特著的《寻觅基元——探索物质的终极结构》以及汤斯著的《激光如何偶然发现——一名科学家的探险历程》和《创造波浪——从微波激射器到我的科学观》。"金羊毛"这一品牌名，源自希腊神话中"伊阿宋智取金羊毛"的故事。说的是伊阿宋领导阿耳戈船英雄们远航，克服千难万险，终于取得了阿瑞斯圣林里由毒龙看守的金羊毛。从此，"金羊毛"就成了历尽艰险获得的宝物的代名词。而那些一往无前、努力实现自己理想的勇士们，也被称为"金羊毛英雄"。你看，伽莫夫、沃森、克里克……不正是一个个实实在在的"金羊毛英雄"吗？

科学探索需要更多的"金羊毛英雄"，人类需要更多的像沃森那样的"科学情种"。

原载《科学生活》2003年6月号

永恒的"魔镜"

圣诞夜话埃舍尔

14年前的圣诞节，我在异国的一个小岛上，和一位西方艺术家谈起了埃舍尔。

从大不列颠岛最北端的小城瑟索，再往北越过一片名叫彭特兰湾的水域，便是中国人足迹罕至的奥克尼群岛了。那里住着一对姓斯特鲁特的夫妇，40来岁，无子女，丈夫是作曲家，妻子擅长装帧美术，是一家地道的"个体户"。他家原住在英格兰，因为向往宁静的田园生活，才搬到这人烟稀少的地方。

像现代英国的许多家庭一样，他们乐意邀请外国留学生或访问学者到家里共度圣诞佳节。1989年，我正在英国的爱丁堡皇家天文台做访问学者，意外收到了斯特鲁特家的邀请。圣诞前夕我到他们家时，送给主人三件小礼物：一块中国真丝头巾，一支中国竹笛和一副中国象棋。同时在他家做客的，还有一位在阿伯丁大学就读的津巴布韦黑人姑娘。

当时的爱丁堡皇家天文台台长是马尔科姆·朗盖尔教授，他是苏格兰人。听说我要去奥克尼群岛过圣诞，他觉得非常有意义，并告诉我："奥克尼的文化就像中国一样古老"。史前的文物和遗址，为此提供了无言的证词。另一方面，辞行前夜与主

《魔镜——埃舍尔的不可能世界》，
[荷]布鲁诺·恩斯特著，田松、王蓓译，
上海科技教育出版社，2002年10月

人关于现代科学和艺术的一番海阔天空，也给我留下了极其美好的回忆。

其实，斯特鲁特先生对天文之懵懂，与我对作曲之外行堪称伯仲。起初，双方的话锋并未迅速合辙。忽然，他从书架上抽出一本画册，我顿时脱口而出："埃舍尔！"议题随即就集中到了毛里茨·科内利斯·埃舍尔的身上。我还随手做了一点记录，主人感到奇怪，我说："留个纪念，以后也许有用。"这条记录注明，他那本《埃舍尔的世界》作者署名是埃舍尔本人和洛赫尔，1971年由纽约的阿布拉姆斯出版公司出版。我们谈得最起劲的作品，是《变形》《昼与夜》《默比乌斯带》以及平面分割习作《骑士》。

埃舍尔（右）在逝世前几周告诉《魔镜》的作者布鲁诺·恩斯特："我的作品是最美的，同时又是最丑的。"

1972年，埃舍尔去世了。不久，一部名为《埃舍尔的魔镜》的新著问世，作者布鲁诺·恩斯特是一名数学教师，此书是他长期拜访和研究埃舍尔的结晶。虽然画家本人未能活到此书付印，世人却对它表现出很高的热情。它被译成十几种文字，2002年金秋，上海科技教育出版社以《魔镜——埃舍尔的不可能世界》(以下简称《魔镜》)为题，推出了该书的中译本，译者是田松和王蓓。

从《骑士》开始

"您是怎样知道埃舍尔的？"斯特鲁特先生曾问我。

我告诉他，1963年我上大学时，读了杨振宁教授的名著《基本粒子发现简史》，封面上就印着埃舍尔的《骑士》，它那神奇的对称性令我敬意陡生。

杨振宁这部名著的英文原版，出版于他荣获1957年诺贝尔物理学奖之后5年。该书中文版由其胞妹杨振玉和范世藩合译，于1963年9月面世。在前言中，杨先生写道："骑士图是埃舍尔先生画的，我深深地感谢他允许我采用这幅图。"在正文中，他再次提到："图39即取自荷兰美术家埃舍尔的一件出色作品。从图中可以看到虽然图画本身和它的镜像并不相同，但是如果我们将镜像的黑白两种颜色互换一下，那么两者又完全相同了。"杨先生借此来阐述物理学中的"缔合转换"引起的对称。

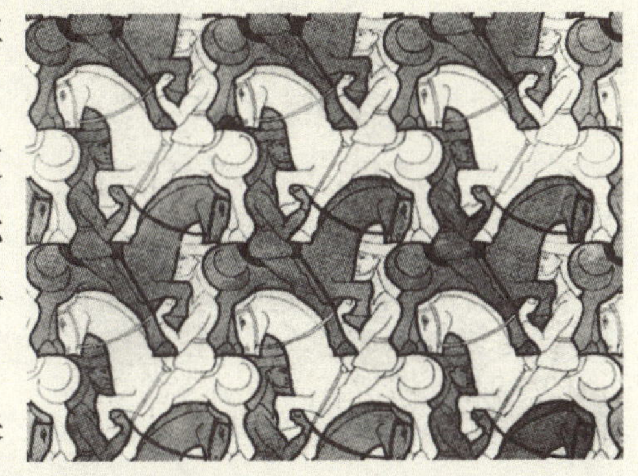

埃舍尔速写本上的骑士图

这幅骑士图，画在埃舍尔的空间填充速写本中。恩斯特在《魔镜》中说，“没有任何主题能比周期性图形分割更合埃舍尔的心意……除此之外，埃舍尔只对另一个主题写过文章，那就是探寻无穷——虽然他没有用同样的篇幅。”埃舍尔本人也写道：“这是我挖掘出来的最丰富的灵感之泉，它至今也没有枯竭。”

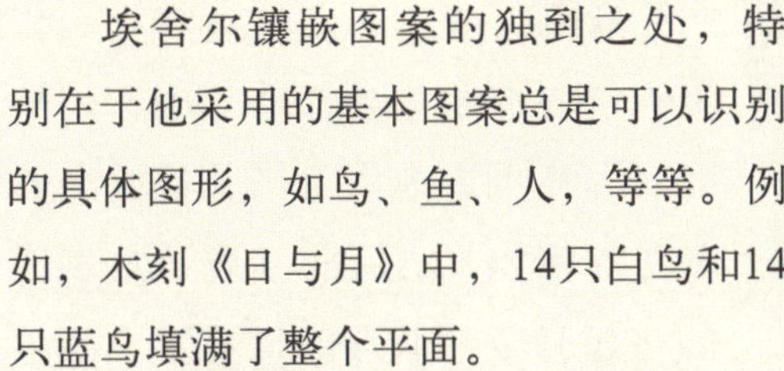

埃舍尔镶嵌图案的独到之处，特别在于他采用的基本图案总是可以识别的具体图形，如鸟、鱼、人，等等。例如，木刻《日与月》中，14只白鸟和14只蓝鸟填满了整个平面。

《日与月》，木刻，1948年

如果我们把注意力集中在白鸟身上，就会被带进黑夜之中：在深蓝色的夜空背景上有14只光明的鸟，还可以看到月亮和其他天体。另一方面，如果我们把注意力集中在蓝鸟身上，就会把它们当作在白日天空背景上的深色剪影，中央的太阳光芒四射。在这幅画中，所有的鸟都互不相同。在埃舍尔的作品中，此类不规则平面分割的实例为数不多。

变形的升华

“变形”是埃舍尔的一绝。在奥克尼的那个圣诞节，我与斯特鲁特先生热烈谈论的《昼与夜》正是“变形”的典范。这幅木刻将人们带进了一个新的时代。

画面中央的正下方，有一块近乎菱形的白色田地，它自然地将我们的视线吸引向上；田地变形了，而且变得很快，只用两步就变成了白色的鸟。它向右飞，翱翔在河畔小村上空，陷入黑夜之中。另一方面，我们还可以从画

《昼与夜》，木刻，1938年

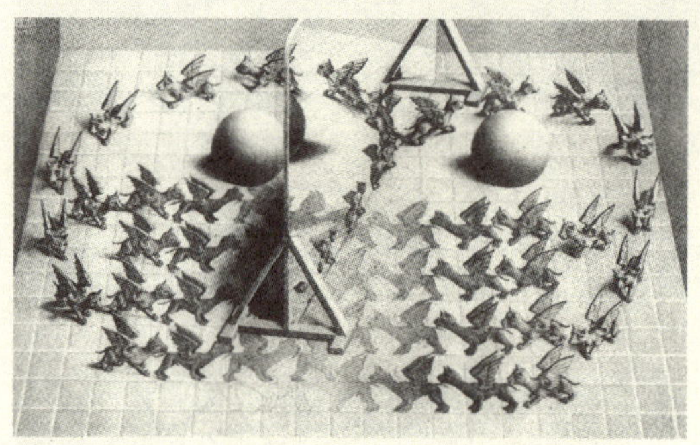
《魔镜》，石版画，1946年

面下部中心线两侧，任选一块黑土地。它同样升上天空，变成黑色的鸟，向左飞翔，飞到一片晴朗的田野之上，而这片田野又恰好成为右边夜景的镜像。从左到右，白天逐步过渡到了黑夜；从下到上，田地渐渐升上天空。埃舍尔的视觉使这一切得以实现，使《昼与夜》成了一幅极受赞誉的作品。

后来，埃舍尔以纯技巧令人折服的“变形”作品渐渐减少，“变形”本身也逐渐依附于其他概念的表现。例如，石版画《魔镜》表现的主题乃是“共存的世界”。画中不仅具有镜像对称，而且让镜像获得了生命，生存在另一个世界中。恩斯特对这幅画做了极佳的导读：

> 一切从一个毫不起眼的圆点开始。在最靠近观众的镜子边缘，就在斜栏的下面，我们可以看见一只小翅膀的尖端和它的镜像。让我们沿着镜子向里看，它就变成了整只有翅的猎犬，其镜像也随之而变……当那条真实的狗从镜前向右转身时，它的镜像随之向左；而这个镜像如此真实，以至于我们毫不奇怪地看到它竟然从镜子后面走了出来……现在这些有翅犬左右分开，每走一程便使自己的数目增加一倍；然后，它们像两支军队一样开向对方。但是，他们还没有来得及面面相对，就从空间跌落到平面，变成了瓷砖地面上的图案……黑狗通过镜面时变成了白狗，恰好填满了黑狗之间的白色空隙。这些白色空隙又逐渐消失，直至最终狗们了无踪迹。它们似乎从未存在过——确实，这些有翅犬怎么可能从镜子中冒出来！然而，还有一个谜“团”在那里——镜子前面还立着一个圆球，沿着某一个角度向镜子后面看去，只能看见这个球的一部分镜像，但是，镜子后面还有一个圆球——一个足够真实的物体，就在左半部

分狗的镜中世界里。

“共存的世界”可以通过不同的途径来实现。例如，前文介绍的《日与月》就是以平面分割为手段，实现了两个世界的融合。

透视与无穷

《深度》，木口木刻，1955年

绘画，总是只能把三维的现实表现在二维的平面上。为了使我们在观看一幅画时，与我们观看此画所表现的真实物体时，在我们的视网膜上呈现完全相同的图像，就必须遵循透视法。

埃舍尔对此做过许多探索。例如，他创作《深度》的目的，是要描绘无限伸展的空间。这幅画的技术难度很大，那些鱼要越画越小，缩小的比例要非常准确。而为了加强深度的表现力，鱼离得越远，它们表现出来的反差就要越小。恩斯特评论道：“作一幅石版画可能还容易些，但是木刻就难多了，因为木刻的每一个点都非黑即白，不可能用灰色来形成反差。然而埃舍尔……成功地引入了这种所谓的光透视法，作为增强立体空间表现力的一种手段。这种方法远远超越了几何透视的诸多限制。”诚哉斯言！

埃舍尔对于无限的兴趣使他提出，“比如有这么一个人……突发奇想，要用他的艺术来探索无穷，还要尽可能地精确、逼近”“他将采用什么样的形状呢”？

在考克斯特教授的一本书中，有一个图示使埃舍尔深受触动，觉得它很适合于表现无穷。进行深入分析之后，埃舍尔得出结论：“只有一种可行的方法能够……在一个完全封闭的合乎逻辑的界限之中获得‘无穷’……最大的动物图形放到中间，无限多和无限小的极限则在圆周处达到。”他创作了一组《圆极限》，其中最好的一幅是《圆极限Ⅲ》。同一系列的鱼都具有同一种颜色，它们首尾相接，沿着环形路线从这边到那边游个不停，越游近中

《圆极限Ⅲ》，木刻，1958年

间就变得越大。

为使每一列鱼都能与周围环境区分开来，一共需要4种颜色。“一串串鱼像火箭一样，从无穷远的边缘以直角发射出来，又跌落到所来的地方，没有一条鱼能最终到达边缘，”恩斯特写道，“因为在那之外是‘绝对的无’。然而，这个圆的世界如果没有周围的虚空也不可能存在，不仅仅因为‘内’的前提是‘外’，而且因为，由这种几何精确地指定的、建构起整个框架的圆弧的圆心，就在‘无’的领地之中。”

在下面本文结束之前，我们还将介绍埃舍尔探索无穷的另一幅杰作：《蛇》。

“怪圈”和“骗术”

恩斯特在《魔镜》中说：“绘画乃是骗术。一方面，埃舍尔在各种作品中展示这种骗术；另一方面，他完善了它，把它变成一种超级幻象，使之呈现出不可能的事物，由于这种幻象是如此的顺理成章、不容置疑、清晰明了，这种不可能便造就了完美。”

埃舍尔的《画手》美妙至极，《魔镜》一书中写道：“如果一只手在画另一只手，同时，被画的手又在画第一只手，而所有这一切又都画在一张被图钉固定在画板上的纸面上……又如果这一切都是画出来的，我们就可以把它称为超级骗术。”

著名数学家霍夫斯塔特（他自取的中文名字叫侯世达）在其洋洋80余万言的杰作《哥德尔、埃舍尔、巴赫》中，专辟一章讨论了“怪圈”。这里所谓的“怪圈”，是指当我们向上（或向下）穿过某种层次系统中的一些层次时，竟意外地发现自己恰好重又回到了原先的出发点。比如，张先生是只存在于王先生笔下的人物，王先生是只存在于

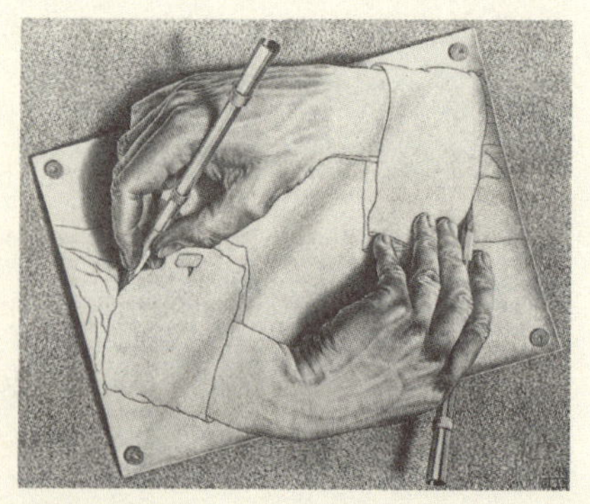
《画手》，石版画，1948年

李先生笔下的人物，李先生又是只存在于张先生笔下的人物，试问，这样一个“作者三角形”真是可能的吗？这就是一个怪圈。

侯世达认为，把怪圈概念最优美地形象化，也就是最视觉化的，正是埃舍尔。在《画手》中，画的与被画的彼此重叠，形成了一个怪圈。侯世达对于这种怪圈做了很好的说明：在所有这一切的背后，还隐藏着一只未画出来但正在画的手，它属于埃舍尔，左手和右手的创造者。

《画廊》是又一宗完美的“骗术”。画廊的入口在画面的右下角，廊中左边有一位年轻人正在观赏墙上的一幅画。在这幅画中，他可以看见一艘船，再往上，在整个画面的左上角，是沿码头的一些房子。这排房子一直向右延伸到画面的最右侧，我们可以发现，前方角落里那座房子的底部有一个画廊的入口，画廊里正在举办一场画展……所以左边那位年轻人其实正站在自己观看的那幅作品之中！

《画廊》，石版画，1956年

不可能世界

恩斯特把石版画《凸与凹》称为“视觉炸弹”。你看，左下角有个人从梯子爬上平台，眼前是一座小殿，他可以去叫醒那个打瞌睡的人。他还可以试试能否爬到右边的楼梯上去。但是，他突然发现，本来在他脚下的坚实的地面，现在变成了天花板，他正以一种奇怪的姿势吸附于其上，仿佛地球引力已经不再存在。如果左侧那个提着篮子的妇女走下台阶，越过中线，那么也会发生同样的事情。

再看垂直中线两边的吹笛人。左上侧的吹笛人看着窗外，下面是一座小殿的交叉拱顶。他可以爬出来，站到拱顶上面，并跳到下面的平台上去。但是，

《凸与凹》，石版画，1955年

右面稍低一些的那个吹笛人，看到的却是一座倒悬的拱顶。他必须打消跳到“平台”上的念头，因为他的下面是无底深渊……

在石版画《上升与下降》中，我们遇到了一座楼梯，它既可以说是向上的，也可以说是向下的，其实高度并没有变化。如果我们跟着那些僧侣向上走，那么每一步都会到达更高一层台阶。但是，走完一圈之后，我们却发现自己又回到了原处。所以，虽然我们步步向上，其实却一点也没有升高。反之，如果我们跟着那些僧侣向下走，那么每一步都会下到更低一层台阶。但在走完一圈之后，我们还是回到了原处，实际上一点也没有降低。这究竟是怎么一回事？恩斯特在《魔镜》中做了非常精彩的分析，诸君不妨细细体味。

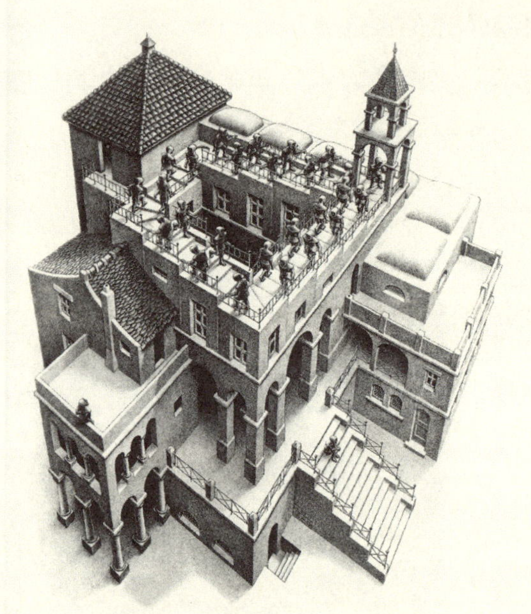

《上升与下降》，石版画，1960年

数学的奇妙

埃舍尔是荷兰人，1898年出生于吕伐登，父亲是水利工程师。中学时代，似乎唯有每周2小时的艺术课能给他带来一点快乐，他也只有艺术课的成绩比较像样。最后，他连毕业证书都没有拿到。

1919年，埃舍尔赴哈勒姆就读建筑与装饰艺术学院。不久，他就表现出在装饰艺术方面的天赋更胜建筑一筹。他用功努力，打下了良好的绘画基础，而且擅长木刻。1922年春，他离开了艺术学院，此后直到1935年，基本上都以意大利为家，并与耶塔·乌米克结婚。他在意大利广泛地旅行，其间还到过西班牙，目的是寻找素材，并作速写，其中有一幅《卡斯特罗瓦尔瓦》，后来发展成为他最美的风景石版画之一。

这时的埃舍尔还不很有名，很大程度上还要依赖父母亲。直到1951年，他才靠自己的作品取得一些收入。到1954年，他变得声名显赫了。这是由于他的作品表达了那些不断涌现的十分新奇的观念。

1935年，意大利的法西斯政治氛围使埃舍尔忍无可忍，遂全家迁居瑞士的厄堡。1936年，他和妻子到西班牙南部游历了格拉纳达的阿尔汗布拉宫。那里墙壁和地面上的摩尔风格装饰艺术，使他产生了极大的兴趣，并花了整整三天研究和临摹。这成了他日后开创周期性空间填充工作的基础。埃舍尔对于瑞士的风景不能激发他的灵感颇为不满，便于1937年迁居比利时布鲁塞尔附近的于克勒。

1941年1月，埃舍尔回到荷兰，住在巴伦。在祖国故乡，他最奇妙的思想和最丰富的作品喷涌如泉。

1970年，埃舍尔住进荷兰北部拉伦的罗萨—施皮尔养老院。老年艺术家在那里可以有自己的画室，生活也有人照料。1972年3月27日，埃舍尔在那里与世长辞。

对于埃舍尔，起初“艺术评论家看不清他的神龙首尾，只有将他的作品搁置一边。最先表现出极大兴趣的是数学家、晶体学家和物理学家”，恩斯特此言确实不虚。

《群星》，木口木刻，1948年

埃舍尔在50岁前后显露出对简明几何图形的兴趣，作品中包含了正多面体、空间螺线和莫比乌斯带等。《群星》便是这强中之强的范例——这么说并非出于我对天文学的偏爱，实在是许多人皆以为然。

莫比乌斯带是以莫比乌斯命名的一种条带，他首先利用这种条带阐述了拓扑学的某些重要性质。莫比乌斯带的做法其实很简单：拿一张窄长的纸条，把一端扭180°，再和另一端粘起来，变成一个圈，其妙处在于它只有一个面、一条边，没有里外之分，如果沿着它的中线剪开，它不会分成两半，而是依然连在一起，变成一个大环。

请看埃舍尔的《莫比乌斯带Ⅱ》，顺着蚂蚁爬行的方向前进，或者用你

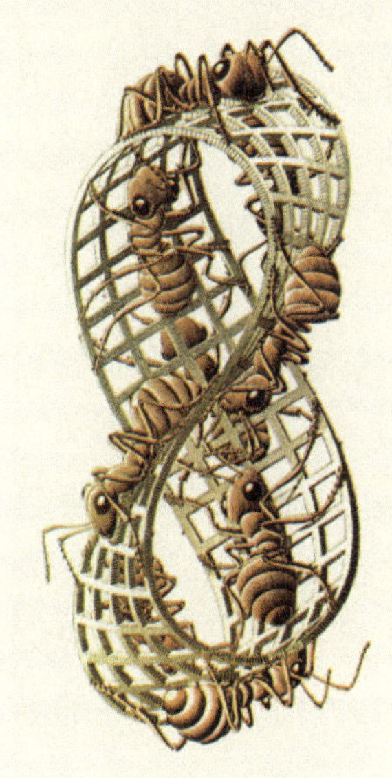

《莫比乌斯带Ⅱ》，木口木刻，1963年

的手指摸着带子的边缘滑行，你将能体验到上面所说的一切。

《蛇》和尾声

在埃舍尔的最后一幅作品《蛇》中，无数小环从圆的中心生长出来，变大，达到极大之后，在接近边缘的时候重新缩小、消失。画面坚定有力，木刻壮丽辉煌。图中的网络结构极其复杂。从最大的圆环的圆心到整个圆面的外缘，又是考克斯特的网络结构，但是实现了向中央方向逐渐缩小。

恩斯特说："这是一个很好的例子，埃舍尔的角色不仅是个数学家，也是个技艺超凡的木匠。作为木匠，他给作为数学家的自己出了一道题：这个新的网络结构该怎样解释呢？""如果有人想从生物书中找到三条蛇，以此证明这幅画不是纯粹的抽象，那必将是徒劳一场。埃舍尔本人在研究了大量蛇的照片之后，认为他画的这种蛇是最美、最'像蛇'的蛇。"

画《蛇》的时候，埃舍尔已经年逾七旬了。他的作品是他毕生对现实礼赞的见证，同时以视觉形象再现充满数学奇迹的无穷之美。

1965年10月，版画艺术家阿尔贝特·弗洛孔发表了一篇极有洞见的评论。他评价埃舍尔："他的艺术不能激起多少情感，却常常会带来智力上的惊喜。一旦我们从中发现了某种出人意料的结构，或者发现了与我们的日常经验截然相反，甚至确信有疑问的东西，我们就会获得这种惊喜。""他的作品告诉我们，最完美的超现实主义就存在于现实之中，但

《蛇》，木刻，1969年

愿我们能够克服各种困难，弄懂其中隐含的基本原理。”

曾经有一群美国年轻人写信给埃舍尔，在一幅画下面写道：“埃舍尔先生，感谢您的存在。”细细品味《魔镜》，使我对埃舍尔的认识远远超越了当初在奥克尼与斯特鲁特先生的圣诞夜谈。我要一百次、一千次地对埃舍尔说：“感谢您曾经存在于这个世界上。”

[附记] 《魔镜——埃舍尔的不可能世界》有一篇精彩的作者前言，题为“魔镜——一个档案”，写于1998年。兹照录其结尾部分如下：

在埃舍尔将某种理念表现给公众之前，他一定要把它彻底想清楚，有时，这要用几个月的时间。令人吃惊的是，他从来没有重复自己。这一点还没有多少人注意到。在这本书里，我们可以看到埃舍尔很多作品的草稿：实际上，几乎每一张关于《瀑布》《凸与凹》《高与低》的素描稿都可以制成一幅有趣的版画。对于一位艺术家来说，这样做也是完全合理的，很多人正是以这种方式构建了他的全部作品。

但是，埃舍尔的目的并不是制作一幅又一幅精美有趣的版画。他在努力追求最能充分表达他的思想的那一幅！在这方面他也是独一无二的。偶尔我们会看到有几幅作品表现着同一个主题，但是，那一定有所改进，有所调整，可以更简洁地传达他的思想。

在这本《魔镜》中，你不仅可以看到他的生平，也可以看到对埃舍尔作品的起源做出的阐释，这些都是从我和他的多次讨论中提炼出来的。埃舍尔本人认为，本书是对他的创作思想的忠实叙述，也是对其创作思想的另一种表现。

原载《科学生活》2003年7月号

数学的奇妙和愉悦

莎士比亚、庞加莱和加德纳

我特为给你推荐一位朋友，
精通音乐与数学，
做她的教师可以愉快胜任，
我知道她对这两门功课已有一点根底。

——莎士比亚：《驯悍记》第2幕第1场

莎士比亚早期作品《驯悍记》的剧情梗概是：富翁巴普提斯塔的大女儿性子暴躁、难以理喻，大家都叫她“泼妇凯瑟丽娜”。可是，聪明、幽默的彼特鲁乔先生却决心要娶这位美丽的悍妇，并使她变成一个温柔、贤淑的妻子，结局是他如愿以偿。

题头引文，是彼特鲁乔向巴普提斯塔提亲时的话语。“她”，指“泼妇凯瑟丽娜”。“她对这两门功课已有一点根底”，其实是反话；而贯穿于全剧始终的反话正是彼特鲁乔制胜的“法宝”。从这段引文可以瞥见，在莎士比亚时代，数学在人们心目中所占的地位。

《数学的奇妙》，
[美]西奥妮·帕帕斯著，陈以鸿译，
上海科技教育出版社，1999年4月

莎士比亚将数学与音乐并提，这绝非偶然。法国大数学家庞加莱曾经说过：

“数学的目标和意义有三个方面：首先，数学提供了研究自然界的有力工具；其次，数学的研究有重要的哲学意义；再则我敢冒昧地说，数学的探索还有深刻的美学原则……数学内容的展示能给人们带来种种喜悦，恰如绘画和音乐能够陶冶人们的心情一样……尽管数学不是美学，两者不能等同，但当人们亲身经历并回顾其数学研究的历程时，一种不可遏制的愉快油然而生，这难道不是一种美学特征的体现吗？当然，只有少数人能真正进入这种境界并享受到这种喜悦和愉快，而这也正好与只有少数人才能去鉴赏最珍贵的艺术并享受其中的乐趣一样。因此，我毫不犹豫地认为，任何一个人想要有修养，就要去学习数学，即使是那些在物理学或其他学科中暂无任何应用的数学理论，也值得去学习和探索。”

诚哉斯言！有一个人，通过自己独特的方式，唤起了无数人士对数学的兴趣。他的名字就叫马丁·加德纳。

趣味数学大师马丁·加德纳

加德纳是美国人，生于1914年，如今仍健在（卞按：马丁·加德纳于本文发表后7年逝世，享年96岁）。他从来没有当过教授，但世上许多第一流的数学家都对他敬重有加。他为《科学美国人》杂志每月写一篇“游戏数学”专栏文章，持续了20年以上。他的这些文章和其他著作极为出色地对现代数学的成就做了通俗的介绍，从而把一门被认为枯燥乏味的学科，变成了生气勃勃的艺术。人们赞誉他为“数学的传教士”“数学园丁”……甚至写下了这样的褒扬之词：

“在数学这座金碧辉煌、神圣庄严毫不亚于奥林匹斯的神庙中，供奉着欧几里得、笛卡尔、牛顿、欧拉、高斯、黎曼、康托尔等大神，他虽没有叨陪末座的资格，但是，作为站在庙门口的守护神，却少不了他。”

马丁·加德纳多才多艺，在哲学、文学、艺术、新闻等诸多领域均不乏建树。当然，他的主要业绩还在于数学。1979年，加德纳65岁，许多著名数学家都觉得应该对他有所表示，于是由戴维·克拉纳牵头，各自撰写一篇最拿手的文章汇集成书，作为寿礼献给他，书名就叫《数学加德纳》。此事仅在小范围内进行，因为假如公开征文，那么崇拜者们必将来稿如潮，这又将如何是好？

引人入胜的数学趣题

加德纳与读者有着广泛的通信联系，在社会公众中，希望能欣赏数学美的人往往很难如愿，加德纳则为他们创造了层出不穷的机会。我们试以《引人入胜的数学趣题》为例，来一睹加德纳趣味数学的风采。该书共10章，依次为“算术趣题”“货币趣题”“速度趣题”等。加德纳要求读者：“我希望你们在认真思考解题之前，尽最大努力抗拒看答案的诱惑。”

马丁·加德纳著《引人入胜的数学趣题》

“彩色袜子”是一道算术趣题：抽屉中杂乱地放着10只红袜子和10只蓝袜子，它们除颜色不同外，其他都一样。室内一片漆黑，而你想取出2只颜色相同的袜子。请问最少要从抽屉中取出几只袜子，才能保证有2只配成颜色相同的一双？

许多人会想：假设取出的第一只是红袜子。我需要取出另一只红袜子来和它配对，但取出的第二只可能是蓝袜子，而且下一只，再下一只，等等，可能都是蓝袜子，直到取出抽屉中全部10只蓝袜子。于是，再下一只肯定是红袜子了。因此答案是12只袜子。

但是，题目中并没有限定是一双红袜子，它只要求取出两只颜色相同的袜子。如果取出的头两只袜子不能配对，那么第三只肯定能与头两只袜子中的某一只配对。因此，正确的答案是3只袜子。

“自行车和苍蝇”是一道极富启迪性的速度趣题：两个男孩各骑一辆自行车，从相距20英里的两个地方沿直线相向骑行。在他们起步的那一瞬间，一辆自行车车把上的一只苍蝇，开始向另一辆自行车径直飞去。它一到达另一辆自行车的车把，就立即转向往回飞行。这只苍蝇如此往返于两辆自行车的车把之间，直到两辆自行车相遇为止。

如果每辆自行车都以每小时10英里的速度匀速前进，苍蝇以每小时15英里的速度匀速飞行，那么，苍蝇总共飞行了多少英里？

每辆自行车运动的速度是每小时10英里，1小时后两辆车相遇于20英里距离的中点。苍蝇飞行的速度是每小时15英里，因此在1小时中总共飞了15英里。事情就这么简单！

许多人试图计算苍蝇在两辆自行车车把之间的第一次路程，然后是返回的路程，并依次类推，算出那些越来越短的路程。但这将涉及所谓的无穷级数求和，因而非常复杂。

据说，在一次鸡尾酒会上，有人向大名鼎鼎的火箭专家约翰·冯·诺伊曼提出这个问题。他略加思索便给出了正确答案。提问者沮丧地解释道，绝大多数数学家总是忽略能解决这个问题的简单办法，而去采用无穷级数求和的复杂方法。不料，冯·诺伊曼却脸露惊异地说道："我用的正是无穷级数求和的方法。"

数学的不同分支极其众多，如果从每个分支选一道题，那么这本《趣题》的篇幅将会比现在大上50倍。有些趣题归入哪一部分都不太合适，然而由于它们特别有趣，并且介绍了重要的数学概念，所以加德纳把它们纳入了"什锦趣题"这一章。其中"5块'四小方'"一题，涉及一个叫作组合几何学的几何学分支。它显示了怎样构造一类拼板游戏，曾经引起许多第一流数学家的兴趣。

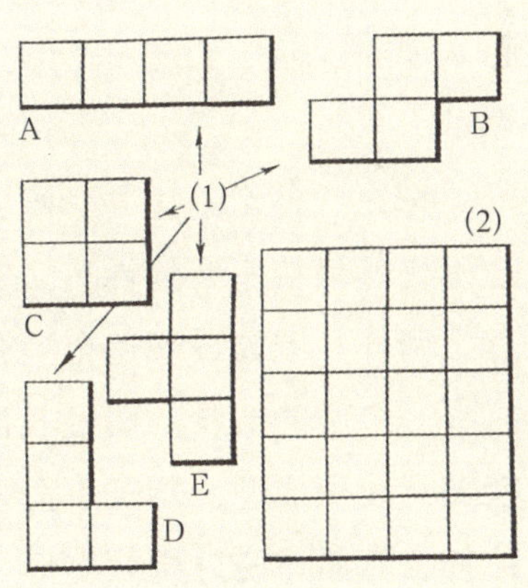

(1) 5个四小方，
(2) 一个4×5的长方形

图(1)中有5个图形，各由4个小正方形连接而成，叫作四小方。多米诺骨牌由2个小正方形连接而成，可称为二小方。由3个小正方形构成的形状称为三小方，由5个小正方形构成的则称为五小方，依此类推。这类形状的总称是多小方。以它们为基础的趣题数以百计。

把图(1)中的四小方剪下来，每块图形都可

以翻转，哪一面朝上都行，你能把它们拼接成图(2)所示的4×5长方形吗？

答案是：不可能做到这一点。对此，有一种简单得惊人的证明方法——

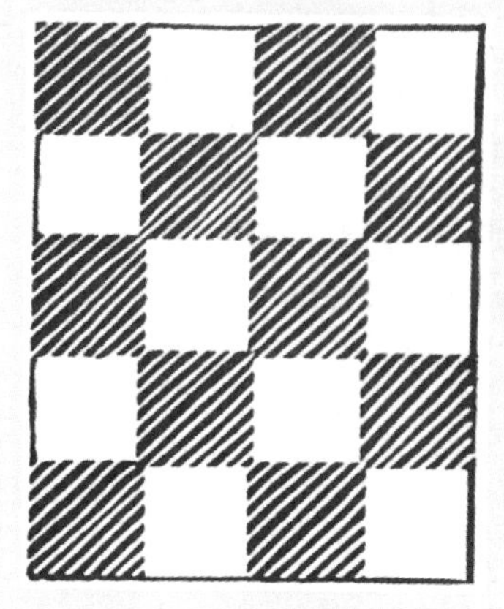

像国际象棋棋盘那样把长方形中的小正方形涂上颜色

首先把长方形中的小正方形涂上颜色，使它看起来像个国际象棋棋盘。把四小方A、B、C、D放到棋盘上，你会看到，无论它们摆在什么地方，每一个四小方必定是盖住2个黑正方形和2个白正方形。于是，这4块四小方盖住的总范围永远是8个黑的和8个白的正方形。但四小方E的情况就不同了，它总是盖住一种颜色的3个正方形和另一种颜色的1个正方形。

这个长方形有10个白色的和10个黑色的小正方形。无论四小方A、B、C、D摆在什么地方，它们必将盖住黑白两色各8个正方形。这样，留给四小方E的就是2个白的和2个黑的正方形。E不可能盖住它们，因此这道题不可解。

拓扑、概率和组合几何学

《引人入胜的数学趣题》每一章都有一段言简意赅的导言，以便读者领会相关数学分支的实质。“拓扑趣题”一章的导言告诉我们：

拓扑学是现代几何学中年轻的分支之一。它的一些稀奇古怪的图形简直令人不可思议，以至于仿佛不是由冷静的数学家而是由科学幻想小说家发明的。

那么，什么是拓扑学呢？它研究的是图形无论经过怎样的扭曲、拉伸或压缩仍然保持不变的性质。对于一位拓扑学家来说，一个三角形和一个圆没什么两样，因为设想这个三角形是用绳子做成的，我们就能容易地把这绳子拉成一个圆的形状。假设我们有一个炸饼圈——拓扑学家称之为环面，是用能随意模压成型、却既不会自身粘连又不会断裂的塑性材料制成的。在经过拉伸、弯曲，使之充分变形之后，这个炸饼圈原有的许多性质依然保存了下来。例如，它总是有一个洞。这种不变的性质就是它的拓扑性质。它们与大小无关，也与通常所理解的形状无关。它们是最深层次的几何性质。

许多趣题实际上就属于拓扑学范围。拓扑学有一条基本定理，用法国数学家卡米耶·约当的姓氏命名，叫作约当曲线定理。它指出，任何简单闭曲线——即一条两端相接并且不自身相交的曲线，都把一个平面分成两个区域，即一个外部和一个内部。这条定理看上去十分浅显，但证明起来却相当困难。

“内部还是外部”就是一道拓扑趣题。画一条如图那样弯弯扭扭的简单闭曲线，要立即说出某一点，例如图中用小十字标出的那个点，是处于内部还是外部，似乎并非易事。当然，我们可以循着这个点所在的区域不断追踪，一直追到曲线的边缘，看它是否能通向外部。

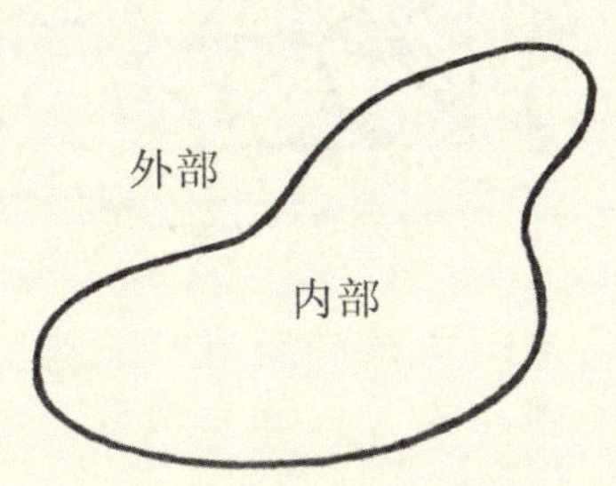

闭曲线把一个平面分成两个区域：内部和外部

在右图中，一条简单闭曲线只露出中间一小部分，四周都被纸片盖住了，因此你无法再循着任何看得见的区域向外追踪到曲线的边缘。现在，我们被告知，标志着A的区域是曲线的内部。请问：区域B是内部还是外部？你是怎么知道的？

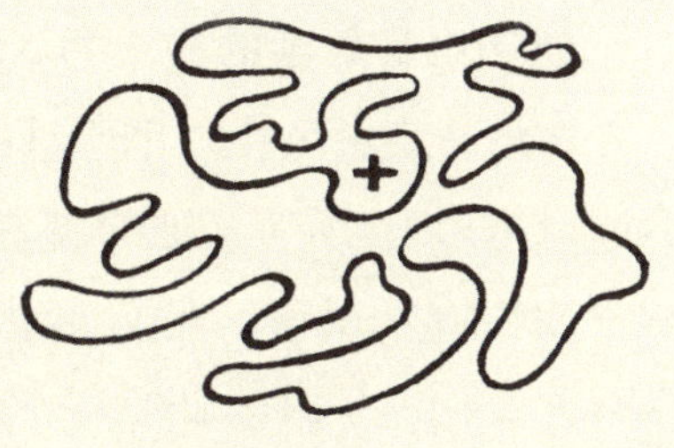

一条弯弯扭扭的简单闭曲线

答案为：区域B是内部。关于简单闭曲线，还有一条有趣的定理，即简单闭曲线的所有“内部”区域相互之间被偶数条线隔开，“外部”区域之间也是如此；而任何一个内部区域与任何一个外部区域之间，则被奇数条线隔开。零被认为是偶数，因此两个区域之间如果没有线隔开，它们当然是在曲线的同一“侧”，于是这条定理依然成立。

一条简单闭曲线的四周都被纸片盖住了

从区域A的任何部分沿任何途径进入区域B的任何部分，我们将穿过偶数条线。图中用虚线表示了这样一条途径，它穿过偶数条——4条线。因此，不管这条曲线的其余部分是什么样子，我们都可以肯定，区域B也是内部！

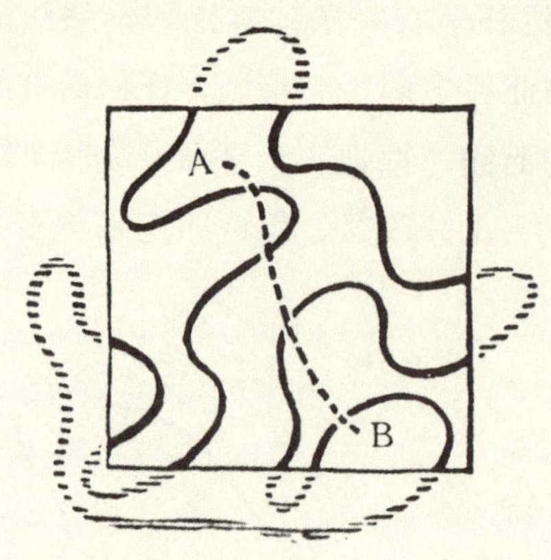

简单闭曲线的所有“内部”区域相互之间被偶数条线隔开，“外部”区域之间也是如此

在“概率趣题”一章的导言中，加德纳写道：

> 我们周围发生的每一件事情，都遵循概率的规律。我们不能逃避它们，就像我们不能逃避重力一样。电话铃响了。我们做出应答，因为我们认为有人拨打了我们的电话号码，可是总会出现有人拨错号码的情况……“概率，”一位哲学家曾经说过，“是人生的真正指南。”我们都是赌徒，一生在为无数的行动结果下着无数的赌注。

概率论是数学的一个分支，它告诉我们怎样去估计可能性的大小。如果一件事情肯定会发生，则它被赋予的概率为1；如果它肯定不会发生，则它具有的概率为0。所有其他的概率都介于0和1之间。假如一件事情发生与不发生的可能性恰好相等，我们说它的概率为1/2。科学的每一个领域都同估计概率有关：物理学家要计算一个粒子的可能径迹；遗传学家要计算一对夫妇生蓝眼睛孩子的可能性；保险公司、商人、证券经纪人、社会学家、政治家、军事家，都必须善于计算同他们有关的事情的概率。

概率趣题“男孩对女孩”讲了一位古代苏丹的故事。这位苏丹打算使他的国家中妇女的人口超过男子，以让男人能有更多的妻妾。为此，他颁布了如下的法律：一位母亲生了一个男孩后，就立即被禁止再生孩子。

苏丹告诉他的大臣，通过这种办法，有些家庭就会有几个女孩而只有一个男孩，但是任何家庭都不会有一个以上的男孩。用不了多长时间，女性人口就会大大超过男性。请问，你认为苏丹的这个法律会产生这样的效果吗？

不会！按照统计的规律，全部妇女所生的头胎孩子趋向于男孩女孩各占半数。男孩的母亲们不能再有孩子。女孩的母亲们可以再生育，但第二胎孩子仍然一半是男孩一半是女孩。

再一次，男孩的母亲们退出生育队伍，留下其他母亲，她们可以生第三胎。

在每一轮生育中，女孩的数目总是趋于与男孩的数目相等，即男孩对女孩的比都是1比1。那么，把各轮生育的结果全部累加起来，比还是保持着1比1。

当然，在这一进程中女孩们会成长起来成为新的母亲，但上述论证同样也适用于她们。

萨姆·劳埃德的故事

加德纳善于构思数学趣题，也善于介绍该领域中前人的成就，《萨姆·劳埃德的数学趣题》及其《续编》，就是加德纳选编的经典之作。

塞缪尔·劳埃德是19世纪美国最杰出的趣题和智力玩具专家，萨姆是塞缪尔的昵称。他于1841年1月30日在费城出生，3岁时随父亲到纽约定居，后来在纽约的公立学校就读，直到17岁。他富有个性，兴趣独特，诸如魔术、口技、下棋、模仿表演、用黑纸片快速剪影等，无一不精，而对国际象棋的兴趣又导致他为趣味数学奉献了自己的一生。

《萨姆·劳埃德的数学趣题》和《萨姆·劳埃德的数学趣题续编》

劳埃德10岁时正规学棋，14岁在《纽约星期六信使报》上发表其第一个国际象棋题目。几年后，他就被公认为全美国最重要的国际象棋趣题作者。那时，有许多报纸开辟定期的国际象棋专栏，劳埃德成为其中大部分专栏的撰稿人。1857年，16岁的他成了《国际象棋月刊》的棋题专栏编辑。后来，他又为其他报刊主持各种国际象棋专栏，包括一度在《科学美国人副刊》上开辟的每周国际象棋专版。

1870年以后，劳埃德的注意力转向数学趣题和作为广告赠品的小玩意儿。他的“14－15滑块游戏”在许多国家掀起了狂热。19世纪90年代，他一直为《布鲁克林每日鹰报》的一个通俗趣题专栏撰稿。直到他1911年逝世，许多报刊上都有他的趣题专栏。例如，他在《妇女的家庭伙伴》上的趣题专版，从1904年到1911年每月都照刊不误。

劳埃德于1911年4月10日去世后，他的儿子小塞缪尔·劳埃德继续以他的名义编辑趣题专栏，并出版了他的不少趣题集，其中内容最丰富的是1914年私人印行的皇皇巨制《趣题大全》。此书因匆匆拼凑而成，故内容和印刷上有许多差错。然而，它依然是迄今最激动人心的单卷本趣题集。加德纳选编的《萨姆·劳埃德的数学趣题》及其《续编》，就取自这部早已绝版的惊人巨著。

例如，属于运筹学范畴的“项链趣题”。劳埃德说自己几年前出了这道题，把它给了纽约所有主要的珠宝商和项链制造商，然而却没有一个人能给出正确答案。题目如下：

一位小姐买了12段链子，如图所示，其中大环和小环的总数恰好为100个。她要求把它们连成一条两端连接的100环的项链。珠宝商告诉她，每断开一个小环然后再接上收费15美分，每断开一个大环再接上收费20美分。请问：这位小姐制成这条项链要花多少钱？

项链趣题

绝大多数人都会说，只要打开这12段链子末端所有的小环，而不必打开任何大环，就可以连成一条100环的项链，花费是1.80美元。

然而，正确的答案却是：在图中左右两边有2段5个环的链子，都由3个小环和2个大环组成。打开这2段链子所有的10个环，接上其他各段链子，就能构成一条两端相连的百环项链，而花费仅为1.70美元。这是可能得到的花钱最少的答案。

“早期的铁路”也是一道非常有名的运筹学趣题：有一节车头带着4节车厢同另一节带着3节车厢的车头相遇，问题是要借助于侧线，用最便捷的方法，使两列火车都通过。请注意：侧线的长度只够容纳一节车头或一节车厢，而且车厢不能连接到车头的前面。车头每倒退一次算作移动一次，那么车头必须来回多少次才能达到目的？

此题十分耐人寻味，完整的答案是：①右车头向右边后退。②右车头开到侧线上。③左车头带着3节车厢开到右边。④右车头退回主线。⑤右车头带着3节车厢开到侧线左边。⑥左车头退到侧线上。⑦右车头和车厢退到右边。⑧右车头拉着7节车厢开到左边。⑨左车头开回主线。⑩左车头退到整列火车处。⑪左车头拉着5节车厢开到侧线右边。⑫左车头倒退着把它最后面的一节车厢推到侧线上。⑬左车头拉着剩下的4节车厢开回右边。⑭左车头带4节车厢退回左边。⑮左车头单独开到右边。⑯左车头向侧线后退。⑰左车头把1节车厢从侧线上拉回主线。⑱左车头退回左边。⑲左车头带着6节车厢向右前进。⑳左车头倒退着把它最后面的一节车厢推到侧线上。㉑左车头带着5节车厢开回右边。㉒左车头推着5节车厢退回左边。㉓左车头带着1节车厢开到右边。㉔左车头向侧线后退。㉕左车头带着2节车厢开到右边。㉖左车头推着2节车厢退到侧线左边。㉗左车头拉着7节车厢开到侧线右边。㉘左车头把最后一节车厢推到侧线上。㉙左车头带6节车厢开到右边。㉚右车头退回右边。㉛右车头接上它的4节车厢离开。㉜左车头向侧道后退。㉝左车头带着它的3节车厢继续自己的行程。

早期的铁路

路径、滑块、古怪的教师

劳埃德的数学趣题涉及面极广。我们再介绍一个与路径有关的趣题，它以驰誉全球的儿童文学作品“爱丽丝漫游奇境记”命名。

劳埃德提请大家注意爱丽丝和那只总是咧着嘴笑的柴郡猫的奇特交往。那只柴郡猫能够在微风中隐没，只剩下它那不可抗拒的微笑。爱丽丝第一次见到它，就想知道那是一种什么动物。因为在奇境国总是用写字来提问，而且念东西通常是从右往左倒着念，或是从上到下、从下到上地念，所以爱丽丝就如插图那样把问题写了下来。这就允许读者从他们喜欢的任何地方开始，到任何地方结束，正如在奇境国里那样。

请注意，这句话中的英文字母，顺着念和倒过来念正好完全相同！请想

爱丽丝漫游奇境记

想：你能以多少不同的方式读出爱丽丝的问题“WASITACATISAW？”（我看见的是一只猫吗？）本题的读法规则是：从任何一个W开始，照着这个句子的字母排列沿着相邻的字母读到C，然后再读到边上的任何一个W。你可以向上下左右读，可以成直角拐弯。

题中有24个起点和同样数量的终点。许多优秀的数学家基于这一点，在解题时犯了错误。他们认为答案应该是24的平方，即576。然而，他们没有想到，到达中心C的不同线路准确地说有252种，而再回到边上的W的线路也是同样多，因此正确的答案是252的平方，即63504条不同的线路！

劳埃德告诉我们，他在19世纪70年代怎样使人们着迷于那个“趣题国的14—15滑块游戏”。如图所示，15个滑块按顺序排在一个正方形盒子里，但“14”和“15”的顺序颠倒了。题目的要求是依次移动这些滑块，一次移动一个，使得“14”和“15”的顺序错误得到纠正，而其他滑块仍回到原来的位置。

人们被这个游戏弄得神魂颠倒，它的神秘性在于，当你似乎觉得胜利在望时，却无法回忆起自己是按什么顺序移动的。据说，农民们甚至放下了犁来做这个游戏，此处的插图表现了这种场面。

趣题国的14—15滑块游戏

从这个最初的题目，又演变出几个值得一提的新问题：

第二个问题是，开始时滑块仍像上面的大图中一样，然后移动这些滑块使得号码按顺序排列，不过空格不在右下角了，而是如图(1)那样在左上角。

第三个问题是，开始时同上，然后把盒子转动90°，再移动滑块，直到如图(2)的样子。

第四个问题是，开始同上，然后移动这些滑块直到它们成为一个“幻方”，即每一条纵行、横行以及两条对角线上的数字相加都得到30。

答案是：最初的那个问题是不可能解出的。该问题的独特之处在于，任何两个滑块交换一下位置，都立刻使得这个问题变成可解的。实际上，任何奇数次的交换都有同样的结果，而偶数次的交换却使问题回到像最初那样不可解。

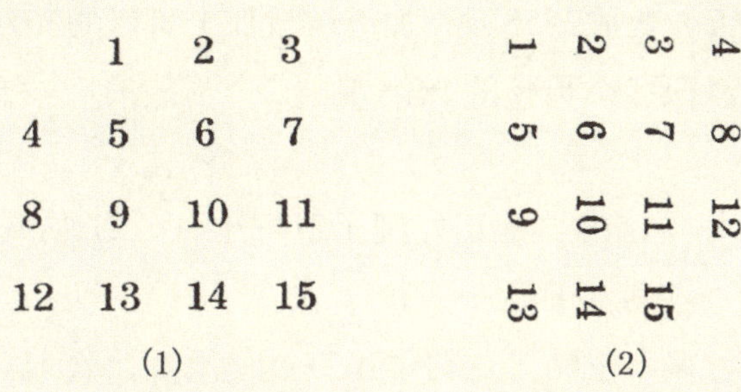

（1）开始时滑块仍像前面的图一样，然后移动滑块，使号码按顺序排列，要求空格在左上角；（2）开始时同上，然后把盒子转动90°，再移动滑块，直到如图的样子

劳埃德给出了其余3个问题的解答。图(1)可以用44步得到，即依次移动：14，11，12，8，7，6，10，12，8，7，4，3，6，4，7，14，11，15，13，9，12，8，4，10，8，4，14，11，15，13，9，12，4，8，5，4，8，9，13，14，10，6，2，1。读者可以从《萨姆·劳埃德的数学趣题》中查到图(2)和幻方的解答。

在算术和代数方面，“古怪的教师”这道趣题可谓别开生面。有一位古怪的教师，想把一些较大的学生吸引到他正在组织的一个班里来。他每天准备了奖品，班里的男孩或女孩哪一方的出生后天数加起来大，就奖给哪一方。

第一天，来了1个男孩和1个女孩，男孩的出生后天数恰好是女孩的2倍，因此奖品给了男孩。第二天，那个女孩把她的一个姐姐带来了。教师发现她们出生后天数加起来恰好是那个男孩的2倍，所以2个女孩分到了奖品。

第三天，那个男孩叫来了他的一个哥哥。教师发现2个男孩的出生后天数加起来恰好是2个女孩的2倍那么大，所以那天男孩们得到奖品。

竞赛在激烈地展开。第四天，两个女孩由她们的姐姐陪着来了；这样3个女孩和那2个男孩相比，当然女孩们胜利了。她们的出生后天数之和再一次恰好2倍于男孩们。我们已经知道，最后一位小姐是在她21岁生日那天加入这个班的。请问：第一个男孩有多大？

这是一个简单的题目，但解答令人眼花缭乱。第一天，第一个女孩是638天，男孩是她的2倍那么大，也就是1276天。这位最小的女孩第二天就是639天，她的姐姐是1915天，合计是2554天，这就是第一个男孩的2倍——因为他又长大了一天，该是1277天了。第三天这个男孩是1278天，他的哥哥是3834天，他们相加是5112天，恰好是2个女孩现在的大小（640天与1916天）之和2556天的2倍。

第四天女孩们又各自长大一天，变成2558天，加上最后那个姐姐的7670天，使她们的总和为10228天，恰好是2个男孩的2倍，因为2个男孩最后一天的总和已是5114天。

最后那个女孩的7670天是这样得出的：她正好到了21岁生日，21乘365是7665，加上四个闰年的4天，再加上她生日这一天。

那些在解答中犯了错误的人，多半忽略了这些学生每过一天都会长大一天这个事实。

加德纳曾说："这里再现的仅仅是《大全》的一部分内容……选择时既着眼于多样化又考虑到当代人的兴趣。如果这本书受到欢迎，我或许会从同一来源再选编出一本作为本书的继续。"

果然，后来他又完成了《萨姆·劳埃德的数学趣题续编》。

趣味数学女杰西奥妮·帕帕斯

女杰帕帕斯及其他

为使人们更方便地走近趣味数学，上海科技教育出版社推出了一套"加德纳趣味数学系列"，上述几种著作都是该"系列"的成员。同时，该系列还收入了西奥妮·帕帕斯的《数学的奇妙》、乔治·J·萨默斯的《测试你的逻辑推理能力》和《逻辑推理新趣题》等名家名著。

《测试你的逻辑推理能力》和《逻辑推理新趣题》封面

帕帕斯是趣味数学界的一位女杰，数学教师兼顾问，1966年在加利福尼亚大学伯克利分校获文学学士学位，1967年获斯坦福大学文学硕士学位。她致力于使数学非神秘化，帮助人们消除对数学的畏惧感。除《数学的奇妙》外，其作品还有《数学T恤衫》《数学日历》《孩子的数学日历》《数学知识日读》《数学的乐趣》《数学的更多乐趣》《数学鉴赏》《数学谈话》《分形、大数及其他数学故事》以及专门介绍视幻觉的《你看见什么？》等。

“堆骰子”是《数学的奇妙》之小小一例：假定你能绕着这堆骰子环行，并看清所有露出的面。试求骰子各隐藏面上的点数之和。注意：隐藏面的总点数，不包括图中看不见的背面的点数，因为我们可以绕着这堆骰子环行，可以看见背面的情况。这里的隐藏面，是指顶端那两粒骰子的底面，以及其他每粒骰子的顶底两面。

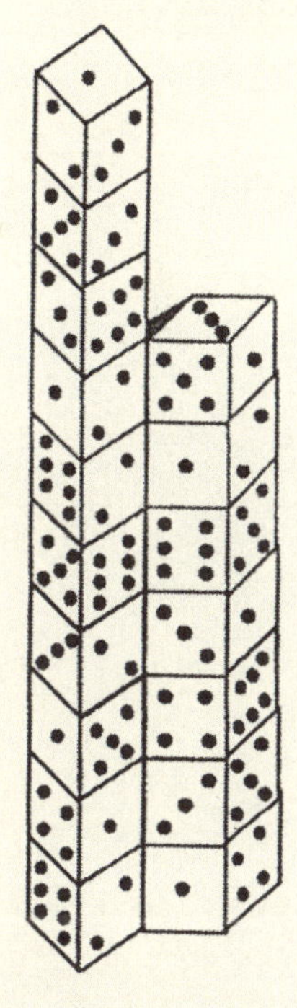

堆骰子

解此题的诀窍在于记住一粒骰子两对面的点数之和是7。第一堆有10粒骰子，顶面和底面总共70点，减去顶上一粒骰子顶面的1点，得69点。第二堆有7粒骰子，顶面和底面总共49点，减去顶端的3点，得46点。因此，两堆骰子各隐藏面上的点数总和是69+46=115点。

乔治·J·萨默斯的逻辑趣题很像一个个探案故事，此处仅举最容易的一例。“昨天火腿，今天猪排”说的是甲、乙和丙三人去餐馆吃饭，他们每人要的不是火腿就是猪排。已知①如果甲要的是火腿，那么乙要的就是猪排。②甲或丙要的是火腿，但两人不会都要火腿。③乙和丙两人不会都要猪排。请问：谁昨天要的是火腿，今天要的是

《矩阵博士的魔法数》

猪排？

我们的推理如下：如果甲要的是火腿，那么根据①，乙要的就是猪排，又根据②，丙要的也是猪排，但这种情况与③矛盾。因此，甲要的只能是猪排，而且根据②，丙要的只能是火腿。也就是说，甲、丙两人每天要的菜都不能变。因此，只有乙才可能昨天要火腿，今天要猪排。

"加德纳趣味数学系列"迄今已出9种，除前面已提及的，还有加德纳的另一名著《矩阵博士的魔法数》，以及余般石编著的《国内外数学趣题集锦》和陶臣铨、毛澍芬编著的《训练思维的数学趣题》。它们都可以佐证帕帕斯的名言：

数学是一种科学，一种语言，一种艺术，一种思维方法，它出现于自然界、艺术、音乐、建筑、历史、科学、文学——其影响遍及宇宙间的方方面面……

原载《科学生活》2003年10月号

邮票上的数学历程

邮票之美与科学之妙

最早的数学文献出现在美索不达米亚平原。公元前3000年左右的苏美尔计数泥版，图案看起来像是大麦之类的商品，三个指甲形刻痕则代表数字（南非文达地区发行，1982年）

数学作为人类文明之花，开遍我们这个星球的每一个角落。正因为如此，2002年8月下旬国际数学家大会在北京召开，便引起了国人的密切关注和强烈兴趣。《邮票上的数学》一书也在与会代表中渐渐传开；不久，此书又为数学爱好者们所钟情。然后，它又开始受到集邮爱好者们的青睐。

《邮票上的数学》一书的作者罗宾·J·威尔逊是英国开放大学高级数学讲师，牛津大学基布尔学院研究员。他热衷于向社会公众普及数学，有志于让更多的人领略和欣赏数学之美。他具备深厚的人文科学底蕴，因而撰写的各种著作多能别开生面，其题材从图论和组合数学到吉尔伯特和沙利文的歌剧，其中自然也包括他所钟爱的数学史。

作为一部专题集邮鉴赏类著作，《邮票上的数

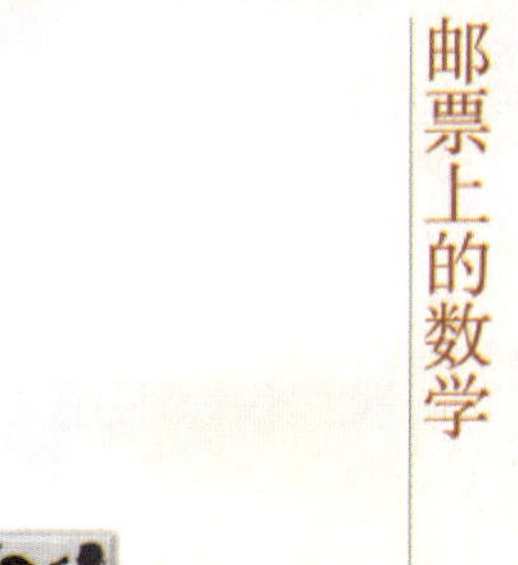

《邮票上的数学》，
[英]罗宾·J·威尔逊著，
李心灿、邹建成、郑权译，
上海科技教育出版社，2008年2月

2000年为世界数学年，许多国家为此发行了特种邮票。这是卢森堡发行的“世界数学年2000”

学》之主题是数学史。作者从世界各国数千枚有关数学的邮票中，选出约400件精品，分为55个专题，通过邮票赏析，生动地展现了几千年来数学与时俱进的奇妙历程。

诚然，《邮票上的数学》并非科学与集邮联姻的开山之作。我国近20年来，也有过不少此类尝试。例如，在20世纪80年代，有过李东初等编著的《邮票上的科学》，有过《我们爱科学》杂志编的一系列《邮票小百科》，更有中国青年出版社出版的“邮票系列画册”（含《邮票中的世界名画》《邮票中的人体艺术》《邮票中的鸟类世界》等诸多分册）；90年代有过陈芳烈先生主编的“邮票上的百科全书丛书”。当时，我尚在中国科学院北京天文台从事天文物理学研究工作，认真读了该丛书中由天文普及家兼集邮家卞德培先生编著的《星光灿烂》一书，觉得它实质上就是一部“邮票上的天文学”。再如以航天为主题的邮票鉴赏类图书，在20世纪80年代有杨照德先生编著的《航天·集邮》，世纪之交又有许恩浩先生编著的《邮票上的航天器》等，亦皆各有其长。诸如此类，不一而足。

那么，《邮票上的数学》究竟有何特色，其备受人们赞赏之原因又何在呢？

平淡之中现新奇

首要的原因在于其平易近人。此书作者有言：本书为对数学及其应用有兴趣的每一位读者撰写，同时也希望书中的大部分内容能引起缺乏数学背景知识的读者的兴趣，而且“我也特别希望本书能得到集邮爱好者的青睐”。在这一思想驱动下，他真正做到了平淡之中现新奇。

我们仅以书中第16—17页“中国”一题为例。该专题以中国古代的数学和天文学为背景，全文600余字，精选邮票8枚。作者写道：

“中国古代数学大部分都记录在竹简或纸上，并随着时间的流逝而消失了。然而，一本可能写于公元前200年的杰出著作——《九章算术》，却保留了下来。书中内容包括面积和体积的计算，平方根和立方根的估值，以及联

中国古代刘徽估算的圆周率π（密克罗尼西亚邮票，1999年）

郭守敬（中国邮票，1962年）

中国算盘（利比里亚邮票，1999年）

徐光启（中国邮票，1980年）

立方程的系统解法。

“有多位中国数学家花了很大精力来计算π值……最为非凡的工作是祖冲之（429–500）完成的，他计算出具有12288和24576条边的正多边形的面积，从而推算出π的值在3.1415926和3.1415927之间……在西方直到1000年之后才有人达到这种精确度。

“13和14世纪的中国数学家对代数与求解方程的数值解也做出了不朽的贡献。由二项式系数组成的算术三角形，现在通常称作帕斯卡三角形，早在公元1303年的一篇中文文献中就出现了。当时的一位著名人物郭守敬（1231–1316）主要研究历法、天文和球面三角。

“许多中国古代的测量工具都保存了下来，其中包括公元300年制造的记里鼓车和公元1437年制造的浑仪。世界上不同地方的算盘形式各异，其中最原始的是带有小石子的沙盘，而中国的算盘则是由架子和珠子构成的。”

此后，在近现代部分又再次提及中国，遣词造句依然要言不烦：

“第一个来到中国的传教士是意大利耶稣会教士利玛窦（1552–1601）……他最重要的贡献是由他口述，徐光启执笔，合作将欧几里得《几何原本》的前六卷翻译成中文。在利玛窦来到中国的明朝末年，由郭守敬修订的历法已很不准确，于是徐光启便接受皇命，主持历法改革。

“1742年，哥德巴赫在与欧拉的通信中，提出一个猜想：每个（大于4的）偶数都是两个素数之和（例如18=13+5和20=17+3）。虽然哥德巴赫猜想至今仍未得到解决，但陈景润在1966年得出的部分结果表明，每一个充分大的偶数可以表示为一个素数及一个不超过两个素因子的数之和。

“数论也是华罗庚的主要研究领域，他曾撰写过多部有关数论的重要论著……他走遍中国各地，为100 000名以上的工人做有关工业数学的讲座。”

这些，在书中还有更多相关的邮票。

哥德巴赫猜想
（中国邮票，1999年）

独具慧眼择佳邮

此书之妙还在于邮票之选择独具匠心。许多邮票既有重要的史料价值和丰富的科学内涵，又有极精美的构图。说书中的每张邮票皆值得细细品味，当不为过。例如，德国杰出的艺术家和雕塑家丢勒（1471–1528）将从意大利人那里学到的透视法介绍到德国，其著名的铜版画《忧郁》和《圣·哲鲁姆在书斋中》就体现了他对透视法的精妙应用。

丢勒的铜版画《忧郁》，一位手持圆规的女性正陷入沉思中，画面上还有一个圆球、一个硕大的多面体、一个沙漏和一个4阶幻方，幻方中每行、每列以及每条对角线上的数字之和均为34，此画完成的年代“1514”就在幻方的最后一行中（蒙古邮票，1978年小型张）

达·芬奇
（摩纳哥邮票，1969年）

数学和视觉艺术自古以来就有着明显的联系，本书中“文艺复兴时期的艺术”这一专题以透视法为切入点对此做了极好的诠释。文艺复兴时期艺术的一个显著特点是，艺术家们开始对写实地表现三维物体有了兴趣，从而使他们的作品有了视觉深度。这很快就导致了对几何透视学的深入研究。意大利艺术家阿尔贝蒂为正确的透视画法提出了一些数学法则，并在其著作《论绘画》中指出，“画家的第一要务是懂得几何学”。达·芬奇对透视的研究比文艺复兴时期的任何一位画家都更加深入。他在《画论》一书中警告说：“不懂数学者勿读吾书”。

解读数学交响曲

一部数学史，浑若一首波澜壮阔的交响曲。《邮票上的数学》则对这部乐曲做了井然有序的解析与释读。书中55个专题，分划科学缜密。序曲是以记数为代表的早期数学和古埃及的测量技术，金字塔便是声望最为卓著的杰作，紧随其后的是希腊几何学、柏拉图学园、希腊天文学、中国和印度、玛雅人和印加人、伊斯兰数学，然后是中世纪、文艺复兴时期的艺术、探险时代、绘制地图、地球仪、航海仪器，其间还插入了数学娱乐、围棋和国际象棋等。

印度国际象棋棋子（越南邮票，1983年）

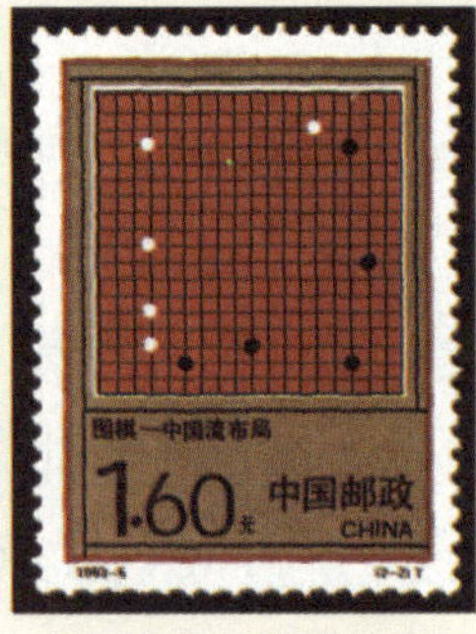

围棋——中国流布局（中国邮票，1993年）

左：吉萨金字塔建于公元前2600年前后，它显示了古埃及人极其精确的测量能力（刚果邮票，1978年）

中：15世纪印刷术的传播导致了数学符号的标准化，算术符号“+”和“–”最早出现在1489年的一部算术教科书中，“×”和“÷”则分别发明于1631年和1668年（哥伦比亚邮票，1968年）

右：英国牛津大学的数学家道奇森就是《爱丽丝漫游奇境记》的作者刘易斯·卡罗尔，他还写过关于行列式的代数学、欧几里得几何学和符号逻辑等方面的著作。这是为纪念他诞生150周年而发行（马里邮票，1982年）

再往下就到了哥白尼、新天文学、历法、数字计算、17世纪的法国、牛顿、欧洲大陆的数学、哈雷彗星、经度，乃至新大陆。至此，应该说，古典时代数学的方方面面都有了交代。接着登场的是法国的启蒙运动和大革命、几何学和代数学的解放、统计学的诞生、数学物理学以及光的本质，与此同时，作者也未忘记中国和日本，以及俄国和东欧。

现代科学与“横向联系”

历史进展到了20世纪，科学史上一系列革命性的成就相继突现：相对论、量子论、计算机的发展……最后，全书以侧重于“横向联系”的若干专题，如国际舞台、数学与自然、20世纪的绘画、数学游戏、数学教育等形成辉煌的结尾。

20世纪90年代发明的万维网使得信息高速公路得以建立，电子邮件的出现使人们可以更为快捷地通信交流。

书中的每个专题都由一个合页组成，左边是文字评注，右边是放大的邮票，书末还附有正文述及的邮票目录。读者通过全书既可结识一些在数学的历史长河中极有影响的科学家，如毕达哥拉斯、阿基米德、牛顿和爱因斯坦等；还可以了解航海、天文、物理和艺术等领域，正是对这些领域的研究促进了数学的发展，而数学的发展则反过来推动了人类社会其他众多领域的前进。平心而论，以本书这样并不很大的篇幅，对数学史上的大事能做到疏而不漏，真是谈何容易！

写方程的爱因斯坦(爱尔兰邮票，2000年)

普密蓬国王查阅电子邮件的情景(泰国邮票，1997年)

菊石上的对数螺线图案(匈牙利邮票，1969年)

左：斐波那契数列（1，1，2，3，5，8，13，21，…）的规律是：从第三项开始，每一项都是它前面两项之和。这在自然界中随处可见，松球上鳞叶的螺线形排列就表现为8个右旋和13个左旋的螺线（以色列邮票，1961年）

中："魔方"是匈牙利工程师鲁比克于1974年发明的。它是一种3×3×3的彩色立方体，6个面均可以独立地旋转，总共可以产生43 252 003 274 489 856 000种不同的图案。20世纪80年代初，全世界总共售出了1亿多个魔方（匈牙利邮票，1982年）

右：常见的平面镶嵌地砖有三种形状，即等边三角形、正方形和正六边形。蜜蜂的蜂巢即呈六边形镶嵌图案（卢森堡邮票，1973年）

红花绿叶相映成趣

不规则五边形的圣诞邮票，图案是伯利恒的马厩广场（马耳他邮票，1968年）

《邮票上的数学》又妙在文字叙述言简意赅。本书每一专题的文字评注都不超过800字。它们不是所选邮票的"说明书"，而是一篇篇耐人寻味的科学小品，也是一篇篇优美的散文。书中文字与邮票的关系不是主仆，而是红花绿叶，相映成趣。每篇短文都显得自然流畅，而各专题之间又毫无割裂感，可见作者之用心与用功。

《邮票上的数学》全书结尾的最后一个亮点是介绍具有各种不同几何外形的邮票：三角形的、平行四边形的、等腰梯形的乃至八角形的，等等。有的国家还发行过五边形邮票。例如，印度尼西亚和美国发行过正五边形的邮票，马耳他则发行过一套呈不规则五边形的邮票。皮特凯恩岛发行的一套六角形邮票形如蜂巢，表现了养蜂的不同侧面。还有许多国家发行圆形邮票，通常是纪念体育事件，例如法国发行的足球邮票。此外，还有新加坡发行过

圆形足球邮票（法国邮票，1998年）

一套半圆形邮票，塞拉利昂发行过一套椭圆形邮票，等等。

最后，不应忽视的是，《邮票上的数学》做工细致、印制精美，铜版纸，全彩印，其效果一望便知，此处不再赘述。

《邮票上的数学》英文原著出版者是德国的斯普林格出版社，中译本由上海科技教育出版社推出，译者李心灿教授等人皆系富有科研和教学经验的大学数学教师。2001年金秋，笔者在一年一度的法兰克福书展上曾问及斯普林格出版社有关人士，是否还有诸如《邮票上的物理学》《邮票上的天文学》之类与此书配套的作品。答复是："暂时还没有。我们希望《邮票上的数学》取得成功，这将会鼓舞我们进一步组织出版您说的那些选题。"

《邮票上的数学》取得了成功。显而易见，品位与之相当，甚至更胜一筹的《邮票上的……》也会不断出现。问题则是：谁将会做得更好？且让我们拭目以待吧。

原载《科学生活》2003年9月号

天文神韵　邮票风采

——话说《邮票上的天文学》

米寿的元老

2012年真是中国天文学界的大喜年：国际天文学联合会第28届大会在北京召开，中国天文学会成立90周年纪念大会在南京举行，还有南京大学天文与空间科学学院建院(系)60周年，上海65米射电望远镜落成仪式，中国科学院上海天文台成立50周年暨建台140周年，厦门大学正式复办天文学系，北京天文学会成立60周年……

在这喜庆的日子里，别开生面的天文科普丛书“到宇宙去旅行”应时而生。多方面的缘故使这套丛书受到人们的广泛关注。首先引起注意的，就是丛书的主编——人们尊称为“元老”的李元老先生。

李元先生出生于1925年，是科普界和天文界名副其实的元老，中国天文馆事业的先驱者。回想7年前的2005年初夏，我在“李元先生八十华诞暨从事科普事业六十周年座谈会”上，曾用两句略带诙谐的“大白话”道出了对元老的认识：

第一句叫作：“与世无争，荣辱不惊；一人在场，大家开心。”元老很能调动各种聚会的现场氛围，八旬开外的他，有时还会主动提议：“我来给大家唱个歌吧。”

《邮票上的天文学》，
李竞主编，徐刚、郭纲编著，
人民邮电出版社，2012年8月

第二句叫作："只要让他干活，别的怎么都行；即使不让他干，他也忙个不停。"科普简直就是他的生命，与会者一致认同我的这种概括。

在那次座谈会上，我献上一副寿联颂扬元老的贡献与追求，曰：

李元先生八十大寿

桃李无言，趋之者众，携万民探索宇宙奥秘，

当喜雅俗共赏，六旬耕耘，堪慰前贤；

汉元有器，贵乎其精，向领袖叙说华夏天文，

惟期辉煌再现，八秩夙愿，犹赖后昆！

乙酉孟夏　学生卞毓麟敬贺于春申江畔

2005年6月10日，卞毓麟（左）在"李元先生八十华诞暨从事科普事业六十周年座谈会"上向李元敬献寿联

联中嵌入"李元"二字。"汉元有器"本指"浑仪"和"简仪"，引申为中国古代天文学成就。1953年2月23日，李元曾在紫金山天文台，站在这些古代仪器前为毛泽东主席讲解有关天文知识。北京天文馆建成后，他又在馆内接待多位党和国家领导人。如今，元老已届"米寿"（虚龄八十八称为米寿）。"到宇宙去旅行"丛书之面世，再次向世人展现了他的科普风采。本文着重介绍的《邮票上的天文学》一书，便是这套丛书的"领头羊"。

最流行的搜集嗜好

世界上第一枚邮票“黑便士”，图案是维多利亚女王侧像

邮票，是邮政部门发行的邮费凭证，用以表明“邮资已付”。1840年英国率先在世界上发行邮票，其面值为1便士，用黑色油墨印刷，世称“黑便士”。它于当年5月1日送抵英国各地邮局，5月6日起开始使用。

集邮又是什么？是一种雅趣。1841年，伦敦《泰晤士报》刊出某青年妇女征求盖销邮票以装饰梳妆室墙壁的广告。不过从今天的眼光来看，这还算不上集邮。《辞海》对“集邮”的解释简明扼要：“以收集、鉴赏并研究邮票为中心内容的文化活动。19世纪60年代开始流行于欧洲。中国集邮活动约始于19世纪末叶。通过集邮，可以丰富科学文化知识，积累历史资料，培养艺术鉴赏能力和陶冶性情。”

起初，集邮者们希望把世上所有种类的邮票都装入自己的邮册。但是，新邮票发行的规模和速度很快就打碎了这种美梦。于是，人们转而向“专题集邮”的方向发展：或专门收集某一类或某一版的邮票，或者专门收集一国或某一地区的邮票，甚至限于专门收集某一国家在某一时期内发行的邮票。例如，英国国王乔治五世（1910－1936年在位）就是一位集邮名家，他收藏的邮票主要有关英国及其殖民地的历史，它们由王室世代相传，成为欧洲著名的邮集。

《大美百科全书》中有一个条目叫作“嗜好”，其中有一节“搜集性嗜好”说道：“最流行的搜集嗜好是集邮”，“鸟、鱼、花、著名人物、历史性大事、音乐、艺术及科学等为主题的邮票都在搜集范围内”。《邮票上的天文学》一书，亦可证此言不虚。

三人组合珠联璧合

天文学是推动人类文明进步的重要源泉，在社会公众中具有广泛的影响力。《邮票上的天文学》，是天文专题集邮的结晶。2012年8月下旬在国际天文学联合会第28届大会上，还散发着油墨香的《邮票上的天文学》，开始成

为专业天文学家和天文爱好者们的新宠。

那么，《邮票上的天文学》备受赞誉的原因何在呢？

此书主编，是年逾八旬而依然活跃在科学和文化两界的资深天文学家兼集邮行家李竞教授。两位作者——北京的徐刚和上海的郭纲，都是很有建树的集邮专家和天文爱好者。正是这样的三人组合，酿就了《邮票上的天文学》的醇厚品味。

作者们希望《邮票上的天文学》能“让熟知天文但对天文邮票却知之甚少，以及对于天文很陌生但对集邮却很感兴趣的读者，都能接受这本知识性与观赏性并重的读物”。在这一思想驱动下，他们真正做到了平淡之中见新奇。书中精心收录了世界上215个国家和地区的1371枚天文邮票，利用邮票、邮戳、小型张、小本票等24种邮品素材，分为“认识宇宙”“天象大观”“探索宇宙”“天文离我们很近”和“天文邮票巡礼”5章共22节，丰满地展现了天文学古老而又年轻的风貌神韵。

《邮票上的天文学》之主旨，可谓以邮品之美现星空风采，于方寸之间识宇宙无穷。读了两遍，觉得这本书很奇妙：随着自身对天文学熟悉程度的增长和集邮知识的丰富，读者将能从书中读出越来越多的精彩。也就是说，将会越读越感受到更多的乐趣。

1515年的丢勒星图。巴拉圭邮票（1979年）

例一：星座和六分仪

关于星座的历史，邮票上自然少不了人们熟知的古希腊时代的48个星座，同时介绍近代星座之命名亦颇细腻。现今国际通用的88个星座中，有9个是波兰天文学家赫维留（1611–1687）在17世纪提出并沿用下来的，它们是鹿豹座、猎犬座、蝎虎座、小狮座、六分仪座、麒麟座、狐狸座、盾牌座和天猫座。其中“六分仪”同其他8个名字相比，明显的有一种“异类”感。其原因何在？原来，赫维留有一架心爱的六分仪，使用了20多年，后来毁于一场火灾。据说他认为这架仪器已经升天献给了天神，为纪念它多年来立下的汗马功劳，赫维留将长蛇座与狮子座之间的一片空白天区命名为六分仪座。2011年正逢赫维留诞生400周年，波兰又一次为他发行了纪念邮票。

纪念赫维留诞生400周年（波兰邮票，2011年）

值得一提的是，另有一种航海测量用的仪器也叫“六分仪”，大多装有小望远镜，据说是牛顿首先提出的。赫维留使用的六分仪与此完全不同，它又称“纪限仪”，最初是著名丹麦天文学家第谷·布拉赫（1546–1601）发明的，用于测量两个天体之间的角距离。其主要部分是一个圆面的六分之一，故名“六分仪”。

航海六分仪（意大利邮票，1987年）

纪念库克船长借助六分仪成功抵达塔希提岛观测金星凌日200周年（新西兰邮票，1969年）

纪念第谷诞生400周年（丹麦邮票，1946年）

例二：郭守敬和第谷

第谷是望远镜发明之前最伟大的天文观测家。他13岁入哥本哈根大学，16岁进莱比锡大学，1572年26岁时在仙后座中发现著名的“第谷新星”。他研制的许多大型天文仪器，在望远镜时代到来之前的欧洲可谓登峰造极，他的天文观测精度冠绝当世。因此，西方人历来对第谷极为崇敬。以至于1622年来华的著名耶稣会传教士汤若望（1592–1666）在获悉中国元代科学家郭守敬（1231–1316）取得的伟大天文成就时，便情不自禁地夸他真是“中国的第谷”。

郭守敬创制了大批巧妙、精密的天文仪器。英国科学史家李约瑟曾中肯

仙后座和第谷新星
（阿森松邮票，1971年）

汤若望诞生400周年纪念。
（中国台湾邮票，1992年）

地评述，对于现代天文望远镜的赤道装置而言，郭守敬的装置乃是当之无愧的先驱。300年后，第谷才在欧洲率先采用同样的装置。郭守敬建造的河南登封观星台，是很重要的世界天文古迹。他编制的星表所含的实测星数突破了历史记录，而且在此后3个世纪仍无人超越——甚至包括第谷。他测定的黄赤交角数值，直到500年后还被法国科学家拉普拉斯用以证明黄赤交角随时间而变化。1280年，郭守敬等制定了当时世上最先进的新历法“授时历”。该历取回归年平均长度为365.2425天，直到1582年罗马教皇格利高里十三世改

口径5米的海尔望远镜，1975年前它一直是世界上最大的天文望远镜（阿森松邮票，1971年）

郭守敬于1276年创建的观星台，位于现河南省登封市（中国邮资明信片，2002年）

历，欧洲才开始采用与之相同的历年长度。汤若望要是先知道了郭公，后来才知晓第谷，他大概不免会将后者赞誉为“欧洲的郭守敬”吧？

愉悦与自豪

除了轻松收获书中直接提供的基本知识外，我相信像上述两例这样串珠连线式的联想，更可以进一步增添阅读的愉悦。从西方传说中的银河起源

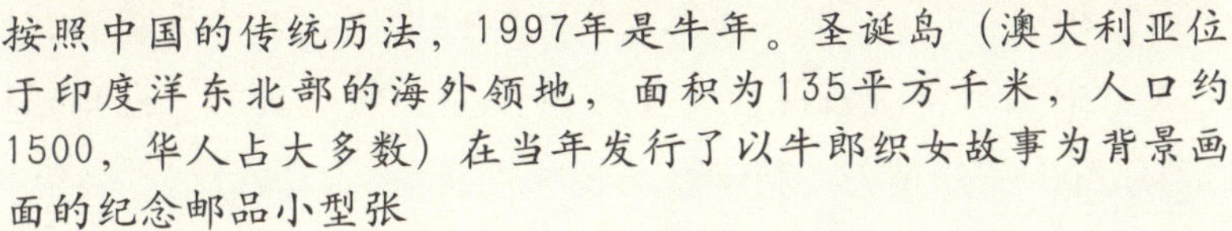
按照中国的传统历法，1997年是牛年。圣诞岛（澳大利亚位于印度洋东北部的海外领地，面积为135平方千米，人口约1500，华人占大多数）在当年发行了以牛郎织女故事为背景画面的纪念邮品小型张

到中国民间传说牛郎织女鹊桥相会，再到日本人的七夕节，边欣赏精美的邮品，边观照不同的文化，这将是何等的惬意！而所有这一切又都有着极其厚实的科学基石——传承和发展了数千年的天文学。

《邮票上的天文学》文字叙述言简意赅，它对每张邮票的介绍不过一二百字。它们不是所选邮票的“说明书”，而是一篇篇耐人寻味的微型科学小品。全书文字与邮票的关系不是主仆，而是红花绿叶，相映成趣。每段短文都显得自然流畅，而各专题之间又毫无割裂感，这也足以看出作者之功力与用心。

整整10年前，英国数学家罗宾·J·威尔逊所著《邮票上的数学》一书中文版面世。此前，本文笔者在法兰克福国际书展上，曾面询推出该书英文版的斯普林格出版社相关人士：是否还有诸如《邮票上的天文学》《邮票上的物理学》之类的配套产品。答复是：“暂时还没有。我们希望《邮票上的数学》取得成功，这将会鼓舞我们进一步组织出版您说的那些选题。”

当今的世界，当今的中国，当今的科学，当今的邮品，进步都很快，《邮票上的天文学》已然在中国诞生，既使人感到欣慰，更令我深感自豪！

原载《天文爱好者》2012年12月号

奇在哪里，妙在何方

——我看“太空奇景系列丛书”

“太空奇景系列丛书”（以下简称“奇景系列”）是一套别开生面的优秀科普读物，2013年1月由北京师范大学出版社推出。九十高龄的我国天文界前辈领军人、中国科学院资深院士王绶琯先生称赞这套书“视角独特、题材新颖、内容新鲜、图片精美，科学性与趣味性兼备”，诚可谓“名至实归”。

好书必有好作者。“奇景系列”出自何人之手呢？

这套书的两位作者，恰好是我多年的老朋友。温学诗曾多年担任《天文爱好者》杂志社社长，已发表科普文章200余篇，编著科普图书10余种。其中《在科学的入口处——30位天文学家的贡献》获国家新闻出版总署第二届“三个一百”原创图书奖，《观天巨眼——天文望远镜的400年》被列入“2009年全国中小学生多媒体教育读物推荐目录”并获第四届中国出版集团图书奖。吴鑫基是北京大学天文学系的老教授、博士生导师，中国科学院新疆天文台客座教授。他多年来致力于脉冲星研究，两次荣获国家教委科技进步奖二等奖，2002年荣获中国天文学会“张钰哲奖”。现在，他已发表天文科普文章60余篇，出版《现代天文学十五讲》等科普图书4种。我们曾有多次愉快的合作，例如《宇宙佳音——天体物理学》一书，就

《太空“动物”奇景》，
温学诗、吴鑫基编著，
北京师范大学出版社，2013年1月

是吴温二位应我之邀为上海科技教育出版社的“诺贝尔奖百年鉴”丛书撰写的。具备如此学术背景和科普专长的作者写出这套“奇景系列”，乃是长期耕耘、水到渠成的结果。

“奇景系列”由《太空“动物”奇景》《太空历险奇景》《太空“明星”奇景》和《太空探测奇景》4册书组成，每册各包括30个既有重要科学意义又非常有趣的专题。现对4册书逐一简介如下。

太空“动物”奇景

几乎所有的孩子都喜欢动物。《太空“动物”奇景》请30种可爱的动物做“导游”，引领孩子们进入天文学的知识乐园。这30种动物，涉及9个用动物命名的星座，以及21个形态逼真的星云和星系。

天空中共有88个星座，其中有45个以动物命名。《太空“动物”奇景》“请来”的9种动物，是熊（大熊座和小熊座）、狮子（狮子座）、蝎子（天蝎座）、牛（金牛座）、犬（大犬座和小犬座）、海豚（海豚座）、鱼（双鱼座）、羊（白羊座）以及虚构的动物麒麟（麒麟座）。伴随着它们出场的，是美丽的古代希腊神话故事，以及这些星座中最令人感兴趣的天体。

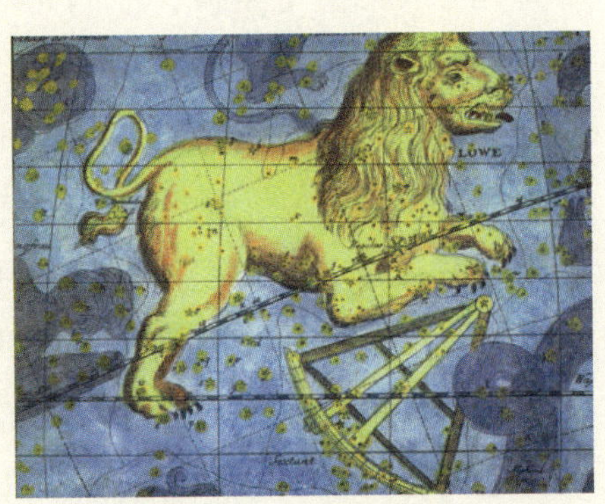

西方古典星图中的狮子座

通过星云和星系美妙的形态来介绍天体的本质，既浅显易懂，又令人印象深刻。星云由尘埃和气体组成，它们体积庞大，物质密度却非常低。在银河系中，多姿多彩的星云构成了一道靓丽的太空风景线。在银河系外，存在着数以百亿计的河外星系。它们都像银河系那样，各自包含着数十亿直至上万亿颗恒星以及大量的星云和星际物质。在巨型天文望远镜中，许多遥远的星系也纷纷呈现出曼妙的身影。

太空历险奇景

2012年，刘洋这个名字传遍了全世界。所有的中国人都为这位33岁的航天女英雄感到骄傲。这一年的6月16日，她和战友景海鹏、刘旺一道，乘坐神

《太空历险奇景》封面

乘坐“神舟九号”的三位航天员：景海鹏（中）、刘洋（左）和刘旺

舟九号飞船直上重霄。他们先后用自动和手动两种方式，成功地操纵神舟九号同已在太空中的天宫一号交会对接，使天宫一号成了中国人的第一个“太空之家”。《太空历险奇景》用简练的文字和精美的图片，展示了三位航天员进入预定轨道、同天宫一号交会对接、直到安全返回地球的完美过程。

航天事业的历程是一部宏伟的史诗，写满了各国航天员可歌可泣的英雄业绩。《太空历险奇景》挑选其中最精彩的篇章，向孩子们娓娓道来。这些动人心魄的故事，可以让孩子们在了解航天知识的同时，培养勇敢、好奇、奋进的优良品质。书中有不少中国人（包括外籍华人）的事迹，有利于培育孩子们的爱国精神和自豪感。

再举一个例子。1984年2月7日那一天，美国挑战者号航天飞机的航天员布鲁斯·麦坎德利斯和罗伯特·斯图尔德创造了人类不系安全绳离开航天飞机到太空中行走的奇迹。麦坎德利斯背着喷气背包离开机舱，像一颗人造卫星那样在太空中飞翔，成了探索太空的第一个“人体卫星”。

这是一种充满不测的历险。但是，真如美国阿波罗1号的遇难航天员格里森生前所言：“如果我们死了，请大家不必大惊小怪，就把它当成一件普通的事。因为我们从事的是一种冒险事业，我们希望不要影响整个计划和进程，探索太空是值得冒生命危险的。”

太空“明星”奇景

《太空“明星”奇景》介绍以著名天文学家命名的一批天体和探测器。

《太空“明星”奇景》封面

以科学家的名字命名，是后人对他们的尊敬和怀念。书中介绍的30多位天文学家事迹都很感人，对孩子们很有吸引力。这些科学家本人，连同以他们命名的天体和探测器，在书中都伴有照片，读来既亲切，也易于理解。

例如，1997年10月发射升空的卡西尼—惠更斯号土星探测器，是迄今为止规模最大、也最复杂的行星探测器。它经过将近7年的长途旅行，终于顺利进入土星轨道，成为首个环绕土星飞行的人造探测器。卡西尼—惠更斯号由卡西尼号和惠更斯号两个子探测器组成。其中卡西尼号遨游在土星光环和众多土卫的复杂体系中，对它们进行全面的考察，拍摄到许多前所未见、令人惊叹的照片。惠更斯号于2004年圣诞节那天脱离母船飞向“土卫六”，并于翌年1月14日在土卫六表面成功着陆，刷新了人造飞船最远着陆地点的记录。接着，它就拍摄到了人类历史上第一张土卫六地面照片。

卡西尼—惠更斯号的出色业绩，确实无愧于卡西尼和惠更斯两位科学家的大名。卡西尼本是意大利人，1669年应邀到法国，创建了著名的巴黎天文台。他测出火星的自转周期为24小时40分钟，与今天的精确值只相差约4分钟。他发现土星光环中有一条暗缝——后称“卡西尼环缝”，还发现了土星的4颗卫星。多才多艺的荷兰科学家惠更斯，科研成果极为丰硕。他发明的摆钟得到极为广泛的传播和应用。1655年，他用自制的望远镜发现了人类所知的第一个土星卫星——土卫六，不久又发现了土星的光环。

卡西尼号释放出惠更斯号模拟图

《太空探测奇景》封面

太空探测奇景

太阳系的天体和天象比较容易理解。《太空探测奇景》用22个专题介绍了太阳、月球、地球、行星、彗星、流星雨、日月食等，其余8个专题则简略地介绍了恒星、银河系和河外星系。

例如，小行星究竟会不会撞击地球？这是社会公众相当关注的问题。《太空探测奇景》对此说得明白：历史上发生的一些小行星撞击地球事件，回想起来令人毛骨悚然。6500万年前的一天，一颗直径10千米的小行星与地球相撞，溅起的大量尘埃形成一个包裹地球的厚厚的尘埃圈，遮天蔽日达数月之久，植物枯萎了，动物也被饿死了，当时的地球霸主恐龙也因这次撞击事件而灭绝。

重几千克的陨星每年会有1500多个，50多吨的陨星大约每30年有一个，5万吨级的陨星每10万年有一个，而直径10千米、重达1万亿吨的陨星大约1亿年才有一个。大质量的小行星撞击地球的可能性很小，但是人们仍需小心对待，要时刻监视近地小行星的运动情况。目前已经提出多种化解小行星撞击危险的办法，例如发射一颗卫星到小行星附近，通过多年的影响使小行星的轨道渐渐偏移；或者发射一颗卫星“炮弹”去撞击小行星，甚至在小行星附近引爆一颗核弹，以改变它的轨道，使之不会与地球相撞。

感悟和尾声

行文至此，笔者不由得想起了一个人：享誉全球的美国科普大师艾萨克·阿西莫夫。阿西莫夫已于1992年去世，但他为这个世界留下了一座宝库——他那470本书。阿西莫夫在全世界拥有无数的“粉丝”，这在很大程度上得益于他毕生实践的写作信条：能用简单的句子就不用复杂的句子，能用字母少的单词就不用字母多的单词。他说过：“理想的状况是，阅读这种作品甚至不觉得是在阅读，理念和事件似乎只是从作者的心头流淌到读者的心田，中间全无遮拦。”

要达到这样的境界当然很难，但这种文风确实值得借鉴和学习。“奇景

王绶琯院士（左三）和“太空奇景系列丛书”作者温学诗（左一）、吴鑫基（左二）、责任编辑胡苗合影

系列”的写作风格简练、透明，读来令人愉悦，值得庆贺。

中国有一批热心科普事业的知名科学家，例如王绶琯院士就是青少年们特别熟悉的。但总的说来，这样的科学家在中国还是太少、太少了。笔者深盼中华大地上涌现出更多以普及科学为己任的科学家，同时也深感“奇景系列”的两位作者执著科普事业之精神可嘉。

最后，我愿借此机会对“奇景系列”简评如下：

亮点鲜明，言简意赅。图文交辉，科趣盎然。

原载《天文爱好者》2013年5月号

喜读"阿西莫夫少年宇宙丛书"

2000年金秋，图文并茂、装帧精美、全套11册的"阿西莫夫少年宇宙丛书"中译本面世。原作者便是享誉全球的美国科普泰斗艾萨克·阿西莫夫，译者则是中国科学院紫金山天文台和南京大学天文系的一批专家学者，其中不乏科普事业的热心人。丛书主审者是我国科普名家李元先生以及易照华和王思潮两位教授，丛书由江苏科学技术出版社出版。这套书的问世，我期待已久，其质量上乘，更使人备感欣喜。回想1988年8月，我在纽约阿西莫夫家中做客，他曾提及正在创作一套少儿读物。几年后，我才明白，当时说的正是这套"少年宇宙丛书"。

"少年宇宙丛书"是阿西莫夫晚年的作品，从中可以充分看到这位科普大师炉火纯青的境界和风采。这套书原名*Library of the Universe*，原为31种。从1987年起到1990年，由美国的Gareth Stevens公司次第出版。两年多以后，这位当代科普泰斗便与世长辞了。

20世纪90年代前期，台湾鹿桥文化事业有限公司出版了该丛书的中译本，取名"神奇宇宙"，并在1993年北京港台书展上亮相。译本共33册，除原来31种外，尚有一册译名为《天文学研

"阿西莫夫少年宇宙丛书"中的两册，
江苏科学技术出版社，
2000年10月

究计划》，内容是提供业余爱好者参考的一些天文活动项目，此外还有一册《总索引》。

江苏科学技术出版社的“少年宇宙丛书”译文质量明显高于鹿桥版“神奇宇宙”，将全套书整合成11册，装帧制作也更具特色，这颇值得我们的科普翻译工作者和出版工作者引以为荣。除了引人入胜的内容和优美的表述外，书中众多精致的彩照、彩图也令人爱不释手。

英文版“阿西莫夫少年宇宙丛书”之《带环的行星：土星》封面

“少年宇宙丛书”充分展现了作者的聪明才智和平易近人的写作风格。虽然书名冠以“少年”二字，但无论是青少年还是成年人，只要读了这套书，他都会由衷地赞叹宇宙之令人敬畏，同时由衷地感佩人类认识能力之伟大。

我认为，这套书几乎值得每个人一读。

原载《科学时报》2001年5月25日B3版

阿西莫夫的第257本书

[编者按] 1905年是爱因斯坦的“奇迹年”。那一年，他先后发表了论述“光电效应”“布朗运动”和“狭义相对论”的五篇里程碑式的物理学论文。今年适逢爱因斯坦奇迹年的百年纪念，联合国已确定将2005年作为“国际物理年”，本刊特转载20世纪伟大的科普作家之一艾萨克·阿西莫夫撰写的爱因斯坦传略——《阿西莫夫氏科学和技术传记百科全书》的一个条目。关于该书以及传略正文中其他科学家的序号由来，请参阅卞毓麟的文章《阿西莫夫的第257本书》。

享誉全球的美国作家艾萨克·阿西莫夫（1920—1992），一生给世人留下了将近500部作品，其中《阿西莫夫氏科学和技术传记百科全书》（以下简称《传记》）占有相当重要的地位。

《传记》初版于1964年，并于1972年修订再版。作者非常欣赏自己的这部杰作，他写道：“有些人不甚了解这本书全是我个人编写的”，事实却是“我一个人做了所有必须进行的研究和写作，而没有任何外来的帮助，就连打字工作都是我自己做的”；“我写这本书是出于一种无与伦比的爱好。所以，我非常珍爱它”。

《古今科技名人辞典》，
[美] 艾萨克·阿西莫夫著，
科学出版社，1988年5月

1982年，经过较大幅度的增订，《传记》第二次修订版作为阿西莫夫的第257本书面世，书中共列有古往今来1510位重要科学家的传略。科学出版社曾于1988年出版该书中文版，书名易为《古今科技名人辞典》，计百余万字，我本人翻译了其中101位天文学家的小传。

《传记》的构思独具匠心。作者在初版序中写道："我最好先说明我这部科学史的特色，以及我为什么觉得有理由在科学史的书目中添上这本书"——

首先，本书通过科学家的传略来讲述科学史，它"特别强调科学知识是成千上万非凡杰出、然而也难免犯错误的人辛勤劳动累积的结果"。其次，本书所列传记一律按出生年月日排序编号，而科学本身正是按同样的顺序发展起来的。作者希望"说明学科之间的相互作用，而这种相互作用实质上取决于一切学科而非某一门学科已达到的水平。"就此而论，编年体确实优于各科分论，更优于单纯地以传主的姓氏为序。第三，现代科学的基础孕育于古代和近代的早期，而基础又非常重要，所以作者不愿过分地"薄古"；与此同时，他也尽了"最大努力给近几十年以应有的篇幅"。

英文原版《阿西莫夫氏科学和技术传记百科全书》封面

阿西莫夫的文采与史才相得益彰。他的传记博大而简约，严谨而生动，于钩玄提要之间每多点睛之笔，其独树一帜决非其他著作所能取而代之。书中各篇传记的序号极利于相互参考，读者阅读某一小传时，很容易被引导去追踪查阅编有序号的其他科学家。"这样认真地查阅，他们会发现无论从哪里开始，都可以把全书通读一遍"。所有的科学知识本来都是互通的，《传记》之妙则在于"不管从哪里抽出一个线头，整个线团都将随之而抽尽"。

《传记》中文版的翻译、排版、装帧质量都相当不错，就连阿西莫夫本人生前给我的私函中也称赞它"非常之美"。不过，金无足赤，这个中文版也有一些小缺憾。因为，翻译工作是在20世纪80年代初进行的，依据的是1972年的原版书；及至80年代中期在国内见到1982年的原著第二次修订版时，中文版的编辑出版工作已近尾声。为了不致造成太大的返工，出版社只好以原译稿为基础，酌情参照新版本局部调整相关文字。而且，由于1982年版新增加了310位科学家的传略，所以每位传主的序号已与1972年版大不相同。结果，中文版《古今科技名人辞典》中只好悉行删除每篇传略中提及的其他科学家的序号，而一律代之以*，表示书中有此条目。其实，这样做就丧失了原著的上述优点，因而非常可惜。

现在，我根据1982年第二次修订的英文原版书，重新译出“[1064]爱因斯坦”条，并全部恢复该传略提及其他科学家时所附带的序号，以便读者更真切地领略原著的风貌。

[1064] 爱因斯坦·阿尔伯特（EINSTEIN Albert）

德国—瑞士—美国物理学家。1879年3月14日生于德国乌尔姆，1955年4月18日卒于美国新泽西州普林斯顿。

阿尔伯特·爱因斯坦是一位化学工程师的儿子。他虽然是犹太人，却在巴伐利亚州慕尼黑的一所教会语法学校接受了最初的教育，他幼年时，家庭就移居慕尼黑了。人们经常将爱因斯坦与牛顿[231]相比（自从牛顿时代以来，爱因斯坦无疑是能够与之媲美的唯一科学家），他也像牛顿那样，在少年时代并未显得特别聪慧。事实上，他学说话很迟缓，以至于到三岁时，有些人竟觉得他大概有点呆滞。

59. ALBERT EINSTEIN

英文《传记》原版插页照片“59.阿尔伯特·爱因斯坦”

1894年，爱因斯坦的父亲因经商失败而去了意大利的米兰，阿尔伯特则留在慕尼黑完成中学学业。然而，他只是对数学感兴趣，拉丁语和希腊语学得十分糟糕，以至于老师劝他退学时竟对他说：“爱因斯坦，你将一事无成。”于是，这位年轻人就此成了科学史上最不同寻常的退学生。他的舅舅雅各布也是一位工程师，这时便开始让他做数学难题，以继续满足其对数学的兴趣。

在一次去意大利度假（那是为了躲避在德国服兵役——因为他从一开始就是一个和平主义者）之后，爱因斯坦开始在瑞士上大学。因为他入学时只有数学真正合格，所以上学并非易事。他对实验不感兴趣，大部分课都不去听，而是集中精力自学理论物理。多亏一位朋友出色的课堂笔记，他才通过了全部课程的考试。

一旦毕业，他就试图找一个教师职位，但这并不容易，因为他不是瑞士公民，而且他还是犹太人。1901年，还是靠着借课堂笔记给他的那位朋友之父的影响，爱因斯坦在瑞士的伯尔尼专利局谋得一个低级职员的位子，并于当年成为瑞士公民。

因此，在与学术界没有任何联系的情况下，他开始了自己的研究工作；幸好，这并不需要实验室，而只要一支铅笔、一些纸，以及他的大脑。1905年是爱因斯坦的奇迹年，因为那一年《德国物理年鉴》上发表了他的五篇论文，它们涉及三大重要进展（就在同一年，他获得了博士学位）。

一篇文章是研究光电效应的，即光投射在某些金属上会激发电子的发射。1902年，勒纳[920]已经发现如此发射的电子的能量与光的强度无关。亮的光或许会导致发射较多数目的电子，但并非发射能量更高的电子。经典物理学无法对此做出令人满意的解释。

但是，爱因斯坦将普朗克[887]在5年前提出，然后又被忽略的量子理论用来处理这一问题。爱因斯坦主张，由拥有固定能量的量子组成的某一特定波长的光，会被某一金属原子吸收，而使后者发出一个具有确定能量的——而不是其他的——电子。于是，较亮的光（较多的量子）将导致发射较多数量的电子，但是每个电子包含的能量却依然如故。然而，波长较短的光应该拥有较高能量的量子，从而应导致发射较高能量的电子。波长大于某一确定临界值的光，由能量很微弱的量子组成，以至于根本不会造成电子发射。这种长波光子所含的能量不足以将电子从其所属的原子中击出。当然，对于不同的金属，这一“阈值波长”是各不相同的。

于是，普朗克的理论第一次可以应用于经典物理学无法解释、而它却能够阐明的某种物理现象了（黑体问题除外，它导致了该理论的最初发展）。这就朝着创立新的量子力学迈出了一大步，甚至是走过了全程。为此，爱因斯坦最终获得了1921年的诺贝尔物理学奖，但这却不是他在1905那一年取得的最伟大的成果。

1905年，在发表上述第一篇论文之后两个月，爱因斯坦又在他的第二篇

论文中得出了对于布朗运动的某种数学分析，这种运动是布朗[403]在70多年前首先观测到的。爱因斯坦证明，如果微粒悬浮于其中的水由随机运动的分子组成，那么按照麦克斯韦[692]和玻尔兹曼[769]运动学理论的要求，悬浮微粒就应恰如观测所见的那样做折线运动。三年前，斯维德伯里[1097]已经对布朗运动提出了这种分子解释，但弄清其数学详情的却是爱因斯坦。

水（或任何其他液体或气体）中的所有物体，都不断从四面八方受到分子的撞击。由于机遇在起作用，从一个角度撞击任何一个普通大小的物体的分子数，都与从其他角度撞击它的分子数大致相等，两者在数目上的差异与所涉及的真正巨额的全部分子数相比，乃是微乎其微的。有鉴于此，对普通大小的物体而言，就不存在任何总体效应（或者，至少是没有可探测的效应）。

当一个物体变得越来越小时，撞击它的分子总数就减少了，从不同方向撞击它的分子数的微小差异就变得越来越可以鉴别了。花粉颗粒或染料微粒小得足以先是被某一方向上稍稍多余的分子推往一侧，继而又被另一方向上多余的分子推往另一侧，然后再次改变方向。这种运动相当随机，从而证实了分子本身的随机运动。

分子的平均尺度越大，这种撞击的差异能造成可探测效应的物体也就越大。因此，爱因斯坦导出的用以描述布朗运动的方程，便可用来查明分子和组成他们的原子的尺度。三年以后，佩兰[990]对布朗运动做了实验，肯定了爱因斯坦的理论工作，并且首次给出了原子尺度的良好数值。那时，道尔顿[389]的原子理论已经提出一个世纪，而且已为所有的人接受，只有像奥斯特瓦尔德[840]那样的少数顽固分子是例外。但是，直接观察到单个分子的效应，这还是第一次。甚至奥斯特瓦尔德都屈服了。

这一年中爱因斯坦的最大成就，涉及一种代替旧的牛顿观念的新宇宙观，而牛顿的观念占统治地位已有二又四分之一个世纪之久。

爱因斯坦的工作将迈克尔逊[835]和莫雷[730]的著名实验推到了顶峰，他们两人未能探测到光沿不同方向通过以太时的任何速度差异。爱因斯坦后来说，他在1905年还没有听说过这个实验，但他却为关于电磁效应的麦克斯韦方程在一定程度上缺乏对称性所困扰。不管情况如何，他开始假设，无论光源或者测量者如何运动，在真空中测得的光速始终不变。他进而假设光以量子的形式行进，因而具有类似粒子的性质，而不只是需要借助某种物质来传播的波，于是以太就不是必需的了。10年以后，康普顿[1159]将这种类似粒子形式的光命名为光子。它代表了从光的极端波动理论向牛顿的旧粒子理论的某种倒退，而采取了比两种旧理论都更加精微并且有用的某种中间立场。

爱因斯坦还指出，没有了以太，宇宙中当然就没有任何东西可以被视为“绝对静止”的，也没有任何运动可以被看作“绝对运动”。所有的运动都是相对于某个参照系而言的，通常参照系的选择以方便使用为宜，而且对于所有这类参照系，自然定律都保持不变。由于“所有的运动都是相对的”这一思想，他的理论遂被称为相对论。在这篇特定的论文中，他仅仅处理了参照系做均匀非加速运动的特殊情况，所以该理论被称为狭义相对论。

爱因斯坦证明，从光速恒定这一简单假设和运动的相对性出发，就可以解释迈克尔逊—莫雷实验，麦克斯韦的电磁方程也能保持成立。他还证明，斐兹杰拉尔德[821]的长度收缩效应和罗伦兹[839]的质量增大效应是可以推导出来的，而真空中的光速因此就是传输信息的极大速度。

种种（表面上看来）奇奇怪怪的结果随之而来。时间流逝的速率随运动速度而变化；人们必须放弃同时性的观念，因为在一定的条件下，你不再能说出A发生在B之前，还是发生在B之后，抑或与B同时发生。空间和时间作为单独的实体已不复存在，并由融为一体的“时空”取而代之。所有这些都与“常识”相违，但常识是以普通速度运动的普通大小的物体之有限经验为基础的。在这样的条件下，爱因斯坦的理论和寻常的牛顿观念（那就是“常识”）之间的差异变得小到无从探测。然而，在整个宇宙的庞大世界中，以及在原子内部的微小世界中，常识并非指南；在这两种观念之间确有某种可以探测到的差异；更加有用的是爱因斯坦的观点，而不是牛顿的观念。

在狭义相对论中，爱因斯坦查明了质量和能量的相互关系，它由一个著名的公式来表示：$E=mc^2$，此处E是能量，m是质量，c是光速。因为光速非常巨大，所以很小一点质量（乘以光速的平方）就等价于巨额的能量。

随着质量和能量由此而被解释为同一现象的不同方面，谈论拉瓦锡[334]的质量守恒或亥姆霍兹[631]的能量守恒就显得不足了。取而代之的是大为推广了的质能守恒。或者，要是有谁仍然只是谈论能量守恒的话，那么他就必须明白，质量只是能量的另一个方面。

这一新观点立即将放射性元素发出的能量解释为所涉及的质量稍有损失的结果，这种质量损失是如此之小，以至于用通常的化学方法是探测不到的。质量和能量的这种相互关系，很快即为大量的核测量所确认，并从此成为原子研究的基础。有一次它的适用性似乎出了毛病，泡利[1228]便假想存在着中微子来挽救它。

当质量大规模转化为能量致使一代人之后原子弹有可能造成巨大破坏时，这种新的推广在日常事务中——而不仅仅在原子物理学家们非常艰深的研究中——的价值便压倒一切地显现出来了，爱因斯坦直接对这一结局做出了贡献，但事后却感到毛骨悚然。

尽管有这三篇第一流的论文，爱因斯坦还是直到四年后才终于在苏黎世大学得到一个（低薪水的）教授职位。然而，他的声誉不断上升，普朗克深受年轻的爱因斯坦的影响。1913年，由于普朗克的努力，柏林的威廉皇帝物理研究所为爱因斯坦创设了一个职位。有生以来第一次，爱因斯坦所得的报酬足以使其有可能毕生从事科学研究了。

第一次世界大战爆发了，不过爱因斯坦几乎未受什么影响。因为当时他是一名瑞士公民。然而，当许多德国科学家签署一份民族主义的主战宣言时，爱因斯坦仍是签署一份呼吁和平的反宣言的少数科学家之一。

那时，爱因斯坦正在研究将其相对论用于加速参照系的更一般的情形，并在此过程中研究出一种新的引力理论，牛顿的经典理论则是它的一个特例。1915年，他在又一篇惊人的论文中发表了这一理论，通常称为“广义相对论”。该理论中确立的公式可以导出有关整个宇宙的宏大结论，德西特[1004]运用这些方程达到了比爱因斯坦本人更好的效果。

在广义相对论中，爱因斯坦指出其理论预言的效应有三处与牛顿理论的预言不同。所涉及的现象是可以测量的，因此有可能在这两种理论之间做出抉择。

首先，爱因斯坦理论考虑到一颗行星的近日点的位置有某种移动，而这样的移动是牛顿理论所不允许的。只有在水星（最靠近太阳及其引力影响）的情况下，这种差异才大到足以被察觉。事实上，勒威耶[564]业已探测到，并试图以假设存在一颗“水内行星”来解释的那种运动，恰好能够用爱因斯坦的理论来阐明。但是，这给人的印象并不如想象的那么深刻，由于爱因斯坦从一开始就知道水星运动的这种差异，所以他或许是“有针对性”地建立其理论的。

但是，第二，爱因斯坦指出，在强引力场中的光应该显示出红移。这从未被寻找或观测到，因而可以堂而皇之地进行公正的检验。只有极强的引力场才会显示出大得在当时就能测量到的红移，在爱丁顿[1085]提议下，W.S.亚当斯[1045]证明了在天狼伴星的情形下存在这种爱因斯坦红移。天狼伴星是一颗白矮星，具有当时所知最强的引力场。

（在20世纪60年代，利用改进的测量装置，测量到了我们自己的太阳造成的光的爱因斯坦红移。它非常之小，且与爱因斯坦的预言相符。此外，20世纪50年代后期穆斯堡尔[1483]发现的γ射线的波长位移，实质上也是一种爱因斯坦红移，它业已经过测量，且与理论预言相符。）

第三，最富于戏剧性的是，爱因斯坦证明，光应该被引力场弯曲，其弯曲的程度远比牛顿预言的大得多。第一次世界大战期间无法检验这一点。然而，随着战争结束（德国——但不是爱因斯坦——被打败），机会来了，1919年3月29日将会发生一次日全食，那时正好较一年中任何其他时候有更多的亮星处于被掩食的太阳四周。

伦敦的皇家天文学会准备了两个日食观测队，一个到巴西北部，一个到西非海岸外几内亚湾中的普林西比岛。观测队测量了太阳附近亮星的位置。如果光从太阳附近经过时弯曲了，那些恒星就会处于与6个月前它们所处的位置稍有差异的地方，6个月前这些恒星高悬在半夜的天空中，它们的光不会从太阳附近经过。位置的比较再次支持了爱因斯坦。

爱因斯坦在全世界出了名。普通人或许并不理解他的理论，或许只是隐约知道它大概是哪方面的东西，但是毫无疑问，他们都知道他就是那位科学家。自从牛顿以来，没有一个科学家在生前就受到如此的尊敬。然而，这并没有使爱因斯坦免受当时正开始席卷德国的那股邪恶势力之害。

1930年，爱因斯坦访问加利福尼亚，到加州理工大学演讲，直到希特勒开始掌权他仍在那里。没有理由回德国了，他便在新泽西州的普林斯顿永久定居下来，一年以前，那里的高等研究院已经为他提供了一个职位。1940年，他成了美国公民。

他一生的最后几十年耗费在殚精竭虑地寻找一种将引力和电磁现象两者

都包容在内的理论（即统一场论）。然而，使爱因斯坦苦恼日增的是他被难住了。而且，迄今为止，其他所有的人也都被难住了。爱因斯坦也未能成功地接纳正在横扫物理学世界的所有变化，虽然他本身就充当了智力革命家的角色。例如，他不接受海森堡[1245]的不确定性原理，因为他不能相信宇宙竟会完全被机遇所支配。“上帝也许会狡猾，”他曾经说过，“但是他决不邪恶。”

1930年，他争辩道，不确定性原理意味着时间和能量不可能同时完全精确地测定。他提出了一个“思想实验”，以证明事实并非如此，时间和能量是可以同时测定到任意精度的。但是，玻尔[1101]在彻夜未眠之后，翌日便指出了爱因斯坦论证中的一个错误。如今，这种时间—能量不确定性已广为人们所接受。

第二次世界大战开始了，爱因斯坦在其所不欲的某些事情上起了作用。1939年，哈恩[1063]和梅特纳[1060]发现了铀裂变，齐拉特[1208]便充分意识到它意味着什么。齐拉特不希望核弹的恐怖降临到人类头上，但是另一方面，希特勒或许会拥有这种炸弹的可能性却必须予以认真考虑。

齐拉特劝说爱因斯坦——作为世界上最有影响的科学家——写一封信给富兰克林·D·罗斯福总统，敦促他启动一项发展某种核弹的庞大研究计划。其结果便是曼哈顿计划在6年中果真造出了这样一种炸弹，第一颗于1945年7月16日在新墨西哥州阿拉莫戈多附近的怀特沙漠试验场爆炸。那时，希特勒已被打败，于是第二颗和第三颗原子弹便于次月在日本上空爆炸了。

核弹仍然在威胁着战后的人类，6个国家——美国、苏联、英国、法国、中国、印度已经拥有这样的武器。爱因斯坦在晚年为结束核战争威胁的某种世界性协议而顽强地奋斗。他还表达了强烈反对20世纪50年代初横扫美国的麦卡锡主义的一时猖獗。他革新物理学的能力超过他改变人心的能力，在他逝世的时候，局势比先前的任何时候都更危险。他去世时，也像生前那样朴实无华。他火化了，没有葬礼，骨灰撒在某个未经披露的地方。

为了纪念他，在其死后发现的第99号元素不久便被命名为einsteinium，即“锿”。（卞毓麟译）

原载《天文爱好者》2005年5月号

卡尔·萨根的宇宙

康德说过，读卢梭的书他得读好几遍，因为在初读时文笔的优美妨害了他去注意内容。今天，我们读卡尔·萨根的书，也会出现类似的情况。萨根作为世界一流的天文学家和科学活动家，其科普作品的“含金量”自不待言；而其作品所体现的透彻的哲理性、厚重的历史感和异乎寻常的洞察力，更是科学文化史上的奇迹。享誉世界的科普大师艾萨克·阿西莫夫之所以推崇萨根为“历史上最成功的科学普及家”，其原因亦盖出于此。

萨根1934年11月9日生于纽约，毕业于芝加哥大学。长期任康奈尔大学天文学与空间科学教授和行星研究室主任。他深深介入美国的太空探测计划，并在行星物理学领域取得许多重要成果。第2709号小行星以其姓氏被命名为“萨根”。他在科普方面的成就更为引人注目：20世纪80年代他主持拍摄的13集电视系列片《宇宙》，被译成10多种语言在60多个国家上映；此外他还写了数十部科普读物。1994年，他被授予第一届阿西莫夫科普奖。他还获得过美国天文学会的“突出贡献奖”和美国国家科学院的“公共福利奖”。1996年12月20日，萨根因患骨髓癌并发肺炎去世，终年62岁。

2000年12月20日是卡尔·萨根的4周年忌辰。此前此后，两部与萨根密切相关的新书相继由上海科技教育出版社出版，这真是对他的极好纪念。这

《卡尔·萨根的宇宙》，
[美]耶范特·特奇安、伊丽莎白·比尔森主编，
周惠民、周玖译，
上海科技教育出版社，2000年12月出版

美国著名天文学家、科普大家卡尔·萨根

两本书中，先出版的是萨根本人的力作《暗淡蓝点》之中译本，它于今年10月面世未久，即被评为“牛顿杯科普图书奖”2000年度的十大科普好书之一。后出版的是一部引人入胜、插图精美的文集《卡尔·萨根的宇宙》，它由美国科学界多位一流人物撰写，涵盖了萨根为之献身的科学、教育、政策制定以及相关的许多领域。本文写就时，该书中文版已立待付梓。

萨根首创的名词——“暗淡蓝点”，指的是从太空中遥望的地球。《暗淡蓝点》一书是萨根60岁那年出版的，其主题关系到人类生存与文明进步的长远前景——在未来的岁月中，人类如何在太空中寻觅与建设新的家园。该书的叙述风格宛如一部纵贯往昔与未来的史诗，于宏伟缜密间交织着大量扣人心弦的精彩故事。全书首先回顾了历史上有关人类在宇宙中地位的种种观念，接着根据20世纪中叶以来空间探测的成就对太阳系做了全方位的考察，然后评估了将人送入太空的种种理由，最后是作者本人对未来太空家园的长远展望。

《暗淡蓝点》一书布局大气磅礴，章法井然有序。开卷就是对人类惯于漂泊的历史回眸，继而便淋漓酣畅、丝丝入扣地阐明了当今的科学技术正在为人类移居太空创造最基本的条件。从年轻时代起，萨根便对此种前景持积极乐观的态度，《暗淡蓝点》则用诗一般的语言道出了此种心境：“我们是在宁静的海洋上航行的水手，我们感受到了微风的吹拂。”

《暗淡蓝点》全书22章，其最后两段意境尤为迷人：

> 在过了一段短暂的定居生活后，我们又在恢复古代的游牧生活方式。我们遥远的后代们，安全地布列在太阳系或更远的许多世界上……
>
> 他们将抬头凝视，在他们的天空中竭力寻找那个蓝色的光点。
>
> 他们会感到惊奇，这个贮藏我们全部潜力的地方曾经是何等

容易受伤害，我们的婴儿时代是多么危险……我们要跨越多少条河流，才能找到我们要走的道路。

萨根——以及智慧、悟性及志向与之相匹的科学家们，似乎已经找到了这样一条漫漫而修远的通天之途，一条人类文明的未来之路。这不由得令人联想起斯蒂芬·茨威格对罗曼·罗兰的评论："他的目光总是注视着远方，盯着无形的未来。"卡尔·萨根正是这样的人，因此，人们自然而然地对他充满着崇敬之情。1994年10月，为了庆祝他的60岁生日，康奈尔大学专门组织了一个与其工作相关的讨论会，会议就在校园内举行，世界上300位科学家、教育家以及萨根的朋友和家属应邀参加。《卡尔·萨根的宇宙》收录的文章，即来自此次荣誉讨论会。会上的四大论题是：行星探索；宇宙中的生命；科学教育；科学、环境和公共政策。这些话题通过那些卓越的发言者的论述，充分显示了萨根数十年间的兴趣、工作内容和成就之所在。

《卡尔·萨根的宇宙》一书中展示的金星全球拼接图，其依据是麦哲伦号宇宙飞船的雷达成像系统透过金星的浓密云层获得的数据

《卡尔·萨根的宇宙》全书共含24章，每一章的作者，都是相应领域中无可争议的"大腕"。例如，"寻找地外文明的意义"一章的作者是弗兰克·D·德雷克。"物理学容许有星际旅行虫洞和时间旅行机器吗？"一章的作者是基普·S·索恩，"科学与伪科学"的作者是詹姆斯·兰迪，"用视觉图像展示科学"的作者是乔恩·隆贝格，等等。此外，书中另有"幕间插文"一篇，是卡尔·萨根本人在这次祝寿讨论会上做的公开演讲，主持人是康奈尔大学的退休校长科森。讲演之后还安排了提问和回答的时间。由于内容趣味盎然，因而全部刊入了书中。

在这次会议的开始，是华盛顿卡内基研究所的高级研究员弗兰克·普雷斯《向萨根致敬的演讲》，可谓妙语连珠。例如，演讲的首句便是："赫胥黎曾经说过：'过了60岁还从事科学工作的人，他的作用会是弊大于利。'这对我们一些人是适用的，但卡尔却是少数的例外！"康奈尔大学荣誉校长弗兰克·H·T·罗兹在会上致闭幕词《60岁的卡尔·萨根》，其结尾引证了当年年初萨根的一段名言：

1994年卡尔·萨根年满60岁，这是他在康奈尔大学举办的大型庆祝会上

"（科学）使得国家的经济和世界的文化向前运行。其他国家都很懂得这个道理。这就是为什么美国大学里有这么多来自其他国家的科学和工程学研究生的缘故。科学是发展中国家走出贫困和落后的金光大道。同样的道理，美国如果不能抓住这个要领而放弃科学，那就必然会回到贫困和落后的道路。"

4年前的今天——1996年12月23日，卡尔·萨根安葬于康奈尔大学的所在地纽约州的伊萨卡。"卡尔讲的题目是宇宙，而他的课堂是世界。"全世界所有受到他的写作、讲课、演说和电视节目感染的人，都将长久地、深深地怀念他。

原载《文汇报》2000年12月23日10版

“轮回”之妙

比尔·盖茨有言：“詹姆斯·伯克是我极喜爱的作者”。《华盛顿邮报》也称伯克为“西方世界最迷人的天才之一”。如今《轮回——历史、技术、科学、文化的50次巡游》（以下简称《轮回》）中文版面世，简介其作者可谓适逢其时。

詹姆斯·伯克是英国科学史家、作家兼电视制片人，1936年11月12日生于北爱尔兰的伦敦德里，就读于牛津大学，在基督学院获硕士学位，后往意大利，在波洛尼亚大学、乌尔比诺大学和那里的一些英语学校执教，并编纂了一部英意词典。1966年，伯克移居伦敦，加盟英国广播公司（BBC）科学部，倾心于制作兼具教育和娱乐功能的电视科技节目，并且大获成功。

伯克扬名伊始时，是长期连播的BBC大众科学系列节目《明天的世界》的一名记者。BBC报道美国的“阿波罗登月计划”，就由伯克任首席记者兼主播。他的文献系列片《联系》（1979年）可谓驰誉全球：先由BBC在英国首播，继而进入美国的公共广播公司（PBS），此后又在50多个国家相继播出，并在约350所高校的课程中现身。其同名书《联系》在欧洲和美洲都很畅销。如今，70岁的伯克仍住在伦敦。

英文《轮回》初版于2000年，原名*Circle*，也可

《轮回——历史、技术、科学、文化的50次巡游》，
[英] 詹姆斯·伯克著，梁焰译，
上海科技教育出版社，2005年7月

译为“循环”。有人觉得“轮回”一译易与佛教中的“六道轮回”混淆，其实果真如此的话，那也是一种美丽的误解。在本书的语境中，“轮回”或许比“循环”更富于哲理美。

这“轮回”究竟有何寓意？原来，作者在书中为我们描述了50宗迷人的科学文化史之旅，每一旅程各由一系列前后衔接的事件构成，而旅途的终点恰与起点重合。书中的每一条旅游路线各是一篇三四千字的短文，它们全都显示出万物变化中那种浑若天意的联系。例如，“有（一半）风景的房间”说的是——

我住在伦敦泰晤士河岸，可以看见布鲁内尔建造的维多利亚时代铁路大桥。隔壁房子的一角挡住了大桥的另一半。

布鲁内尔还设计了巨大的蒸汽机船“大东方号”。1866年，菲尔德凭借此船完成了大西洋海底电报电缆的铺设工程。

菲尔德为此曾向莫尔斯请教，后者曾用绝缘的铜缆线把信号传送到纽约港的另一边。莫尔斯的邻居科耳特据此引爆一枚置于船底下的水雷，把那艘大船炸上了天。因其左轮手枪走红，科耳特到1855年成了世上最大的私人军火商。

科耳特的致命竞争对手是美国的雷明顿公司。后膛装填式来复枪以及著名的雷明顿打字机都是该公司的杰作。

雷明顿打字机的问世曾受英国人斯科尔斯的启发，而斯科尔斯在上位键打字机方面则得益于富有创新精神的格利登的帮助。

格利登的远房亲戚约瑟夫于1874年申请了带刺铁丝网的专利，这种装置后来在军队里几乎与雷明顿步枪一样受欢迎。

3年后，格利登将其铁丝网公司的股份卖给了沃什伯恩制造公司。沃什伯恩公司拥有先进的铁丝制造技术，可惜却在1842年前后拒绝了德国工程师勒贝林的重大建议：在生产金属丝的现场把它们就地捻搓成股制成金属缆绳。

勒贝林早年住在柏林时与大哲学家黑格尔交好。卡尔·马克思早在《1844年经济学哲学手稿》中就论述了黑格尔的思想。

马克思的女儿埃莉诺是社会民主联盟的执行委员之一。1884年，她和威廉·莫里斯等多名委员因不满该联盟的无政府主义者而突然秘密离开。

莫里斯后来创办了他的社会主义者同盟。在该同盟的晚会上，人们由长号手霍尔斯特指挥齐唱社会主义颂歌。第一次世界大战后，霍尔斯特首演了他那著名的《行星组曲》，致使其名望和财富再度大增。

我一边听着《行星组曲》，一边望着布鲁内尔大桥的半边风景，而挡住另一半大桥的房子正是霍尔斯特的旧居。

本文笔者提供的这份“故事梗概”，自难再现原著的飘逸文采和精彩细节。然而，在正确地强调素质教育、着力提高公众科学文化素养的今天，让我们的学生，特别是教师，以一种轻松的心态读点伯克的作品，岂不是一桩很可以获得意外惊喜和启迪的雅事吗？

在英国作曲家古斯塔夫·霍尔斯特（1874—1934）的诞生地切尔滕汉姆为其竖立的雕像

在《轮回》之前，伯克还出版了《明天的世界》（两卷）《联系》《宇宙改变的那一天》《机遇》《弹球效应》和《知识网》等多部作品。2003年，他又推出了与《轮回》有异曲同工之妙的《双轨》。该书由25篇短文构成，每篇各以一历史事件开始，该事件产生了两种完全不同的后果，随着时间的推移，这两条不同的路径最后竟出人意料地重新汇聚到了一起。

“在让知识好奇心自由驰骋时，无人能与伯克比肩。”《轮回》告诉我们：此言看来不虚。

原载《文汇报》2006年8月26日6版，
刊出时颇多删节，现恢复全文原貌

[补记] 正文所述詹姆斯·伯克著《轮回》一书，英文全名为*Circles: Fifty Round Trips Through History, Technology, Science, Culture*（2000年）；2003年，伯克继而推出《双轨》一书，英文全名为*Twin Tracks: The Unexpected Origins of the Modern World*（2003年）。2008年，上海科技教育出版社推出《双轨》中译本，伯克为之亲撰长达5000字的“中文版序”。

在正文之前，作者写了一个简洁而风趣的“如何阅读本书”，全文如下：

每章开篇以一小段文字讲述一个事件，这个事件生出两条并行的故事线索，也就是故事的轨迹。

第一轨迹都印在每一面的上半部分，直到“第一轨迹完”。阅读时请不要先翻看每章的结尾部分。有那么一类读者看一篇惊悚故事，喜欢先翻到最后弄清楚是谁干的坏事。如果你属于这类读者，那就另当别论了。

看完第一轨迹后再回到每章开头看第二轨迹，一气读到“第二轨迹完”。第二轨迹都印在每一面的下半部分。

最后读每章的结尾部分。

各章均照此法阅读，一直读到睡眠来袭。

此前，早在1999年，伯克还出版了《知识网》一书，英文名为*The Knowledge Web: From Electronic Agents to Stonehenge and Back and Other Journeys through Knowledge*。

2010年，上海科技教育出版社将上述三部著作整合为“詹姆斯·伯克科学文化之旅”，统一装帧设计推出，书名分别定为《圆：历史、技术、科学与文化的50次轮回》《线：现代世界意外起源的双重轨迹》和《网：往返于电气时代与石器时代的知识巡游》。

《圆》《线》和《网》

《网》也有一篇“如何阅读本书”。它说：“本书读法很多，正如在一个网络里旅行，可有多种不同路线一样。最简单的读法就是从头读到尾……现在你也可以反其道而行之。”“因为当甲旅程的时间干线到达网上的一个‘网关’时，正好和乙旅程的时间干线交汇在一起。站在这个网关，你会看见标定另一处位置的坐标。”“如果你愿意，就可以利用坐标，搭上新干线，继续你的网络之旅；到达下一个网关后，你可以再次跳跃……”这确实别开生面，但是并不神秘。伯克的这些书易读易懂，妙趣横生，令人拍案叫绝。

“詹姆斯·伯克是西方世界极迷人的天才之一。”《华盛顿邮报》此说当不为过。

自然的发现及其他

——初识劳埃德的《早期希腊科学》

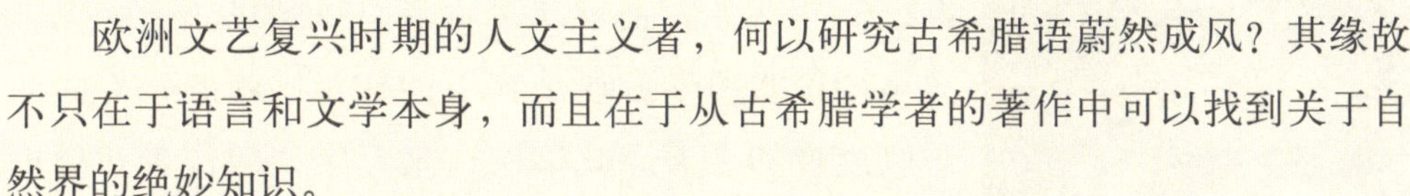

欧洲文艺复兴时期的人文主义者，何以研究古希腊语蔚然成风？其缘故不只在于语言和文学本身，而且在于从古希腊学者的著作中可以找到关于自然界的绝妙知识。

今天人们为何依然流连于古希腊科学的智慧中？因为在相当大的程度上，近代科学正是孕育于从约公元前600年开始的那5个世纪的古希腊时期。

在通常的语境下，将“古希腊科学”简称为“希腊科学”不会引起任何歧义。然而，我们却不能将“希腊科学”这一语汇简单地按现代词义释读为“古代希腊的科学”。这是因为，“科学”（英语中的science）是近代的概念，而非古已有之。在古希腊语中，没有一个词语恰好等同于我们今天所说的“科学”。固然，在古希腊语中有philosophia（爱智、哲学）、有episteme（知识）、有theoria（沉思、思索）、有periphyseoshistoria（对自然的探究），它们在各种特定的具体场合译成“科学”既合乎情理，也不致误导；但是，这些词语中的每一个仍与我们的术语“科学”大不相同。英国科学史家劳埃德（G.E.R.Lloyd）的经典之作《早期希腊科学——从泰勒斯到亚里士多德》，正是从“希腊科学”这一术语的内涵开始

《早期希腊科学——从泰勒斯到亚里士多德》，
[英] G·E·R·劳埃德著，孙小淳译，
上海科技教育出版社，2004年12月

谈起的。

劳埃德于1958年获英国剑桥大学古典学博士学位，此后长期在剑桥大学讲授古典学。他自1987年起始执“古代科学和哲学”讲席，1989年起任达尔文学院院长。2000年从这两个职位上退休，任荣誉教授。众所周知，英国有个以研究中国古代科学技术著称的李约瑟研究所，其工作受东亚科学史基金会指导，而该基金会的现任主席正是劳埃德。1997年，劳埃德因“对思想史的贡献”受英国王室赐封爵位。他还是世界许多著名学府的兼任访问教授，其中包括美国的斯坦福大学、加州大学伯克利分校、康奈尔大学，我国的北京大学、中国科学院自然科学史研究所等。自20世纪60年代始，他就从事古希腊科学思想史研究，《早期希腊科学》便是其于1970年出版的一部面向一般读者的名著。此书仅10来万字，但作者在历史叙述中探讨的科学哲学和科学社会学问题至今韵味如故，有些甚至依然相当前卫。

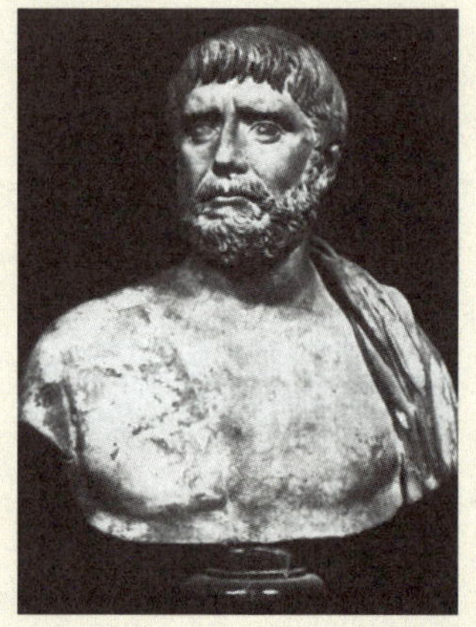

古希腊哲学家米利都的泰勒斯（约公元前624—约前547）

在《早期希腊科学》的前言中，劳埃德言简意赅地申明，“我们这里只是把‘希腊科学’当作一个缩写语来用，用来指古代作者的思想和理论……我们笼统地称之为‘科学家’的古代作者，他们对自己所做的自然研究的看法因人而异。因此，研究早期希腊科学，既是研究希腊人提出的理论的内容，同样又是研究他们关于自然探索的观点的发展和相互影响。”

一个不争的事实是，在远比上面提到的“古希腊时期”早得多的时代，古代埃及和巴比伦已经有了许多关于自然现象的记录，经验知识也已经有了一些条理，例如度量的单位和规则，简单的算术，最初的历法，对天象周期性的认识，乃至对日食和月食的预测等。后来，许多知识辗转传给了希腊人。那么，人们常说科学起源于希腊又是什么意思呢？再说，科学——至少就西方科学而言，当真是起源于某个特定的时间和地点吗？

劳埃德的陈述直截而明确。首先对这些知识加以理性的考察、首先探索其各部分之间的因果关系——因而事实上也就是首先创立科学的，是米利都的泰勒斯。泰勒斯（其全盛期在公元前585年前后）和其他米利都的哲学家无疑都大大得益于先前的思想和信念，但是，“他们所做的思考与先前大不相同，这使我们有理由说，我们今天所了解的哲学和科学都是从他们开始的”。

这种说法究竟是什么意思？它在多大程度上能得到证明？这正是《早期希腊科学》着重阐明的问题。为此，劳埃德指出：“米利都哲学家们的思辨确实有两个重要特点，使他们的思考有别于他们之前的希腊或非希腊思想家们的思考。第一个特点可以说是自然的发现，第二个特点则是理性的批判与辩论活动。”

所谓“自然的发现”，是指米利都人开始“懂得区分‘自然’与‘超自然’，即认识到自然现象不是因为受到任意的、胡乱的影响而产生，而是有规则的，受着一定的因果关系的支配”。例如，泰勒斯认为地震是浮在水上的大地被水波摇动的结果，而不像荷马或赫西奥德那样将其归因于大神宙斯或海神波塞冬的愤怒。而且，荷马描述的通常是某次特定的地震或闪

26岁的拉斐尔在梵蒂冈教皇宫内创作的巨大壁画《雅典学院》，以柏拉图和亚里士多德为中心，画了一群大学者。他充分发挥空间构图技巧，精心思考每个人物的性格与所长，其宏伟与精细唯有米开朗基罗的天顶画才能与之相比

电，米利都人关注的则是一般的地震或闪电现象。“他们的探索指向自然现象的类别，而且他们展示出科学的这一特征：科学探讨普遍的、本质的事物，而不是特定的偶然的事物。”

劳埃德认为理性的批判与辩论对于希腊科学十分重要，这同他们民主体制中不断进行政治论争的习惯相吻合。由于辩论和竞争的需要，希腊哲学家们就经常会对自己的理论、方法和证据进行反思。于是，正如本书译者孙小淳先生所言，这“使古希腊科学实践为科学哲学与科学社会学问题提供了历史的案例。劳埃德研究古希腊科学，最为关注的常常是科学哲学与科学社会学问题，这正是他的著作读起来发人深省、玩味无穷的原因”。

《早期希腊科学》的主题是从泰勒斯到亚里士多德去世期间的希腊科学。全书共九章，依次为：“背景和开端”“米利都学派的理论”“毕达哥拉斯学派”“变化问题”“希波克拉底医派”“柏拉图”“公元前4世纪的天文学”“亚里士多德”以及“结论”。书中素材择用十分谨慎，无一不出诸公认的善本。各章内容可谓精彩纷呈。例如，变化是人们能够感觉到的现象，但世界是否真的从根本上发生了变化呢？因此，在古希腊自然哲学中，“变化”乃是一个很重要的问题。劳埃德在《早期希腊科学》中详细讨论了希腊哲学家是如何考虑变化问题，以及它与其他一些根本问题是如何密切相关的。例如，亚里士多德的“物理学”主要是讨论因果、时间、广延、无限等，这与我们今天讨论物质、能量、基本粒子等的“物理学”其实不是一回事。

《雅典学院》中央局部：柏拉图与亚里士多德一边向观众走来，一边在激烈辩论。柏拉图右手向上指，似乎想表示一切均源于神灵的启示；亚里士多德右手向前伸，掌心向下，仿佛在说明现实世界才是他研究的主题

劳埃德则阐明了亚里士多德是如何重新表述变化和物质组成问题，并从而转化成了他的“物理学”问题。

在本文结束之前，应该郑重提及孙小淳先生的“译者序”。此文可读性很强，既钩玄提要地对劳埃德古希腊研究的精义做了很到位的概括，又正好成为本书的导读。其中的最后一节“古希腊与古代中国的比较研究”，无疑将会引起读者进一步的兴趣。

75年前，英国著名自然科学史家威廉·丹皮尔曾经说过：“再没有什么故事能比科学思想发展的故事更有魅力了——这是人类世世代代努力了解他们所居住的世界的故事。”诚哉斯言！《早期希腊科学》这本经典性的小册子，正好为我们一瞥希腊科学思想发展的故事提供了一条可行的捷径。

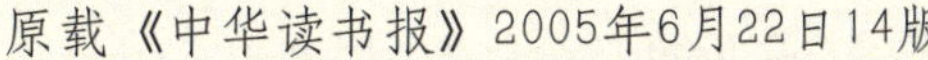

原载《中华读书报》2005年6月22日14版

何为“成材之道”

——读“国家最高科学技术奖获奖人丛书”

“成材之道”，是诱人的永恒话题。

人们喜欢将“成材之道”概括成公式：“天分+勤奋”“天分+勤奋+机遇”，或更加“量化”地说成“百分之几的天分+百分之几的勤奋+百分之几的机遇”……

所有这些说法都是象征性的，而且都只是成材的“必要条件”。那么，成材之“充分条件”又如何呢？依我看，很难有定则。人是复杂的，一个人生活的社会环境更复杂。欲以寥寥数语概括成材之要义，实在是难而又难。

话虽如此，成材者们的足迹却宛如引人奋进的路标。“国家最高科学技术奖获奖人丛书”为我们提供了最好的范例。这套书首辑4种为《吴文俊之路》《走近袁隆平》《黄昆——声子物理第一人》和《王选的世界》。传主吴文俊和袁隆平于2000年荣获国家最高科学技术奖，黄昆和王选则于2001年获此殊荣。

数学家吴文俊从讲话、教学、做学术报告，到撰写科普文章，无一不是内容丰富，条理清晰，深入浅出，这与他良好的语文功底有关。他中学时代作文成绩优异，得益于从童年到青年持之以恒的大量阅读。初中时代，吴文俊尚未显示出数学悟性，对数学也没有特殊的爱好。高中老师们具有

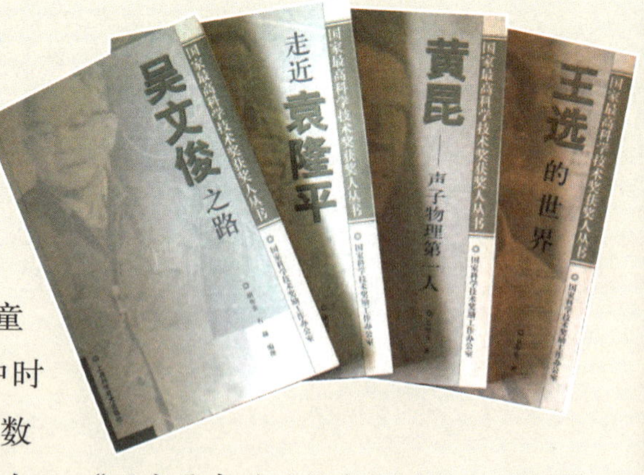

“国家最高科学技术奖获奖人丛书”，上海科学技术出版社，2002年12月出版

真才实学，品德高尚。他们生活清贫，却以自己的智慧向学生们展现出丰富多彩的知识海洋，影响着学生的一生。高中时代的吴文俊，数学学得主动而有味，题越难越吊胃口，内容远远超出课堂的范围。不过，高中毕业时他的兴趣主要还在于物理，而不是数学。

《吴文俊之路》扉页

尽管日后的事实充分证明，吴文俊对数学有着非凡的才能，一遇名师点化，学业就会突飞猛进，作为一名学校决定给予资助的尖子生，他必须报考的也正是校方指定的上海交通大学数学系。但是，上到大学二年级的时候，吴文俊对于单调的数学教学逐渐失去兴趣，甚至想转学其他专业。这时，又一位优秀教师——武崇林所讲的实变函数论，再次激发了他新的数学兴趣。以后，他又遇到了朱公谨、陈省身等好老师。但如只是按部就班地学习，吴文俊也不可能在青年时代就成为一位国际知名的数学家，这时，他杰出的自学能力大大帮助了他……这是一个极其精彩的故事，很难想象，读完《吴文俊之路》怎能不产生强烈的心灵震撼。

农学家袁隆平属马，幼时在长辈眼中这匹“小马驹”有点笨手笨脚。但他爱动脑筋。看见木匠把钉子衔在嘴里干活，觉得很好玩，就嘴里衔上一枚铁钉，在地上翻筋斗。不料铁钉进肚，把全家人忙得个不亦乐乎。初中的数学老师讲到两个同号的“有理数”相乘总是得正数，袁隆平觉得蹊跷，便在课上提问：“为什么负数乘负数也得正数？”老师沉吟片刻，只是说“你们刚开始学习代数，只要牢牢记住……照这条法则运算就行了”。“学贵知疑”的科学精神在袁隆平的一生中发挥着无可估量的作用。高中毕业，他除因“偏科”造成数学成绩一般之外，其他各门功课全优。父亲希望他继续深造文理，但他有自己的志向：投身“农门”。

《走近袁隆平》扉页

袁隆平回忆道：“爱因斯坦说过：‘世界的永

久秘密就在于它的可理解性。要是没有这种可理解性，关于实在的外在世界的假设就会毫无意义。’这句话对我后来从事杂交水稻研究产生了极大的影响。”确实，“小马驹”长大后率领千军万马，奋蹄纵横在农业科技的天地里；他攻关夺隘，总是马到成功，把杂交水稻的恩惠播撒在中国和世界的广袤田园中。当初，“杂交水稻”似乎是不现实的，这意味着“离经叛道”。对一个具有大胆科学怀疑精神的人来说，面临的可能是嘲笑和侮辱。成功时，或有鲜花簇拥；失败了，也许万劫不复。袁隆平无所顾忌，风风雨雨几十年，走到了世界的最前列。

物理学家黄昆认为自己少年时代属于智力发育滞后的学生。以切身经历为例，他认为对小学生的学习要求不必过高；中学则是打基础阶段，会影响一个人的一辈子。他治学的一个重要特点——“从第一原理出发”，就是在中学时代开始培养的。他说在中学时代的反面教训是“我的语文基础没有打好，多少年来，在各个时期，各种场合都给我带来不小的牵累”。在燕京大学求学期间，宽松、开放和求实的环境熏陶了黄昆，使他养成了凡事独立思考，决不盲从的习惯。他极其珍视当初那种学习的主动性，认为无论学习还是从事研究，主动性都是最为重要的……如此等等，这一切的一切，使黄昆成了“声子物理第一人”。

《黄昆——声子物理第一人》扉页

计算机的应用渗透到现代社会生活的每个角落，使王选的名字变得家喻户晓。在小学五年级的时候，老师让大家“评一名品德好、大家最喜欢的同学”，王选以压倒多数的高票获得了这项荣誉。直到数十年后，王选才意识到这一荣誉对自己一生之重要。经验告诉他：一个人要想有所成就，首先要做个好人。王选说：“我赞成季羡林先生关于‘好人’的标准：考虑别人比考虑自己稍多一点就是好人。我觉得这一标准还可以再降低一点：考虑别人与考虑自己一样多就是好人。”如今，谁都知道“方正”这个计算机科学中的宠儿。选用这一词语，更可见王选之为人，它源自《后汉书》：“察身而不敢诬，奉法令不容私，尽心力不敢矜，遭患难不避死，见贤不居其上，受禄不过其量，不以无能居尊显之位，自行若此，可谓方正之士矣。”

20世纪50年代，我是一名爱好数学的中学生，知道了吴文俊这个名字；60年代，作为一名天体物理学专业的大学生，又知道了黄昆的业绩；80年代，华光激光照排系统问世，知道王选其人也就势在必行了。只可惜至今尚无缘面聆几位大师的教诲。另一方面，农业科学似乎从未引起过我的兴趣，具有讽刺意味的却是，我曾经和袁隆平在一起闲聊，而此前我竟然不知道他的大名。那次见面是在1988年3月，袁隆平先生到英国领取让克基金会“农业与营养奖”，而我刚好到英国做访问学者，在《光明日报》驻伦敦记者站不期而遇。

《王选的世界》扉页

袁隆平苍老了许多，然而风采如故。凝视着他的近照，回想那次偶遇，我默默吟诵起《走近袁隆平》一书的神来之笔：

这是普普通通的稻田：
画家从这里走过，绘出一幅美丽的中国画；
诗人从这里走过，吟出一首赞美的田园诗；
农民从这里走过，期待大自然秋后的赏赐；
袁隆平从这里走过，启迪他发明了“点金术”。

“何为成材之道”？我从“国家最高科学技术奖获奖人丛书”中得到的不是什么答案，而是胜似答案的启示。

原载《文汇报》2003年3月28日15版

中外科学数千年　探幽发微四十载

——读席泽宗先生著《科学史八讲》

“今天，一部科学史想再靠新颖的写法来吸引读者，大概是不可能了。这样的科学史作品已经多得不可胜数。”我赞成美国科学作家艾萨克·阿西莫夫的这番话。一部有价值的科学史新作，必须确有独到之处，而这是很不容易做到的。

唯其如此，当我见到中国科学院院士席泽宗先生所著《科学史八讲》，便格外感觉兴味盎然。

席先生纵览中外科学数千年，探幽发微四十载。《科学史八讲》系他于1990年春应邀赴台访问时，带去的8篇讲稿，后由台湾联经出版事业公司出版。其中第一、第二、第四、第五、第六共5讲先后在当地的研究院、大学和天文台讲演。席先生是数十年来赴海峡彼岸最高科研机构讲学的第一人。访问期间，当地传媒曾频频报道，83岁高龄的物理学家吴大猷先生也亲切会见席先生。

这8篇讲稿中，第一讲至第四讲属科学史总论范畴，第五至第八讲则专注于天文学史。

第一讲“科学史和历史科学”，讨论科学史的学科性质、研究方法，及其与一般历史科学的互补关系。席先生在当地历史语言研究所做此讲演，结果促使该所成立了科学史研究小组。第二讲“中国

《科学史八讲》，席泽宗著，联经出版事业公司，1994年

科技史研究的回顾与展望”，首次向台湾学者较全面地介绍了大陆、特别是中国科学院的科学史研究状况，并对未来应开展的工作提出设想。第三讲“先秦科学思想鸟瞰”，讨论的虽然是一个时期的问题，但它对中国科学史的发展有着全局性的影响。

第四讲“孔子与科学”尤其值得一书。孔子，是在中国知识界共同语言最多的论题之一。席先生的这篇讲演，是美国加州大学程贞一先生和他合著的论文《孔子思想与科技》的节要，全文刊于《中国图书文史论集》。它以《论语》中的孔子言行为据，对孔子思想进行系统分析，得出了如下的结论：

“孔子的言行对科学的发展不但无害，而且是有益的。13世纪以前，中国科学技术在世界上的领先地位是多种原因造成的，孔子思想中的这些有益成分也是其中之一。近百年来的落后，是这段时期内的政治、经济、文化诸因素造成的，不能归因于2400年前的孔子。再说得广一些，近代科学在欧洲兴起，和他们有希腊文化没多大关系；中国近代科学落后，并不是因为中国有孔子。”

这真是发前人之所未发，可谓相当大胆。故程席二位先生说：“这个结论，肯定有人不同意。希望通过研究，通过争论，得到进一步的认识。”在当前的学术研究中，能够通过缜密的分析、论证，提出富于启发性的新思想、新见解，以期引起讨论，深化认识，乃是非常可贵的。我深盼科学史家们能对此多下功夫，在该领域中取得更丰硕的成果。

第五讲“天文学在中国传统文化中的地位”是席先生的“保留节目”。这样说的原因，在于先前很少有人这样讨论问题。第六讲“中国古代天文成就”，在台北天文台公开讲演。

2003年9月18日，卞毓麟登门拜访席泽宗先生合影留念

文首以近年来大陆天文学成就作引，堪称别具匠心。第七讲“中国天文学史的新探索”，对今后的研究方向提出设想，于学界后昆裨益尤甚。第八讲“天文学思想史”，从《庄子》《楚辞》一直谈到大爆炸宇宙学，从思想史的角度对世界天文学的发展予以概括，其结论颇多发人深省之处。

《八讲》篇篇言之有物，李亦园、张永堂等台湾知名学者遂一致建议其结集成册，纳入《清华文史讲座》丛刊，以飨广大读者。《八讲》深入浅出，行文明白晓畅，给台湾学者和公众留下了深刻的印象。当地传媒称先生阐述科学史是“沟通人文与科学，观照历史与未来”，此说殊不为过。

原载《科技日报》1996年1月14日2版

苍天有眼眷斯文

——读《古新星新表与科学史探索》

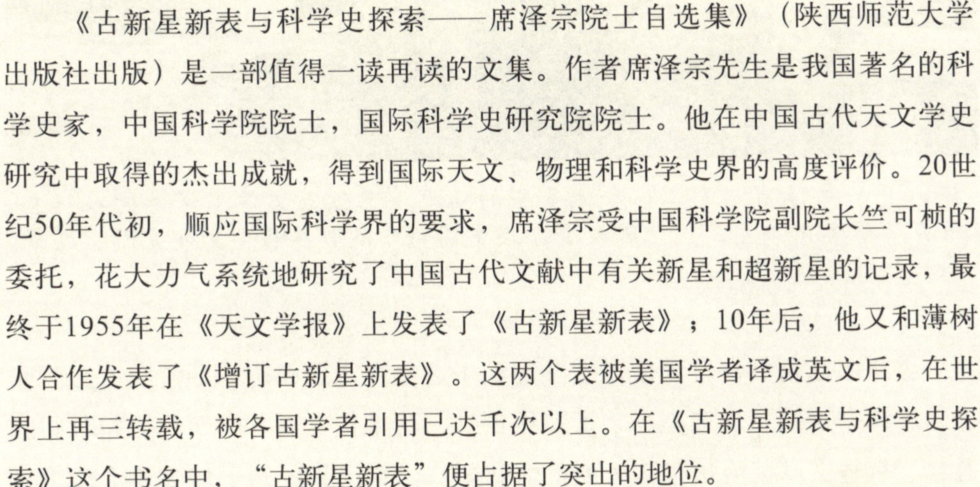

《古新星新表与科学史探索——席泽宗院士自选集》（陕西师范大学出版社出版）是一部值得一读再读的文集。作者席泽宗先生是我国著名的科学史家，中国科学院院士，国际科学史研究院院士。他在中国古代天文学史研究中取得的杰出成就，得到国际天文、物理和科学史界的高度评价。20世纪50年代初，顺应国际科学界的要求，席泽宗受中国科学院副院长竺可桢的委托，花大力气系统地研究了中国古代文献中有关新星和超新星的记录，最终于1955年在《天文学报》上发表了《古新星新表》；10年后，他又和薄树人合作发表了《增订古新星新表》。这两个表被美国学者译成英文后，在世界上再三转载，被各国学者引用已达千次以上。在《古新星新表与科学史探索》这个书名中，“古新星新表”便占据了突出的地位。

席泽宗先生融会古今，学贯中西，其著述叙事清晰，推理严密，科学与人文并茂，学术性与可读性俱佳，这是非常不容易的。从《古新星新表与科学史探索》一书，可以很清楚地看出席泽宗的学养和文风。原中国科学院北京天文台台长王绶琯院士为之赞曰：“苍天有眼眷斯文”，这是相当中肯的评语。

《古新星新表与科学史探索》，席泽宗著，陕西师范大学出版社，2002年10月出版

1993年，席泽宗（左二）和他多年的同事、三位天文学史家薄树人（左一）、陈美东（左三）、陈久金，在中国科学院自然科学史研究所（九爷府）合影

够格出选集者，自当著述宏丰。至于选集究竟怎么选，则常因人因时而异。席泽宗这部《自选集》，贵在原创性，注重代表性，因而经得起时间的考验，有些文章甚至历时弥久而价值愈彰。《自选集》始于1948年大学求学时代的短文《日食观测简史》，止于2002年的力作《不用为用　众用所基——论基础研究的重要性》，所选文章120篇，不分中外文，一律以发表时间先后为序编排。这样，既可刻画出席泽宗先生的人生轨迹，又约略可见我国科学史研究的历程以及与国外交流的踪影。此种构思，委实是很巧妙的。

大约8年前，我读过席泽宗先生的《科学史八讲》。这原是他于1990年春应邀赴台湾地区访问时带去的8篇讲稿，后由台湾联经出版事业公司结集成书。数十年来，席先生是赴海峡彼岸最高科研机构讲学的第一人，83岁高龄的物理学家吴大猷先生也会见了席先生。1996年1月14日，我曾以《中外科学数千年，探幽发微四十载》为题，在《科技日报》上对《科学史八讲》发表管见。首届国家最高科技奖获得者吴文俊先生看了我写的这篇书评，立即找席泽宗要书，并于2月14日写信给席说：

“我拜读了《八讲》中的孔子一讲，论据令人信服，纠正了我的看法；但我想破除希腊对欧洲科学发展的神话，可能比纠正孔子对中国科学阻碍之说更为重要。因此，我十分希望您老能抽出时间，专文阐明此说，最好能登诸报端，以正视听，未知能俯允否？”

这就是《自选集》中后来引起争论的另一篇文章《关于“李约瑟难题”和近代科学源于希腊的对话》写作的由来。在学术研究中，能够通过缜密的分析、论证，提出富于启发性的新思想、新见解，以期引起讨论，深化认识，乃是非常可贵的。

我本人的专业背景和数十年来的工作经历，使我对这部《自选集》怀有浓厚的兴趣。我于1965年从南京大学天文学系毕业，在中国科学院北京天文台从事天体物理学研究30余载，不时兼及天文学史和科学人文，为普及科学著译不辍，且于1998年加盟上海科技教育出版社，专事科技出版。在我工作所及的方方面面，牵涉席泽宗先生的著述不绝如缕，其求真务实的精神，给我留下很深的印象。先生本人亦在“自序”中曰：“‘集腋成裘，聚沙成塔’，我还是愿意把这一点点微小的贡献聚集起来，让世人利用，让世人评说。”我认为，这种“让世人评说”的意识和态度，在今天尤其值得提倡。

原载《中华读书报》2003年10月15日23版

资深院士的回忆

这是一群不寻常的老人讲述的很不平凡的故事。

讲故事的，都是中国科学院和中国工程院的资深院士，即80岁以上的高龄院士。他们充满激情地回顾亲身所历而有传世价值的人与事，读来唯觉汁美味醇。

《资深院士回忆录》（第1卷）全书33万字，收入8位老科学家的回忆，即植物生理学家和生物化学家汤佩松的《为接朝霞顾夕阳》、雷达与信息处理技术专家张直中的《我的雷达情结》、热能动力工程学家陈学俊的《科技教育60年》、内科学专家翁心植的《一生中经历的三段艰难岁月》、冶金学和冶金物理化学家魏寿昆的《读书与任教期间几个片段的回忆》、水文地质学家陈梦熊的《地质生涯60年的回顾与思考》、真空电子技术专家吴祖垲的《我的回忆》，以及微生物生化和分子遗传学家沈善炯的《机遇》。书中发人深省之处不可胜数，此处举例，不过作一管窥而已。

2001年，汤佩松院士以98岁高龄谢世。早年他本想选择化学为日后的专业方向。但是一位教师的偏见却改变了他的志愿。汤老在回忆中披露，他在一次化学实验后，花了很多工夫仔细写了一份简短而全面的实验报告，自觉

《资深院士回忆录》（共3卷），
上海科技教育出版社，
2003年至2006年先后出版

相当满意。不料那位教师却厉声喝问："你这个报告是抄谁的？"汤佩松如实回答："是我用了三个钟头思考后写的。"那教师竟把本子往桌上一扔："这不可能！"原来，老师的判断是："一个在球场上出色的运动员，不可能是一个功课好的学生！"如今看来，这种逻辑是很荒唐的，但它很有警示作用。为人师者，当引以为戒。

汤老关于成就和荣誉的人生感悟富含哲理："人们用亮度和热力衡量星体，用荣誉和贡献衡量人们的成就……对我自己来说，一个公平的共同的标准应该是：在每段紧张工作完成后和最后当死神降临的前夕，我能平静地、安详地、心情愉快地轻诵唐人李商隐的名句：'春蚕到死丝方尽，蜡炬成灰泪始干。'"至于句中的"泪"字，"我是用丘吉尔在第二次世界大战伦敦大轰炸紧急关头发出的震撼军民的豪言壮语：'我能贡献给你们的只有血和泪'中泪的含义，不是悲伤而是奋斗的泪痕。"

再如陈学俊先生，生于1919年，1944年奉派前往美国，在田纳西州美国燃烧工程公司所属的最大锅炉制造工厂实习。他热爱音乐，每天晚上在当地一所音乐学院选修和声、小提琴和声乐，且均有所获。不少美国人轻视中国，对中国人学习高雅音乐并用英语唱歌有点惊奇。有一次，陈学俊应一美国同学之邀到教堂唱歌。他先是优雅动听地唱了一首美国人熟悉的歌，赢得热烈掌声。后来，他又唱了一首抗战歌曲《嘉陵江上》，并应邀用英语对300多名美国人即席讲话："中国已经不是清朝封建皇帝时代的落后中国，也不是殖民地时代的中国，而是抗击法西斯侵略的中美英苏四大盟国之一，要不是我们军民英勇抗战拖住大部分日军，美国本土也要遭殃，珍珠港事件就足以说明这点，我们要加深中美两国人民之间的友谊，在抗击侵略战争中取得最终胜利以保卫世界和平。"听者为之动容，并称陈学俊为"友谊大使"。念念不忘祖国荣辱，正是前辈科学家们普遍具备的高贵品质。

在《资深院士回忆录》（第1卷）中，令人拍案叫绝的事例不胜枚举。这些老人的亲历，正是现代科学在华夏大地上艰辛创业、摸索跌宕、坎坷曲折乃至奋勇前进的活生生的写照和见证。他们经历了中华民族的最艰难岁月和站立起来发展振兴的时代，在科技和教育领域拼搏了半个多世纪，许多人成了我国现代科技的开拓者或奠基人。他们能亲自动笔追述自己的阅历见闻，真切翔实地向社会各界介绍那些特别有价值的事件和人物，无疑是一件功德无量的大好事。

本书主编韩存志先生在中国科学院学部联合办公室任职20年，与院士们有着频繁的接触并结下了可贵的友谊。近年来，韩先生及其合作者曾先后编就《院士挚语》《院士诗词》和《院士书信》三书，皆由上海科技教育出版社出版而颇受公众关注。《资深院士回忆录》（第1卷）较诸上述三书，内容更显厚重，史料价值益彰。令人欣慰的是，《回忆录》第2卷书稿即将齐备，第3卷亦已在运筹之中。

这个世界有许多事情难以预料。然而，无论从哪一个角度细读《资深院士回忆录》，你都会发现老一辈科学家的亲身经历总是在感召、在激励我们：中华民族必须自强不息，且必能屹立于世界民族之林。时不我待，国人其勉之！

原载《文汇报》2003年11月14日15版

[附记] 我本人是学天文的，却被一位水利和岩土工程学家的回忆深深吸引住了，那就是《资深院士回忆录》（第3卷）中收录的汪闻韶院士的《人生

“汪闻韶院士优秀论文奖”于2011年4月26日在北京设立，中国大坝协会理事长汪恕诚向汪闻韶夫人严素秋女士颁发捐赠证书

散忆》。这卷《回忆录》是2006年7月出版的，那时汪先生已是87岁高龄。他的回忆长达138页，分为5个部分，每一部分的标题都特别简朴，真是文如其人：一、童年——由出生到逃难（1919－1937年）；二、青年——从逃难到留学回国（1937－1954年）；三、中年——留学回国到当选学部委员（1955－1980年）；四、老年——当选学部委员以后（1980年－现在）；五、后志。内容既好看，又感人。

汪闻韶院士为人宽厚，胸襟坦荡，淡泊名利，品德高尚，终身恪守“踏踏实实做人、勤勤恳恳做事”的处世准则。他自己居室简单，却把苏州老家的祖宅全部捐献给了国家。他治学严谨，年事虽高而依然笔耕不辍。其道德与文章，悉有口皆碑。孰料《资深院士回忆录》（第3卷）问世仅一年余，汪老却因突发心脏病抢救无效，于2007年10月7日与世长辞了，享年八十有八。2011年4月26日，“汪闻韶院士优秀论文奖”在北京设立。在设立仪式上，中国大坝协会接受汪先生家属捐赠50万元，并向汪闻韶夫人严素秋女士颁发捐赠证书。斯情斯景，真是教人如何不敬佩啊！

“嫦娥奔月”的真实史诗

正当中国第一个月球探测器嫦娥一号行将升空之际，许多书店的书架上出现了一套套崭新的“嫦娥书系”。这一书系，是3年多以前开始策划与撰写的，与“嫦娥工程”之启动几乎同步。

人类当前对太阳系的空间探测，以探测月球和火星为主线，兼及其他行星、矮行星、卫星、小行星、彗星和太阳本身。其研究内容涉及太阳系的起源与演化，诸行星形成、演化的共性与特性，地月系统的诞生过程与相互作用，生命的起源与生存环境，太阳活动与空间天气预报，防御小天体撞击地球及由此造成的环境灾变，评估月球与火星的开发前景，探寻人类移民地外天体的条件等重大问题。

月球是离地球最近的天体，也一直是人类密切关注的天体。在漫长的岁月中，月相变化和月球运动对人类的生产活动、科技发展和文明进步有着广泛而深刻的影响。月球探测是人类走出地球，迈向深空的第一步，也是人类探测太阳系的历史开端。迄今为止，人类已经发射110多个月球探测器，成败约各占其半。当前，探索月球，开发月球资源，建立月球基地，已成为世界航天活动的大势所趋和竞争热点。中国在发展人造地球卫星和实施载人航天工程之后，适时开展月球探测，

“嫦娥书系”，欧阳自远主编，
上海科技教育出版社，2007年10月

乃是我国航天事业持续发展，有所作为、有所创新的重要标志。月球探测将成为我国空间科学和空间技术发展的第三个里程碑。

中国实施探月计划（即“嫦娥工程”），是国家综合科技实力不断提高的象征，也是举世瞩目、全国人民热切关注的一件大事。为了使公众比较系统地了解当代世界空间探测的态势和月球探测的历程，了解人类对月球世界的认识和月球的开发利用前景，了解中国“嫦娥工程”的背景、目标、实施过程和重大意义，上海科技教育出版社在3年多以前提出了编辑出版“嫦娥书系”的创意，与编委会共同筹划，以《逐鹿太空》《蟾宫览胜》《神箭凌霄》《翱翔九天》《嫦娥奔月》和《超越广寒》6部作品，形成一套结构完整的中级科普读物。从书名“嫦娥书系”，既体现其核心是“嫦娥工程”，又富有中国传统文化色彩，故在征求意见时人皆称善。

“嫦娥书系”由中国探月计划首席科学家、中国科学院院士欧阳自远先生亲任主编。书系的6部作品各自独立而又彼此呼应，其中每一卷的字数各在17万上下，6卷共约100万字、含插图800余幅，全彩印。书系行文浅显，具备中等文化程度即可顺利读懂。

《嫦娥奔月》卷插图：（左起）嫦娥工程总设计师孙家栋、工程总指挥栾恩杰、工程应用首席科学家欧阳自远

按照逻辑上的顺序，“嫦娥书系”的第一卷是《逐鹿太空——航天技术的崛起与今日态势》。它系统讲述了人类航天的艰难征程，航天先驱们可歌可泣的感人故事。全书10章，依次为“人类早期的飞天梦”“伟大的航天先驱者”“改变世界的人造卫星”“通向太空的运载火箭”“漫游宇宙的人类使者”“老当益壮的宇宙飞船”“出入太空的航天飞机”“长驻太空的空间站”“征服太空的宇航员”以及“中国跻身航天大国”。可见，此书大体上担当了“航天总论”的角色。

“嫦娥工程”的探测对象是月球，因此“嫦娥书系”专设一卷《蟾宫览胜——人类认识的月球世界》，系统描述人类认识月球的艰辛历程，由表及里揭示月球的真实面目，追溯月球的诞生过程。此书把月球的里里外外，把月球的过去、今天和未来都说到了。当然，也着重谈到了尚待人们探索、揭示的月球之谜。

无论是发射人造卫星，还是发射月球探测器，都要有推力足够大的火箭。如今，中国的“长征号”系列火箭已经举世闻名。《神箭凌霄——长征系列火箭的发展历程》可谓是一首中国“神箭”的赞歌，它系统追忆了中国“长征号”系列火箭的成长过程，并展示了其美好的未来前景。

《翱翔九天——从人造卫星到月球探测器》，系统叙述中国各种功能航天器和月球探测器的发展沿革，展望未来月球探测、载人登月与月球基地建设的科学蓝图。全书8章依次为“航天概说”“航天器的基本知识”“从‘东方红号’到‘神舟号’”“访问月球的使者”“绕月探测”“月球着陆与巡视探测”“月球自动取样返回探测”和“月球探测的未来”。书末还有一个详细的附录：“迄2007年9月世界各国发射的月球探测器概况”，日本于2007年9月14日发射的“月神号”也已纳入其中。

“嫦娥书系”的焦点是“嫦娥工程”，因此《嫦娥奔月——中国的探月方略及其实施》也成了更多读者特别关注的对象。此卷系统分析当代国际“重返月球”的形势，阐述中国月球探测的意义、背景、方略、目标、特色和进程，堪称当代中国“嫦娥奔月”的真实史诗。该卷共9章，依次为“探月史：镜子与尺子”“21世纪深空探测主旋律”“月球的诸多谜团”“中国人的梦想与追求”“嫦娥工程的科学论证”“嫦娥一期：我们做什么”“嫦娥一期：我们如何做”“嫦娥一期：我们做了什么”和“嫦娥系列：强国富民之举”。

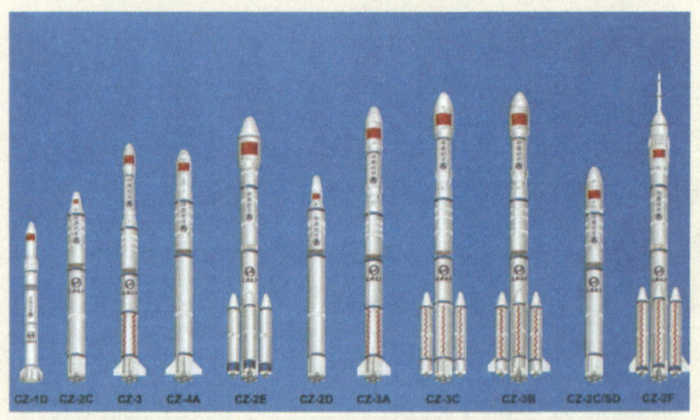

《神箭凌霄》卷插图：“长征”火箭家族。CZ是“长征”两字汉语拼音的第一个字母，用作“长征”火箭的代号

中国的月球探测，经历了对苏联、美国月球探测进展的35年跟踪研究，适时总结与展望国际深空探测的走

向与发展趋势，又经历了长达10年的科学目标与工程实现的综合论证。2004年年初，中央批准月球探测一期工程——绕月探测工程立项实施。中国的月球探测计划被正式命名为“嫦娥工程”，它经过2004年的启动年、2005年的攻坚年和2006年的决战年，为2007年决胜年的首发成功打下了坚实的基础。所有这些过程，以及有关日后嫦娥二、三期工程的设想等，在《嫦娥奔月》一书中都有相当详细的描述。

《超越广寒》卷插图：未来的月球基地想象图

“嫦娥书系”的最后一卷《超越广寒——月球开发的迷人前景》，是人类未来开发利用月球的科学畅想曲，展现了人类和平利用空间的雄心壮志与迷人前景。全书以引言“为什么要开发月球”始，然后是8章正文——“月球机器人”“人在月球上”“月球开发基地”“月球的航天开发”“月球天文台”“月球资源和产业的开发”“月球的战争与和平”以及“更遥远的世界”，最后是结束语“人类文明的新阶段”。书中描述的许多内容非常有趣，它们大多是对未来的、甚至是遥远将来事态进程的预想。但这不是科幻小说，而是具有严肃科学根基的创造性思维的产物。

“嫦娥书系”的作者，大多是“嫦娥工程”相关领域的骨干专家，他们科学基础坚实，工程经验丰富，亲身体验真切，在百忙之中争分夺秒撰写书稿。我相信，他们的辛劳必将会获得丰厚的回报：通过“嫦娥书系”，将使读者对人类的航天活动，对中国的“嫦娥工程”有更加完整、更加清晰和更加深刻的了解。

原载《中华读书报》2007年10月24日9版

“平淡之中见新奇”的大家风范

最近读的几本书，都不是“刚出炉”的新作。

第一本是《居里夫人的科学课——居里夫人教孩子们学物理》（科学普及出版社2007年出版）。一个世纪以前，由居里夫人发起，一些朋友（都是法国的著名学者）共同合作给自己的孩子们上课，有人教文学、历史、绘画等人文课，保罗·朗之万讲数学课，让·佩兰讲化学课，居里夫人本人上物理课。这项合作持续了两年。当时有一个年纪稍大些的孩子，认真做了笔记。几十年后，她的家人在整理东西时发现了这个笔记本，意识到它的价值，这才得以出版。此书篇幅不大，但内容非常精彩。居里夫人的课从一开始就不断提出富有启发性的问题，让孩子们思考、回答，并用大量简单明了的现场实验来说明回答是否正确，这种形式，有点介于上课和科普之间。读这本书，你会深切地感受到居里夫人那种“平淡之中见新奇”的大家风范。她给孩子们讲的每一件事看起来都很平淡，然而她的讲课本身却成了一个发人深省的故事。

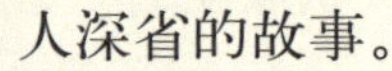

前几年，韦钰院士向国内推荐引进这本书。中译本出版后，大家有很多讨论。中国科学技术协会第七届常委青少年科学教育委员会还专门为此召开过研讨会，赞誉颇多。我在网上看到过一种评价：认为此书的内容本身并无精彩之处，但它记述

《居里夫人的科学课——居里夫人教孩子们学物理》，[法]伊莎贝尔·夏瓦娜记录于1907年，强亚平译，科学普及出版社，2007年1月

的故事发人深省，尤其是在当今中国的科学界和教育界。我不敢苟同“内容本身并无精彩之处”的评语，置评者或许认为这些日常所见的事物并无特别之处，其实这正是最精彩的地方。这使我联想起以前读过的另一本书——法拉第在英国皇家学会圣诞讲演上讲述的《蜡烛的故事》，二者大有异曲同工之妙。我想，这种做法和近代欧洲科学兴起以后，实验科学深入人心这一传统有关。居里夫人将这个传统发挥得淋漓尽致，这很值得我们学习和研究。

韦钰在此书“中文版序”中写道：“我们的科学家和科学工作者应该认真读一读这本书。连居里夫人都有时间关心儿童的成长，亲自进行儿童科学教育……我们有什么理由不把儿童科学教育和提高全民族科学素质的重要事业，看成我们理应进行的工作。应认识到，我们对此负有义不容辞的责任。”诚哉斯言！

第二本是叶小沫的《向爷爷爸爸学做编辑》，属于“书林守望丛书”中的一种，丛书目前已出版第一辑和第二辑共20本（首都师范大学出版社），这套书的所有作者都是有名望的出版人，柳斌杰写了总序“做文化的守望者”。第一辑收有叶至善的《叶至善序跋集》，叶小沫的这本收在第二辑里。至善先生曾任中国科普作家协会的理事长，我因此和他接触、来往比较多。叶圣陶老人在新中国成立前做编辑时出过很多书，叶至善在中国少年儿童出版社成立时任社长，也做过大量编辑工作。他们父子俩既是学问家，也是作家，同时又是编辑，非常难得。

《向爷爷爸爸学做编辑》，叶小沫著，首都师范大学出版社，2010年7月

叶至善80岁时，大家希望给他出一本自选集，以为庆祝。他就挑选了100篇有关编辑的文章，集成《我是编辑》一书。当时他也送了一本给我。我最早领略到至善先生高超的编辑本领是1978年。当时，中国少年儿童出版社的《我们爱科学》杂志约我每月写一篇天文科普文章，篇幅不超过两千字。有一次，我写太阳系的冥王星，超出了四五百字。编辑们觉得已经无从删节，打算作为特例发表。至善先生知道后，便亲自动手删减到两千字。责任编辑将删改后的文字给我看，令我心悦诚服。

晚年的叶至善，花了大量精力来整理父亲的著述。结果，他自己也留下了很多无暇整理的文字。叶小沫继承祖父和父亲的文化遗产，整理挖掘了很多前未出版的材料。如2007年出版的洋洋70余万言的《叶圣陶叶至善干校家书（1969—1972）》。小沫曾长期在中国少年报做编辑。这本《向爷爷爸爸学做编辑》包括“爷爷给我改文章”“爸爸教我做科普编辑”“我热爱我的编辑工作”和“往事留痕”四个部分。我虽然来不及细读，但一路浏览下来，唯觉其文风同她爷爷爸爸一脉相承：思考缜密，语言质朴，情文并茂。例如，书里有一篇“婆婆”，是她在婆婆去世一周年时写的怀念文章。文中写到的很多细节，情真意切，很感人。儿媳妇写婆婆能写得那么好，在今天虽不能说绝无仅有，恐怕也是凤毛麟角了。

还有一本书与我自己有关。今年年初，我的《追星——关于天文、历史、艺术与宗教的传奇》一书刚获得2010年度国家科技进步奖二等奖。不少朋友说，这本书是四年多以前写的，这几年天文学又有了很多新进展，建议我赶快修订，出全彩新版。因此，眼下我正在重读《追星》，修订也在进行中。

顺便再说一件事。2009年是联合国确定的“国际天文年”，以纪念伽利略发明天文望远镜整整400周年。当初，伽利略用自己发明的望远镜观测天体，并将早期的观测结果写成了《星际使者》一书。此书原本是用拉丁文写的，后来有了英译本，前几年台湾出了中文繁体字版。我喜欢科学史，也喜欢科学翻译，最近从朋友那儿借到这个中译本，对照英译本翻阅，觉得很愉快。不过，海峡两岸使用的专业术语和语言习惯毕竟有着相当的差异，也许哪一天，我会把它重新翻译一遍。

原载《中华读书报》2011年4月6日10版

[附记] 2011年3月，《中华读书报》“名家阅读”专栏记者陈菁霞女士来电，要求谈谈最近在读些什么，并就所读图书或文章，谈谈阅读的心理动因以及阅读引发的思考，做些点评性描述，字数多则千余，少则几百。其操作形式，以电话为主要联系渠道，由受访者口述，记者根据录音整理成文，经受访人审阅后刊出。此文即由陈菁霞采访、整理，并经本人审核、定稿。

既要“上榜”，又要靠谱

“上榜”似鱼，“靠谱”如熊掌。欲两者得兼，不易。当然，“不易”并非“不可能”，所以方才这个比喻中的连系动词是“似”和“如”，而非“是”或“乃”。

在2013年6月“榜上”排名第10的“哈默手稿”，到7月份的“榜上”上升为第3名。这事靠谱，不是因为人人都能读懂达·芬奇的心灵和智慧，而是因为有许多人渴望读到达·芬奇的手稿。自然也有不少人只是看热闹，就像围观霍金的《时间简史》一般。田松在上一期“榜评”中说：“刘兵教授的‘读霍金，懂与不懂都是收获’，当属有史以来最忽悠人的广告语之一，贻害不浅。”但依我看，这句广告语固然“忽悠人”，倒也未必“贻害不浅”。《哈默手稿》为国人提供了很好的阅读机会，我猜想在8月份的“榜上”它仍会有名，甚至可能超过法布尔《昆虫记》的全译本。

2013年3月高居榜首的《水知道答案》，前几个月的“榜评”咸称其不靠谱——好在此书自4月始就不在“榜上”了。7月13日，年轻的科普潮人曹天元做客上海图书馆“书评夜话”，提及他8年前出的《上帝掷骰子吗——量子物理史话》一书，如今销售量已超过《水知道答案》，在当当网科普类图书排行榜排名第二，第一是霍金的《时间简史》。曹说，“这也从侧面

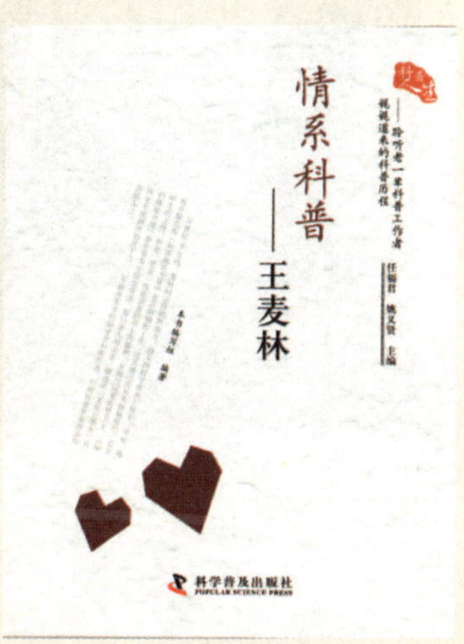

《情系科普——王麦林》，
本书编写组，
科学普及出版社，2013年3月

说明这两年科普界缺少突破性的新作"。当然，"缺少"不等于"没有"。笔者以为，这还在相当程度上反映了读者对"靠谱"的实际鉴别力——这种"力"在强度与位相两个方面都会同"上榜"有异。再次，"榜"本身也很有讲究。销售排行榜是反映市场现状的一种报告，各种排行榜之异同便很值得研究，如开卷公司的数据与当当网图书排行榜之然。

最理想的，自然是"上榜"与"靠谱"得兼。60多年前，朱自清先生写过一篇《论雅俗共赏》的文章，曰："抗战以来又有'通俗化'运动，这个运动并已经在开始转向大众化。'通俗化'还分别雅俗，还是'雅俗共赏'的路，大众化却更进一步要达到那没有雅俗之分，只有'共赏'的局面。"此话很有深意，倘真能做到不分雅俗，只有共赏，那么经济效益和社会效益之统一亦庶几有望焉。

2012年10月10日王麦林与卞毓麟在"繁荣科普创作高层论坛"上合影

我强烈推荐两本书。一是名家名著《造就适者》，当毋庸赘言。另一本《情系科普——王麦林》从销售排行的立场来看真有点"不靠谱"了：它只印了1000册。王麦林这个名字许多人未必听说过，但读过这本书的自会为之动容。不久前，这位88岁依然身心健康的科普老奶奶，在老伴和小辈一致支持下，将自己一生积攒的100万元捐献出来，为繁荣科学文艺创作设立了专项基金。

嘉宾推荐：

《造就适者——DNA和进化的有力证据》，上海科

技教育出版社，肖恩·卡罗尔著

《情系科普——王麦林》，科学普及出版社，本书编写组

原载《中国科学报》2013年8月30日14版：
2013年7月科普图书销售榜“榜评”

[附记] 2013年6月，《中国科学报》读书版主持人李芸女士来函相告，该报今年4月新开了一个栏目“榜上有名”，是根据开卷公司的数据做的一个近一年来出版的科普图书的排行榜。栏目设置有榜单、榜评和嘉宾推荐。榜评是由嘉宾点评榜单，可以谈榜单的总体趋势，也可以谈入榜图书，约七八百字。因为排行榜主要体现的是市场，所以也请嘉宾推荐两本值得阅读的图书。李芸在信中说：“前四期是李大光、武夷山、刘兵和田松做嘉宾主持，这期想请您担纲。这期的见报日期是8月30日，请您8月25日前交稿。”

我觉得这事有意义，遂遵嘱照办，其结果就是此处的这篇文章。顺便一提，我预期《哈默手稿》在8月份的“榜上”仍将有名，甚至可能超过法布尔《昆虫记》的全译本，事后果然应验。

下篇　书外时空

抄书和偷听

回首40年前的大学生活，却以“抄书和偷听”为题，其原委需从中学时代说起。当初，我最入迷的课程是数学，最热衷的业余爱好是天文，特别喜欢读的书有中国古典文学、人物传记以及儒勒·凡尔纳的科幻小说，等等。高考在即，志愿该如何选择？

当时我的逻辑是：第一，如果选择中文或历史系，那就没有机会再念更多的数学、物理和天文了；而这些学问如果没有老师教，自学是很难的。虽说自习文史也不易，但作为业余爱好，也许比自学数理和天文好办些。第二，假如首选数学系，那就没人教我天文了；反之，如果我选择天文学，那倒仍然和数学关系密切。结果，我以南京大学数学天文系为第一志愿被录取。后来，数学天文系分成数学、天文两个系，我如愿以偿到了天文系。

大学时代的物质生活很清苦，家境维艰想要多买点书就更不容易。记得1963年上大学三年级的时候，我在南京市中山东路新华书店见到贺敬之的新作长诗《雷锋之歌》，觉得它既优美、又感人，心中十分喜欢，但口袋里就是没有这两毛钱的买书钱。结果，我硬是站在书店里读完了它，营业员同志居然十分大度地容忍了我这位读者。

没钱买书，可以到校图书馆去读、去借、去抄。在那个宝库里，有着读之不尽的五花八门的藏书，我先后全文抄录了任继愈先生的《老子今译》、中国人民解放军政治学院图书资料馆出版的秘本兵法《三十六计》、闻一多先生的《怎样读九歌》，乃至《白香词谱》《千家诗》《胡笳十八拍》《孙子兵法》，等等。有一次在阅览室里，一位图书馆工作人员偶尔看见我旁边放着天文、数学书，却在起劲地抄写上述这些东西，不禁问道：“你是哪个

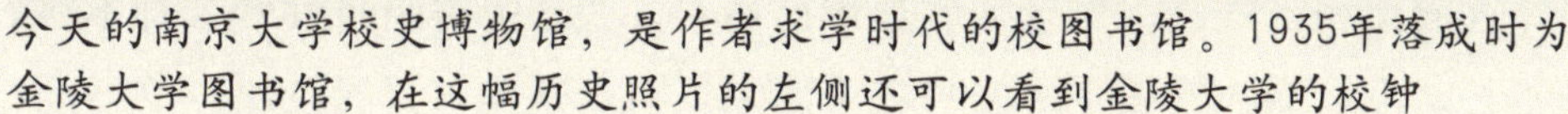
今天的南京大学校史博物馆，是作者求学时代的校图书馆。1935年落成时为金陵大学图书馆，在这幅历史照片的左侧还可以看到金陵大学的校钟

系的？”当年的这些“手抄本”，有不少一直保存到了今天。

图书馆真是好地方。有一次期末考试刚结束，大家准备打道回府，有同学看我兴冲冲地不知要往哪儿跑，便好奇地问我干什么。我说：“到图书馆去看书！”原来，当时我们的教学计划中没有广义相对论这门课，我想趁放假赶快读完它。何况，这时去图书馆就不用“抢座位”啦。

抄书助人博览强记。犹忆大学四年级时我写了一篇板报文章，介绍系主任戴文赛教授关于“宇观”概念的论述。有一位老师看了，问我是从哪儿弄来的材料。我告诉他，《哲学研究》1962年第4期有戴先生本人的文章《宇观的物质过程》，我仿佛只是做了一篇读书笔记。

除了阅读，当年在母校还经常可以听到精彩的课外讲座，其乐趣殊难言状。例如，我特别喜欢中文系吴新雷老师的讲座。那时吴老师还很年轻，一副斯文相。他讲宋词、元曲，或携笛或持箫，连说带奏，情趣十足。他教唱姜夔的《疏影》《暗香》，令来自全校各系的学子流连忘返；他连讲解带比划，把《长生殿》中的“下金堂，笼灯就月细端详，庭花不及娇模样……”

2004年1月22日（甲申年正月初一）前往吴新雷老师（右）府上拜年合影

演绎得惟妙惟肖。后来，吴先生又成了著名的红学家。

令人十分遗憾的是，当时的课程安排极为死板，根本不允许去听非规定的课。天文系五年学制，三年级时分专业，我分在天体物理专业。由于我对数学依然感情深厚，所以便斗胆混在天体力学专业的同学中，去“偷听”实变函数论的课。这门课相当难讲，但老师就是讲得精彩。我正听得暗自称妙，却不料好景不长，没过多久就被主讲老师赶了出来！对于这类“目无校纪”的行为，老师执法是很严格、也很严厉的。我还记得在我们必修的电动力学课上，也有偷听的学生被老师轰出去的。

时代进步了，当初种种尴尬的光景如今早已不再。百年校庆，回首往事，依然使人感觉温馨、甜美而陶醉。

原载《中华读书报》2002年5月15日
11版“我的大学”主题征文

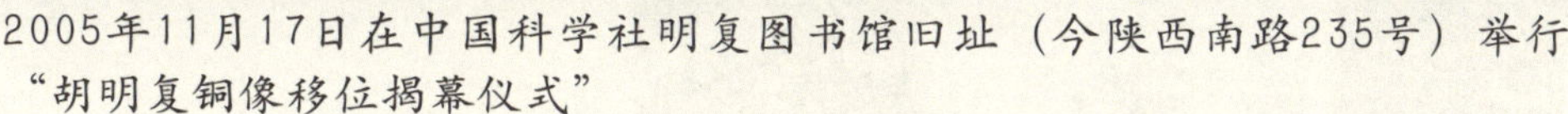
2005年11月17日在中国科学社明复图书馆旧址（今陕西南路235号）举行“胡明复铜像移位揭幕仪式”

我与图书馆：五十年小忆

半个世纪前的上海，有一个人民图书馆，离我在读的初中不远。我常去阅览《西游记》《镜花缘》等古典小说，《三国演义》的大部分回目就是在那里背熟的。读到《封神演义》也像《水浒传》那样有天罡地煞共一百单八人，我想比较个究竟，就往小本本上抄。一位阿姨见我如此“用功”，驻足凝视，未免吃惊，遂提醒道：“小朋友，千万不要着迷神怪，不能去求仙访道啊！”

高中时代，读遍了校图书馆收藏的凡尔纳科幻小说和别莱利曼的《趣味天文学》《趣味物理学》《趣味几何学》……那时热爱数学，经常一吃完晚饭就去上海图书馆，自习大学的数学分析和高等代数教程，直到图书馆“打烊”还不想走。后来，父亲用他的借书证替我把书借回家——中学生尚不能办外借。

20世纪60年代初，我就读南京大学天文系。生活清苦，没钱买书，就到校图书馆读、借、抄。在那里，我抄录了任继愈的《老子今译》、闻一多的《怎样读九歌》，乃至《白香词谱》《千家诗》《胡笳十八拍》《孙子兵法》，等等，有些“手抄本”一直保存到了今天。还有一次期末考试刚结束，有同学见我行色匆匆，便好奇地问我欲何往。原来，当时我们没有广义相对论这门课，我想趁放假抓紧自学，这时去校图书馆倒是不用“抢座位”啦！

大学毕业，分配到中国科学院北京天文台。自不待言，院、台两级图书馆为科研带来了极大的方便。也真是与书有缘，1965年刚跨入天文台的大门，适逢书库易地，我遂参加劳动一周，天天帮忙搬书；1998年离开北京天文台回归上海前，我是“天文信息组”的负责人，统管四个学术刊物编辑部、一个天文数

英国爱丁堡皇家天文台图书馆：（上）主室南部，窗外风景如画；（下）主室北部，旋梯直通上层。作者利用此馆近两年，获益一言难尽。图书馆员麦克唐纳先生懂得7种语言文字，其中包括汉语。作者试图用普通话与之交谈，才明白其所学乃粤语。1990年初作者回国前，将随身携带的《英汉大词典》和《汉英词典》赠与麦克唐纳先生留念

据库，还有一个图书馆。

80年代后期，我在英国爱丁堡皇家天文台做访问学者。该台收藏着不少科学古籍珍本，不仅有400多年前初版的哥白尼名著《天体运行论》，还有中世纪的羊皮书。这些书平时藏诸秘室，并不轻易示人。偶有盛典嘉宾，则特事特办，可专门安排参观。我参观一次，犹觉不过瘾。临回国前，又向主人探询，可否再看一次，结果如愿以偿。

在京30余年，常跑北京图书馆（今国家图书馆）自然获益匪浅。英文原版的阿西莫夫作品——如今其著作的中译本已不下百种，我大多借自北图。当然，偶尔也有遗憾。例如我曾多方查找历年的原版美国《科学年鉴》（*Science Year*），但始终很难齐全，最后寄厚望于北图，结果还是落空了——不知是否因我不善检索之故？

8年前回上海致力于科普出版，查阅文献资料当然离不开上海图书馆。如今，图书馆的功能和服务与时俱进，上图的系列讲座已成社会知名品牌，我也有幸先后3次在那里做科普讲演。2005年，上图的图书文化博览厅征集作者赠书，展示一年，然后入藏。此举当于公众有益，我便捐赠了自己主编的全套《金苹果文库》50种，另加本人科普作品《梦天集》一册。

2005年11月，在前几年刚刚整修一新的明复图书馆，参加了我国现代科学事业的先驱者胡明复先生的铜像移位揭幕仪式。是夜未眠，若有所悟，弹指间自己已然满头白发，而我熟悉的那些图书馆却更加容光焕发、青春靓丽了。来日还有许多事情要做，所以我还要不断地去图书馆：学习，或许还有休闲。

原载《新华书目报》2006年1月5日
B69版“图书馆专刊”

书房故事 大象无形

琳琅满目的书挤满了书房，顶天立地。但还有两种更巨大的东西弥漫在书房中：故事和思想。

今天只说故事。但那不是《一千零一夜》或《八十天环游地球》或《物理世界奇遇记》讲述的故事，而是书籍本身的传奇：或著译、或编校、或买卖、或阅读、或版本、或收藏、或师情、或友谊、或愉悦、或辛酸……每本书都可以有许多故事。

有时候，目中所见分明是书，脑中反映的却是一连串的事。那本小32开的《天体的演化》和往常一样静立在书架上，近来却仿佛在提醒我：今年12月19日是戴先生百年诞辰，你的纪念文章有腹稿了吗？

20世纪60年代初我在南京大学天文系求学，系主任戴文赛教授亲自授课的情景如今犹在眼前。1977年，戴先生身患绝症，接连手术和化疗，身体相当虚弱，但他仍为我国制定“天文发展八年规划”出谋划策，继续从事太阳系起源和演化的研究，定稿30余万字的专著《太阳系演化学（上册）》，完成《天体的演化》一书的校订……

书房是好地方（2000年4月）

《天体的演化》是

一本中级偏高的科普读物，1977年岁末由科学出版社出版。戴先生签名赐赠，嘱咐多提意见，以利日后修订。我遵嘱认真通读，大胆提出许多修改意见。先生十分高兴，20多年后师母刘圣梅对此仍记忆犹新。《太阳系演化学（上册）》也站在书架上。1979年11月它出版时，戴先生已去世半年。刘圣梅老师寄给我的书，扉页上盖着“戴文赛赠”的朱红印章。

戴先生科研、教学，累累硕果，桃李天下。尤其令人感佩的是，他数十年如一日，以科学大众化为己任，身体力行，为我国科普事业做出了卓越的贡献。1979年3月，先生逝世前一个多月，还在即将出版的《戴文赛科普创作选集》前言中写道：

> 科学工作者既要做好科研工作，又要做好科学普及工作，这两者都是人民的需要……我们科学工作者，应该拿起笔来，勤奋写作，共同努力，使我们中华民族以一个高度科学文化水平的民族出现在世界上。

一名科学家，一位科普作家，必须具有强烈的社会责任感和高尚的职业道德，方能激情回荡，佳作迭出。先生这种强烈的使命感，至今依然是我们做人做事的榜样。1980年4月，《戴文赛科普创作选集》由科学普及出版社和江苏科学技术出版社联合出版。师母给我的书上，依然盖着那枚阴文朱印的赠书章。凑巧，同是1980年，科学普及出版社也出版了我的第一本科普书《星星离我们多远》。

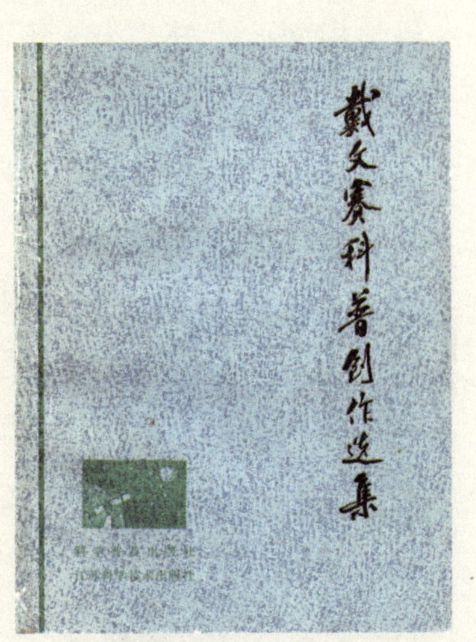

《戴文赛科普创作选集》（科学普及出版社、江苏科学技术出版社，1980年4月）

书架上还立着另一个开本较大的《天体的演化》，那是1999年由湖南教育出版社推出的。它是“中国科普佳作精选”的成员，实际上收入了戴先生的两部书——1947年版的《星空巡礼》和上述1977年版的《天体的演化》，由师母选编并撰“后记”。这一次，赠书上的亲笔题字是“卞毓琳同志惠存 刘圣梅敬赠”。“麟”字误作“琳”，有点令我意外。毕竟，师母年事已高，为此我将这笔误看得如同“错票”一般珍贵。

书架上，这部《天体的演化》的邻居《梦天集》也是“中国科普佳作精选”的一员。作者是我本人，“梦天”是我常用的笔名。全书共三编，第一编就是稍经修订的《星星离我们多远》，第二编“大众天文”收入不同类型的天文普及文章20篇，第三编“科文交融”收入科学文化类短文9篇。两本书比邻而立，宛如我本人在向先生汇报30余年科普创作的甘苦。先生尚能听到否？旁边那本《戴文赛教授铜像纪念册》中先生的铜像目光炯炯，神情坚毅而慈祥，似乎正想同我说话。

书房中的故事，讲不胜讲。书柜中那本1982年英文原版的《阿西莫夫氏科技传记百科全书》，是大学同窗郑兴武1985年在美国做访问学者时买来赠我的。今年4月6日，我查阅此书时，发现还夹着兴武当年的一纸便条，落款日期竟然也是4月6日。这一巧合令我很兴奋，马上给兴武发电子邮件知会此事，并告诉他1992年阿西莫夫逝世的那一天也正是4月6日。此书中文版名为《古今科技名人辞典》，由科学出版社于1988年5月出版，其中有101位科学家的小传系我本人所译。

阿西莫夫的书，已有中文版者逾百种。它们在书房中接受检阅，排头兵是那百万言的巨著《科学指南》。此书中译本最初于20世纪70年代后期由科学出版社分成4个分册出版，略有删节，总称“自然科学基础知识”。1991年，科学普及出版社又推出1984年英文修订版的完整中译本，书名为《最新科学指南》，分为上、下两册。1999年，江苏人民出版社再度出版此书，书名《阿西莫夫最新科学指南》。至今我仍常向年轻科学家和科普作家推荐此书，不妨看看这位科普大师是如何讲述科学的。

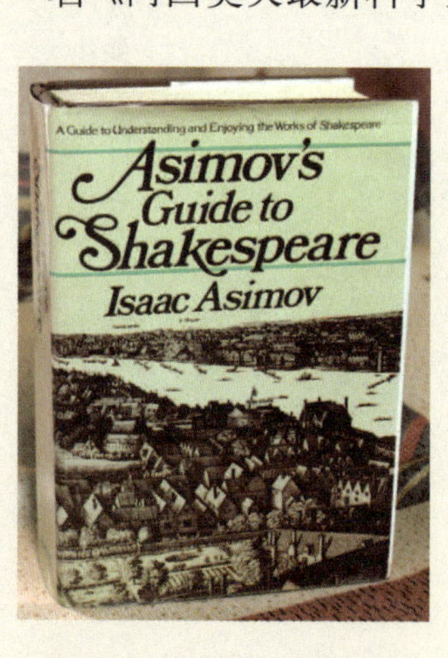

英文版《阿西莫夫氏莎士比亚指南》

这几年书房中又挤进了一些阿西莫夫的英文原版书，多系国内外友人相赠。我寻觅多年的《阿西莫夫氏莎士比亚指南》亦在其中，这是一个上、下两卷合而为一的本子，1500余页。它在书柜中同英文版的阿氏《科学指南》《圣经指南》比肩而立，令人赏心悦目。

书房故事大象无形，不论怎样讲述，总难免挂一漏万。今天就此打住。

原载《出版人》2011年4、5期合刊90页“图书馆与阅读”专栏

科技图书出版的重镇

《科学时报》要我谈谈对新中国成立前上海科技出版的印象，颇觉难以胜任。毕竟，那时我还只是个六龄童。但在上小学前，父母亲已给我买了不少好看的书，它们都是“幼童文库”的成员。这套书的作者和出版社我已毫无印象，我只记得：“文库”的每本书都很薄，可每张纸却相当厚；书中文字不多，彩色的图画很美丽。它是真正优秀的儿童读物。

凑巧，2001年11月，上海市新闻出版局举办了“科技出版百年回顾展”，“镇展之宝”有晚清和民国时期珍贵的科技书刊500余种。就在“回顾展”上，我又见到了阔别半个多世纪的“幼童文库”：《算算看》《动物园》……出版者呢？是商务印书馆。

商务印书馆由夏瑞芳等人于1897年在上海创办，是中国现代出版事业中历史最为悠久的出版机构。1902年，张元济加入商务印书馆。他为商务做的几件大事，近百年来有口皆碑：一是编辑出版教科书，二是创办涵芬楼和东亚图书馆，三是出版“汉译世界名著”丛书。从1911年到1950年，商务印书馆共出版自然科学类图书1299种。“汉译世界名著”中包括科学和科学哲学方面的《自然哲学之数学原理》《科学与方法》《科学与假设》《自然创造史》等。大学丛书有《科学与科学思想发展史》《理论物理导论》等。科普读物则有“少年自然科学丛书”“普及农业科学丛书”“中学生自然研究丛书”等。应用技术方面出书1351种，亦分高、中、低几个层次。此外还有一系列科技类工具书，如《地质矿物学大辞典》等。商务印书馆的《万有文库》即使在今天看来亦堪称奇迹，《丛书集成》则影印了大量珍贵古籍。这两大套书因知者甚众，故此处从简介绍。

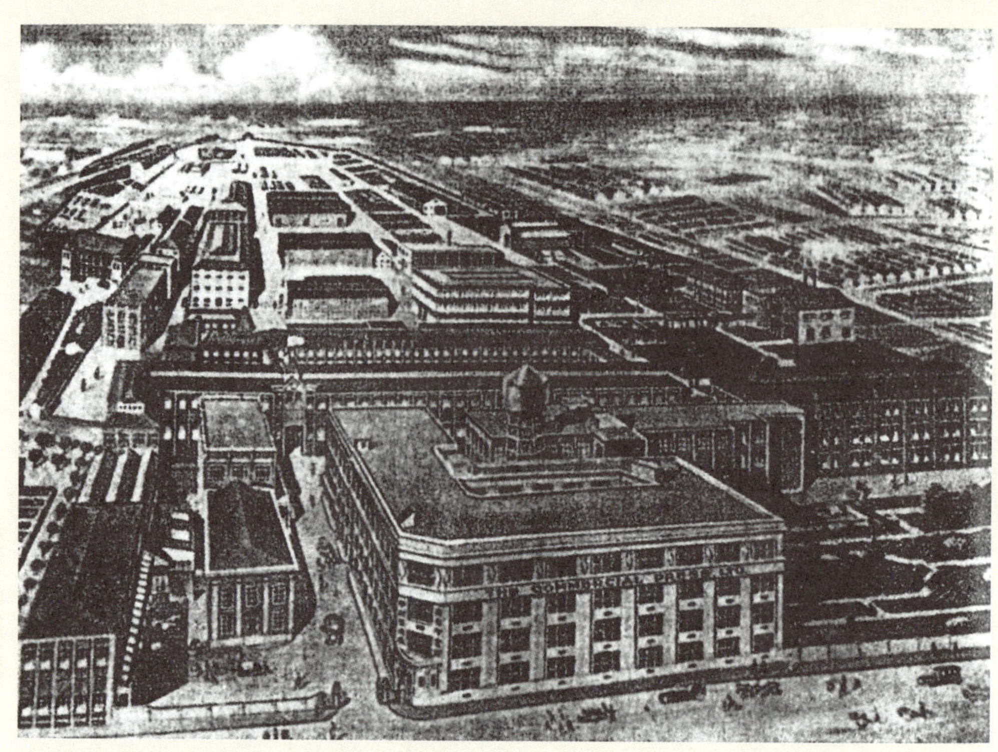

1932年侵华日军挑起“一·二八事变”前，占地80余亩的商务印书馆总厂全貌

商务印书馆《万有文库》第二集之两种。左为英国重要科学家爱丁顿的通俗科学名著《膨胀的宇宙》之中译本（1937年6月），右为中国前辈天文学家陈遵妫编的佳作《夫罗斯特传》（1937年3月）。夫罗斯特（今译弗罗斯特）是美国著名天文学家，当时方去世不久

在商务之前，清廷官办的洋务运动骨干企业上海江南制造局于1868年起附设翻译馆，聘请英国传教士傅兰雅“专办译书之事”。傅兰雅从开馆起到1896年离华为止，与中国学者徐寿、徐建寅父子，以及华蘅芳、赵元益等合作，译述极丰，令人起敬。如《化学鉴原》是晚清中国译介的第一部

比较系统的西方化学著作；《微积溯源》为19世纪中国介绍微积分的代表作之一；《防海新论》谈论美国南北战争时水路攻防情形，此书对李鸿章等人的海防思想有重要影响；《三角数理》是晚清译介的三角学名著；《电学》是晚清所译影响最大、流传最广的电学书籍，等等。其中1883年出版的《化学求数》，计15卷276章，插图186幅，1146页，堪称煌煌巨制。

江南制造局翻译馆出书之广，尚可从《风雨表说》《测地绘图》《虫学论略》《井矿工程》《汽机新制》等书名见其一斑。1896年，时务报馆出版梁启超的《西学书目表》，这是近代中国第一份比较完备的西学书目。翌年，商务印书馆成立。这两件事，前者宛如对旧时的一份小结，后者则预示着新局面的来临，这是否体现了某种历史的必然性？君不见严复《天演论》等一批名著名译，不都是商务印书馆出版的吗？

再向前回溯，自然就该说到墨海书馆了。该馆于1843年由麦都思在上海创办，到1860年共出版各种书刊171种，其中包括综合性科学书籍2本，天文2本，地理1本，数学4本，物理2本，生物2本，医学4本。译书的主力军是李善兰、伟烈亚力、艾约瑟等人。摘要举例，如有《续几何原本》《代数学》《代微积拾级》《重学》等。我本人是天文出身，自然要特别提到伟烈亚力与李善兰合译的《谈天》。该书是近代中国译介的第一部比较系统的西方天文学著作，原作者系当时英国天文界的领军人物约翰·赫歇尔。如今我国使用的不少近代天文学名词，就是李善兰在当时译定的。

80多年前，作者的父亲购得一套上海南京路王开照相馆的“一·二八事变”纪实照片，此处选用3幅遭日寇野蛮轰炸的商务印书馆场景

在商务之后，又有1901年成立教育世界出版社，率先翻译出版日本的教科书，所译《近世博物教科书》《中等植物教科书》等均甚流行。1903年，会文学社成立，因翻译《普通百科全书》100册而闻名于世，等等。凡此种种，此处不再赘述。

就期刊而论，最值得一书的当然是《科学》月刊。1995年11月21日，“《科学》创刊80周年暨复刊10周年纪念会”在沪举行。樊洪业和我遵该刊编辑部主任潘友星之命，先后在会上做主题发言。当时，我用三段话概括了自己对《科学》的总体认识：

“80年前，1915年元月，任鸿隽、杨杏佛、胡明复、赵元任等前辈学人于内战连年、外辱交加之秋，毅然节省留学生活费而创办《科学》，树起了‘传播科学，提倡实业’的旗帜；

“80年后，1995年元月，江泽民总书记对《科学》办刊宗旨题词：‘传播科学提高国力’。1995年9月，周光召主编在《科学》第47卷第5期上发表了题为《传播科学，任重道远》的特稿，再次强调了上述办刊宗旨。

“80年来，《科学》有着很坎坷的经历，‘提倡实业’一说已因时势变迁而有所变异，‘传播科学’却为任何时代之所必需。《科学》杂志的80年，正是为传播科学做出了卓越贡献的80年。”

樊洪业先生特别提到《科学》发刊词开头的一段文字：“世界强国，其民权国力之发展，必与其学术思想之进步为平行线。”可见，该刊很早就有了“科学救国”的意识。樊先生还指出：“是《科学》最早并行提倡民主与科学以作为救国之策的。8个月后，陈独秀创办《青年》杂志，把民主与科学的呼声放大于全社会。至1919年1月拟人化为德、赛二先生，成为了五四新文化运动的主旋律。”

《科学》是我国现代科学史上历史最为长久的一份综合性科学刊物，所载文章力求深入浅出，注重实效。该刊最先采用横排，使用西式标点，公式与汉字并列，这些都是极可贵的尝试与革新。《科学》起初由任鸿隽、赵元任等在美国康奈尔大学编辑，由上海商务印书馆在国内印刷发行。1915年10月25日，任、赵等人又在美国成立了综合性的学术团体“中国科学社”，任鸿隽任社长。1918年，中国科学社迁回国内，1928年定址上海。1933年，该社又创办了综合性科普期刊《科学画报》，由杨孝述任主编，周仁、卢于道等任常务编辑。秉志、竺可桢等为特邀撰稿人。如今，《科学》和《科学画报》均由上海科学技术出版社继续编辑、出版。

早年上海的科学刊物，可圈可点者亦尚有之。如1876年创刊的《格致汇编》，初为月刊后改季刊，共出60期，由傅兰雅主持，是为近代中国第一份科学杂志。1857年发刊的《六合丛谈》由伟烈亚力主编，是近代上海第一份综合性杂志，内容包括天文、地理、生物等。1900年创刊的《亚泉杂志》是半月刊，由杜亚泉主编，亚泉学馆发行，上海商务印书馆印刷，1901年更名为《普通学报》，内容涉及自然科学各科，但以化学为主要内容，是中国学者自办的最早的一种关于自然科学的综合性杂志。1910年创刊的《中西医学报》也是半月刊，是中国早期兼论中西医的重要刊物。1914年中华博物学会创办季刊《博物学杂志》，主要内容以研究人类学、动物学等为主。1915年，中华医学会的机关刊物《中华医学杂志》面世，初为半年刊，后改为月刊。如此等等，不一而足。

《科学画报》创刊号
(1933年8月1日)

1947年7月，在上海发刊的《科学》《科学世界》《化学工业》《工程界》等十余家杂志联合组成科学期刊联谊会，其宗旨为“推进各杂志编辑与发行之联系，并推进与加强中国科学之工作”。到1949年有32个成员，其中上海有《科学》《科学大众》《大众医学》《大众农业》《机械世界》《电世界》《化学世界》《动力工程》等30种杂志与会。

科学期刊联谊会成立不到两年，上海就解放了。此后的进步与发展，当以另文专论。区区短什，难免挂一漏万，尚祈方家教正。

原载《科学时报》2003年8月7日B3版

“王者之象”与敬业精神

我来说，底气不足

2001年10月8日，我随中国书展团参加第53届法兰克福国际图书博览会。全团百十来人，当晚抵达法兰克福，10月9日到国际博览会中心现场布展，此后就各自进入角色，浏览各大展厅，物色优秀图书，进行版权洽谈了。16日开始随团观光，我觉得最有意思的是访问谷登堡印刷博物馆和参观马克思故居。10月19日，全团集体回国。

《中国图书商报》要我就此谈点什么，细想之下却颇费踌躇。念我辞别操练了30余年的科研事业、加盟职业出版工作只有区区4年，版权贸易是“天命”“花甲”之际上手的“新活儿”，兼之法兰克福书展我就参加过这么一次，如此这般就要道出些名堂来，真是难！如今即便下笔，亦觉底气不足，一孔之见，聊供参考而已。

“王者之象”的解读

友人尝言：即令你每天24小时不睡觉，也休想在一星期内把法兰克福书展看个够。亲临其会，深感此言不虚。国外那些隐隐然有“王者之象”的大出版社的展位，诸如德国的斯普林格，美国的兰登书屋之类，尤其令人印象深刻。

“象”，是表观的、看得见的东西。夫“王者之象”，堂皇、富有、庄严、令人起敬之谓也。那些出版集团或出版社出的书够档次、有品位、受欢迎，他们财力雄厚，在书展上租得起大片的展位，玩得起雅致的装潢，人员充足，客户盈门，等等，等等。

自不待言，财大者气粗。但是，参加书展的目的毕竟不是为了花钱。如果说，来自世界各地的参展商们之间的差异无论怎么描绘也不为过的话，那么他们有一点却绝对是共同的，那就是希望赚钱——眼前或长远的赚钱。

第53届法兰克福国际图书博览会兰登书屋展区（2001年10月10日）

然而，书业的钱却不是那么好赚的：如果没有高度的敬业精神，那你就休想。

“王者”们确实敬业。前往洽谈者一家接着一家，中间几乎没有空隙。一般说来，他们的准备工作都做得很好，工作人员思路清晰，神情专注，文档齐全，查找迅疾，秩序井然，效率可嘉。

他们也会露出倦色，但是工作决不松懈。可以想象，伴随着这种敬业精神的，必然是行之有效的管理。

[下按：本文遵《中国图书商报》记者唐明霞之嘱而为。据唐女士相告，其上司王一方先生意谓以下这一节可删。我也同意照办。如今看来，此段文字其实有益无害，遂于此处复原。]

“他们大概去玩了”

在法兰克福书展上，敬业的不仅是“王者”。这当然是理应如此的、非常自然的、甚至是再起码不过的。但是，要做到这点却未必容易。

我们自己就有不少值得自省的地方。第一天忙碌过后，从第二天开始，我们中国参展团的“上岗率”就大幅度地下降了，半数以上的摊位不见一人。有一两位在书展期间为中国参展团打工的留学生——她们都是20多岁的中国姑娘，在中国展区帮着巡视照料，间或也帮着接待外国人。

马来西亚展区是中国展区的紧邻。一位打工的留学生告诉我：那边马来西亚展位上的一位小姐好奇地问她，怎么中国人都不见啦，他们干什么去了？因为问得突然，她答得支支吾吾。转身走开时，她听到另一位马来西亚小姐在和刚才那位嘀咕："他们大概去玩了，不敬业。"

她们言中了。打工姑娘对我说，听了马来西亚小姐这句话，心里觉得很没有面子。我听了打工姑娘这番话，觉得酸甜苦辣，不知是什么滋味。

中国的出版业与一些出版大国相比，差距实在是很大的。原因自然很多，这里，我只想说一句：

敬业，未必就能成为"王者"；不敬业，则肯定成不了"王者"。

与老伙伴的"交锋"

做图书版权贸易，就会不断结识新的贸易伙伴：有境内的，也有境外的；有出版社，也有版权代理公司。通常，在书展之前两三个月，许多出版社就纷纷与心目中既定的洽谈对象商定在书展期间的会晤时间。为广交朋友，这次除了一些老伙伴外，我们又与一些原先未直接联络的国外出版公司相约在法兰克福见面。

不料，展期未到，国外有一位已与我们做成多笔交易的版权代理商却产生了误会。他毫不客气地发来一个"伊妹儿"，质问道：那几家公司都是我代理的客户，你们为什么不打招呼，就想直接和他们联系？这样做是不对的，这将毁了你们自己的声誉，等等。

对于这种始料未及的指责，我深感这位仁兄是"敬业"过度了。于是，也通过"伊妹儿"回敬了如下的告诫：我们的朋友遍及全球，我们需要和哪位朋友约会就会与他或她商定时间，这与您是不是他们的代理商并没有什么关系。当然，该由你代理的事情肯定还是请你代理，我们绝对无意于破坏游戏规

作者携往法兰克福的"哲人石丛书"照片之一

则。其实，很清楚，我们在世界上的朋友越多，到头来你挣的钱也会越多。盼望在法兰克福再见。

在书展上，我与这位老伙伴的约会是在某一天的第一场，上午9点钟，地点是他的摊位。会晤间气氛和谐，彼此问候，互相夸奖对方的成绩，着眼于今后更广泛的合作，不再提起前些日子在“伊妹儿”上的交锋。如今，我们的合作依然很有成效。

对外版权贸易是涉外工作。涉外工作无小事，故对外版权贸易亦无小事，每走一步皆须慎重。倘若掉以轻心，导致经济损失固然令人痛心，伤及单位和国家信誉更是其咎难恕。吾人其勉之！

谨慎地显示“实力”

成功的版权贸易靠的是敬业、诚信和实力。实力有多种多样，例如资金，例如人员，例如图书质量。

我社策划了一套引进版图书，名叫“哲人石丛书”，我去法兰克福前夕已经出到将近40种。这整套书又分成3个系列，即“当代科普名著系列”“当代科技名家传记系列”和“当代科学思潮系列”。诸如普里高津的《确定性的终结》、卡尔·萨根的《暗淡蓝点》、阿西莫夫的《终极抉择》、里夫金的《生物技术世纪》、约翰·格里宾的《迷人的科学风采——费恩曼传》、哈肯的《大脑工作原理》等名家名著的中译本尽在其中。业内外人士对这套书颇多嘉许，我们自己也认为这是一次成功的尝试。

早期的“哲人石丛书”书影（2001年9月）

我为“哲人石丛书”拍了一批照片，其中有整套书排成一溜的，也有中译本与英文原著比肩并列的，如此等等，既有视觉冲击力，又能一目了然。照片放大成10吋，一一装入相册。其目的是为了和一些样书相辅相成，在洽谈时用最直观简捷的方式向国外贸易伙伴展示我社引进和出版科普类图书的档次和实力。事实证明，这确实有利于帮助双方迅速地找到共同语言。

有些西方人至今对中国还存在偏见，甚至瞧不起中国人。作为自己出版社的一名代表，恰如其分地显示自己的个人“实力”，对顺利洽谈往往也是有益的。我在上述那本相册中还放入了：20世纪80年代我作为访问学者在英国工作期间拍摄到的伊丽莎白二世女王出行的照片，在我工作的爱丁堡皇家天文台拍摄到的女王的丈夫菲利普亲王前来视察的照片，我在英国和来访的美国第一位太空人阿伦·谢泼德的合影，我作为一名科普作家在纽约阿西莫夫寓所做客时和他们夫妇俩的合影，等等。洽谈伊始，双方落座后，我就友好地请“老外”们先欣赏一下这些“私人的”照片，通常他们都感到相当惊奇，问这问那，在这种场合下，每一个外方人士都会对你表现出足够的敬意。

左上：作者拍摄的伊丽莎白二世女王出行，
右上：作者与美国的第一位太空人阿伦·谢泼德合影，
左下：作者与阿西莫夫夫妇在其寓所合影

毋庸置疑，在国际书业界目前我们明显地处于弱势。但是，我们不能甘当弱者。我们每个出版集团、每个出版社、甚至每个人都会有自己的长处，那就让它们发扬光大，去争取最好的比赛成绩吧。

一次体面的“插队”

参加大型书展之前要安排好约会，但是情况千变万化，不可能事无巨细，一应俱约。国外一些著名的大出版社，约会时间总是排得满满的。若非事先有约，简直不可能临时增加与你会谈的节目。

可是，偏偏临时有一件事，我觉得必须要和国外的那家出版社当面沟通。话并不多，有两三分钟足矣。但是，人家好像就是没有空。

怎么办？我思之再三，决定试试看：能不能来一次体面的“插队”。我知道，事先约会的时间通常总是定在每小时的正点或半点，例如10点正。于是，我就在9点57分光景，拿着材料守候在离洽谈“目标人物”三四步远的地方。其效果是，正在洽谈的双方都以为我就是按约前来的下一位洽谈者。于是，他们向我微笑示意，而且很快就结束谈话，彼此道别了。

这时，离10点正还剩下不到2分钟，真正的下一位洽谈者还没有到。我赶快上前向那位目标人物说明来意，她看了一下表，很友善地让我尽可能抓紧时间，同时在小本子上飞快地记下我说的内容。10点正，下一位洽谈者来了。我对他说：非常对不起，就最后几句话了，马上就结束。他显然认为我就是前一位洽谈者，也很自然地向我点头微笑。我很知趣地迅速讲完必须讲的话，分别向她和他握手道别。

当然，此类做法，终究不是什么“正道”，只是情急之下偶一为之而已。

本文的任务不是具体谈论我们通过上次法兰克福书展究竟谈成了几笔交易，引进或输出了哪些书的版权。我只是想说：版权贸易过程始终是对版权贸易人的挑战。常规工作的积累，应该转化为高超的版权贸易技巧；当这技巧进而提升为一种版权贸易艺术时，就接近炉火纯青的境界了。它既显现一人的机锋，更凭借集体的智慧。这，正是每个版权贸易人期待的方向。

愿我们用今天的敬业精神，换来明日法兰克福书展上的“王者之象”。

原载《中国图书商报》2002年7月18日6版

“乐”在“苦”中无处躲

洋洋800余万言的《技术史》中文版终于面世了。三年多来，上海科技教育出版社的编辑出版和组织管理人员，为出版此书堪称费尽心力。

目前，不少属于文化“基本建设”类的大型出版物，大多是要赔钱的，这部《技术史》估计亦属此列。出版作为一种产业，就经济效益而言，自然要追求“利润最大化”。不过，这里我想谈的是社会效益。创造社会效益的出发点，在于社会责任感。它所追求的，也许可以称为“责任最大化”。

我社有一个信条，叫作“愿做科教兴国马前卒”。对于科教兴国确有重大意义的著作，只要我们的经济状况能够承受，那么即使赔上100万，甚至200万，该出的好书还是要出。《技术史》中文版，就是在这一思想引导下列选和出版的。这既是对社会责任感，也是对历史责任感的追求。

对于出版社而言，需要下决心投入的，远远不只是资金。更重要的是必须恰当地估量，自身的编辑力量是否堪此重任？在《技术史》的出版编辑组中，数我年龄最大，几十年的科研、写作、编辑经历，使我早就意识到了出版此书的难度。我的具体任务之一，是做好第Ⅵ卷的责任编辑。整个工作过程，可谓如履薄冰，在此略述一二，庶将有益于后来者也。

中文版牛津《技术史》
（上海科技教育出版社，2004年12月）

《技术史》第Ⅵ卷所述时段是约1900年至约1950年，共含28章，其中前7章叙述进入20世纪后技术与社会的方方面面，章名依次为：“世界历史背景”“创新的源泉”“技术发展的经济学”“管理”“工会”“政府的作用”以及“工业化社会的教育”。后21章分述矿物燃料、自然动力资源、原子能、核武器的发展、电、农业、捕鱼和捕鲸、采煤、石油和天然气生产、金属的开采和利用、钢和铁、化学工业、玻璃制造业、油漆、造纸、陶瓷、纺织业、服装业等。每章篇幅各异，平均说来亦仅3万多字而已；以如此篇幅阐明一个“行当”的技术要点和创新历程，行文必定精练。这对读者自是福音，对译者和编辑的功力却提出了更高的要求。译校者们固然落笔严谨，但在这浩如烟海的技术史中穿行，孰又能免于疏误？每一个误译都宛如一个“地雷”，编辑的责任之一，正是把它们一个个挖出来。

编辑加工《技术史》，是一个磨炼的过程，一个求教的过程，一个学习的过程，一个丝毫不苟的过程，一个考验责任心的过程，一个检验你的职业道德的过程。怎样“挖地雷”？决不能不懂装懂，决不能偷懒，必须通过一切途径向各种参考资料请教，向各种工具书请教，向可能熟悉这件事的专家请教；至于哪里有切题的工具书，哪里有切题的参考资料，哪里有切题的专家，等等，同样需要想尽办法向人求教。对于同一件事，不同的工具书说法不一，不同的专家见仁见智，可谓屡见不鲜。如何解决？这又是对编辑的考验。为了把好质量关，出版社不仅在书稿发排前，一而再，再而三地送审，而且在正式付印前进行清样审读时，还特地增加一遍“专家审读”，基本上做到每一章特邀一位专业最对路的专家，最后把住“术语”“行话”关。

更令人心焦的，还有一个时间问题。像《技术史》这样优秀的著作，我们无论如何也要将中译本尽早地奉献到国人面前，更何况按照与英国牛津大学出版社签约确定的中文版出书期限，以及按照国家“十五”重点图书的出版计划，它都必须在2004年年底问世。在既定的时间内完成全部出书任务，就意味着必须随时保持头脑清醒，明辨主次，有所取舍，而不能在枝节问题上旷日持久地争执不休。

《技术史》出版后，清华大学科学技术与社会研究中心曾国屏教授曾发问：“你们能在多大程度上保证这部书的出版质量？”应该说，这个问题提得很内行。我的回答是：“就我负责的第Ⅵ卷而言，我不能保证一点不错；但是，我花了整整一年半的时间，以我现有的水平尽力而为，我相信不

《技术史》第Ⅵ卷插图示例：（左）奶牛饲料供应；（右）造纸厂

会有太大的问题。当然，如果再给我们五年时间，我相信我们一定能把它做得更好。”

不难想见，编辑出版《技术史》，又是一个分秒必争、不断加班的过程。八十高龄的李元先生浏览《技术史》后，立即对我说：“原先我总不明白，你这两年书也不写了，究竟在忙什么，现在看见《技术史》，就一目了然啦。”

在作为《技术史》出版编辑组成员的一年半时间里，一首《蝶恋花》曾无数次地浮于我脑际，涌上我心头：

乐在其中无处躲。订史删诗，元是圣人做。神见添毫添足巨，点睛龙起点腮破。

信手丹黄宁复可？难得心安，怎解眉间锁。句酌字斟还未妥，案头积稿又成垛。

词作者是我国出版界德高望重的老前辈叶至善先生，寥寥60字，将做编辑的甘苦、道德、学养刻画得惟妙惟肖。回想起来，做《技术史》的编辑，倒也真是“乐在其中无处躲”。不过，这种“乐”其实也蛮“苦”的。

原载《中国教育报》2005年3月24日7版

日食与书缘

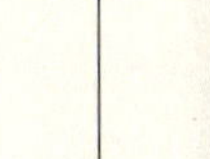

是“缘分”，今年的日全食，带来了两本精彩的书。

一本是卞祖善先生的《乐海回响》，一本是卞毓方先生的《天意从来高难问：晚年季羡林》。

先说说卞毓方。近年来，不知有多少回，新朋故交都会问：“您认识卞毓方吗？”或问：“您和卞毓方是一家吗？”简直差一点就要说：“你们是不是哥儿俩”了。

读过卞毓方的好些作品，却素未谋面，“五百年前是一家”而已。此番相见，追根溯源，可说是日全食为媒。以下就是事情的经过。

7月18日下午，卞祖善先生应“东方讲坛 · 经典艺术系列讲座”之邀，在上海音乐学院校内贺绿汀音乐厅讲《华韵撷菁——新中国经典交响乐作品回顾与赏析》。结束后，一位听众边请祖善先生签名，边说：“今天一天听了两位姓卞的讲座。您看，这是上午卞毓麟先生的签名。”是的，当天上午，我应上海图书馆讲座中心之约，在那里讲了一场《喜迎7月22日日全食》，同样为听众签名良久。

四天以后，7月22日的上海，日全食在阴雨天和遗憾声中过去了。此后多日，陌生电话依然频频，多为各路媒体访谈如何保持“天文科普热”，或者“天文学是否会遭遇‘冰火两重天’的尴尬”，等等。8月5日上午，忽又有来电。但

卞祖善著《乐海回响》
（中国文联出版社，2007年11月）

这次不同，只听对方自报家门："我是卞祖善。您是卞毓麟先生吗？"

祖善先生，也是素未谋面。但十多年来，在中央电视台每届维也纳新年音乐会的转播现场，都有他的身影。作为嘉宾或顾问，他为观众介绍和评点舞台上的一切——曲目、乐队、指挥、演奏，令人在欣赏美妙音乐的同时，享受一场艺术的盛宴。笔者兼事天文科研和科普数十载，对于祖善先生这样热心于普及高雅艺术的专家，自然深怀敬意。

祖善先生通过上海图书馆讲座中心，打听到我的电话。他说："我们两人在同一天，分别做了两个行当大不相同的讲座，这很有意思。所以打个电话，以便今后联络、交流。"正好，我即将出差北京，遂与祖善先生相约，8月16日在京一聚。

8月16日中午，几位本家如约晤面。遵祖善先生"勿忘带上大作"之命，我带了几本《追星——关于天文、历史、艺术与宗教的传奇》。此书于2008年甫获"国家图书馆文津图书奖"，在当年12月25日的颁奖会上，我最后一次见到了任继愈老先生。

事后浏览祖善先生当天所赐《乐海回响》，忽然看到对于我疑惑已久的一个问题的某种回答。第二次世界大战之后，在西方音乐界出现了诸多新的流派。有一种"偶然音乐"，主张放弃对作品的控制，让演奏者参与创作，形成一种"可动曲式"。其最极端者，如美国人凯奇的"名作"《4′33″》，让演奏者在钢琴旁静坐4分33秒钟，以"无声"诱导听众倾听周围环境中"可动""可变"的"生活"。

这种作品，我全然无法接受。但于音乐，我是门外汉，很希望见到行家里手置评。正好，《乐海回响》中有一篇《艺术的堕落和堕落的艺术》。其中谈到："对于'凯奇的《4′33″》，鼓吹者们闭口不谈其取消音乐创作与表演作用的事实，而津津乐道地夸大其美学观念的价值，诸如什么'是我们这个时代的文化里程碑之一'，什么'大音希声——最美的音乐就是无声的音乐'，等等……果真如此，那岂不是人人都是作曲家了吗？"

那天小聚，毓方先生也来了。握手之际，他说："近年来有多少人问道：'您认识卞毓麟吗？'或问：'您和卞毓麟是一家吗？'今天我们总算见面了。"他送我的《长歌当啸》，2000年由东方出版中心初版。季羡林先生为之作"序"，长达4500字。序文结尾极其发人深省："总之，一句话，我过去是俗话所说的，从窗户棂里看人，把卞毓方看扁了。现在我才知道，毓方之所以肯下苦功夫，惨淡经营而又能获得成功的原因是，他腹笥充盈，对中国的诗文阅读极广，又兼浩气盈胸，见识卓荦；此外，他还有一个作家所必须具有的灵感。”

卞毓方著《长歌当啸》（东方出版中心，2000年9月）

《长歌当啸》确是一部出色的散文集。但鉴于当时季老先生去世未久，所以我更瞩目于还散发着油墨香的《天意从来高难问》。回上海后，收到毓方亲笔题赠的新书，随便一翻，看到这样几句话：“通过多年来的观察，我得出：老人家能量很大，是文化领域超级致密的中子星……”嗨嗨，竟然用我天文这一行的专业术语来比喻季老，真可谓别出心裁。目下此书虽未卒读，已觉既有分量，亦有趣味。

如此识书，堪称有缘。或问：“缘”者何谓？

曰：偶然中之必然，必然中之偶然也。

原载《文汇报》2009年10月26日11版

艺林散叶和张冠李戴

14年前，我在同一篇文章中谈到了郑逸梅和张钰哲两位前辈，其由来是——

1980年年末，拙著通俗天文读物《星星离我们多远》（下简作《星星》）面世。后来，天文史家刘金沂先生写了书评，在1983年1月号的《天文爱好者》上刊出，文中述及“我国著名天文学家、紫金山天文台台长张钰哲先生说，这是近年来写得很好的一本书”。1987年，《星星》荣获中国科学技术协会、新闻出版署、广播电视电影部、中国科普创作协会共同主办的“第二届全国优秀科普作品奖”。

《星星》获奖后，中国科普作协主办的《科普创作》双月刊约我谈谈心得，结果便是见诸该刊1988年第3期的《对〈星星离我们多远〉的追思、联想及其他》一文。我“追思”了张钰哲、李珩等前辈天文学家的鼓励；“联想”到要警惕“文人相轻”等若干问题，并引用了素有“无白不郑补”雅誉的文坛耆宿郑逸梅先生以九十高龄撰写的《写作与养生》中的一番话：

“且我所写都很率真，不胡夸己长，不妄斥人短，掌握原则，是者是

南京市紫金山第三峰上的中国科学院紫金山天文台

之，否者否之，想到什么，就据实写出来，觉得问心无愧。临睡自省，一天的光阴，没有白白地虚掷，然后酣然入梦。”这样，“在自己来说，是一个小小成绩，对社会来说，也是一个小小贡献，一举两得，乐趣无穷。”

老人坦荡胸怀，心安理得，可谓跃然纸上。

而今再度并提郑、张二老，缘于近日频见纪念京昆表演艺术家、戏剧教育家俞振飞百年寿诞的消息，遂念及1958年俞先生随中国艺术代表团赴英、法、比、卢、波、捷、瑞士诸国演出昆曲《百花赠剑》80余场，大获国际声誉一节。至于“老外”究竟是如何欣赏昆剧的，对我来说则始终是个谜。

由此我又想起郑逸梅《艺林散叶》（下简作《散叶》）似曾记载：俞振飞赴法国演出丢了行头。为核实记忆是否有误，便取出1982年12月中华书局初版的《散叶》，果然找到了编号为4329的这一条：“俞振飞与言慧珠赴法国巴黎演剧，失窃旦角行头及照相机。”

《散叶》一书，词清意醇，妙语佳什不胜枚举，如第39条仅21字：“瞿秋白父世玮，能绘山水，秋白传其家学，又善吹洞箫。”第228条29字：“刘海粟为我国画模特儿之首创者，军阀孙传芳认为有伤风化，欲逮捕之。”又如第512条仅6字，曰：“丰子恺嗜枇杷。”

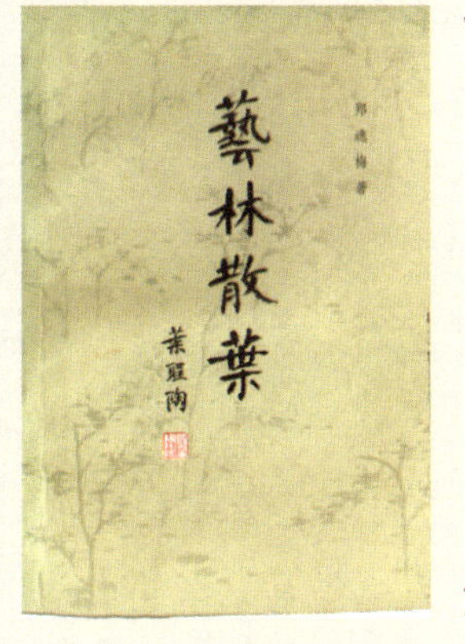

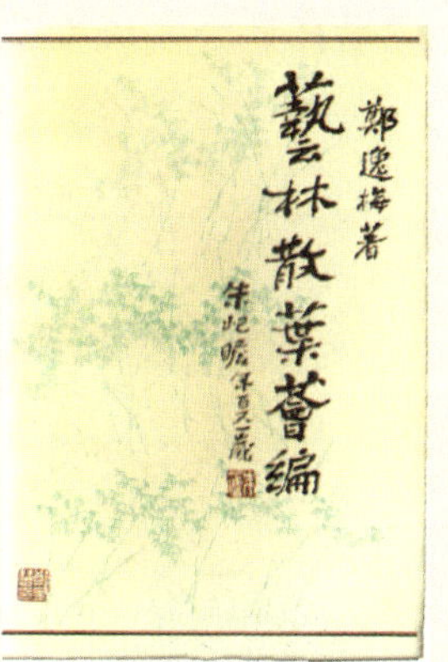

中华书局1982年版《艺林散叶》，文坛耆宿叶圣陶为封面题签；1995年版《艺林散叶荟编》，百龄画家朱屺瞻为封面题签。两种书的封面画作者皆系郑逸梅先生之孙女郑有慧

《散叶》有叶圣陶的封面题签，作者的孙女郑有慧的封面画，版权字数256千。1996年5月，我又在中华书局门市部购得《艺林散叶荟编》。此编版权字数514千，篇幅适为《散叶》翻倍。封面题签者是“年百又一岁”的朱屺瞻老，扉页前有钱君匋先生题写的书名插页。但全书缺一个总目录，查找甚是不便，遂越俎代庖，自己动手编了一份。书中《郑逸梅自订年表》篇首引语云：“年表写至1991年为止，此后生命继续，容再涉笔记录。”下署“郑逸梅 时年九十有八 一九九二年春”。书末“跋

语”又说：“最近中华书局来函，拟将以前出版的《艺林散叶》《艺林散叶续编》，加上我近年一些新增内容，以及我的年表和自传，合刊出版《艺林散叶荟编》……在我期颐将临之年，能得见此书出版，是十分高兴的事。”下署“九八老人郑逸梅　写于纸帐铜瓶室　一九九二年五月三十日”。不料同年7月11日，老人竟溘然仙逝。一星期后《新民晚报》刊出钱勤发先生所写《补白生花八十春》，是为这位“补白大王”仙逝的最早新闻报道。

说到俞振飞百年寿诞，郑逸梅仙逝十载，就必不可免地会想到我的同行前辈、中国现代天文学的主要奠基人之一张钰哲先生了。张老1902年2月16日生于福建闽侯，今年也是一百岁。他于1919年考入清华学堂，1923年赴美入芝加哥大学。1928年发现第1125号小行星，并将其命名为“中华”——这是中国人发现的第一颗小行星。1929年，张先生获博士学位后回国，任教于中央大学物理系。1941年起任中央研究院天文研究所所长。中华人民共和国成立后任紫金山天文台台长，直至1984年2月改任名誉台长。1955年，张先生被选聘为中国科学院学部委员（今称院士）。1978年，美国哈佛大学天文台将该台发现之2051号小行星命名为“张”，以示对张老的敬意。1982年，张老八十寿辰，时任紫金山天文台党委书记的乔鼎声特撰贺联：

测黄道赤道白道，深得此道，赞钰老步人间正道；

探行星彗星恒星，戴月披星，愿哲翁成百岁寿星。

《张钰哲先生百年诞辰纪念文集》封底（中国科学院紫金山天文台，2002年）

短短三十八字，惟妙惟肖地概括了我国天文界这位老前辈的事业与为人。其中诸多天文学名词行文若联珠，对仗似合璧，委实妙不可言。他任中国天文学会理事长前后约40年之久，其间于1979年8月亲率代表团与国际天文学联合会领导谈判，终使中国天文学会于1980年5月恢复了在该国际学术组织中的会籍。1984年9月，紫金山天文台五十周年台庆，张老率先发表热情洋溢的讲话。但自1985年始，先生体力、脑力皆迅速衰退，终于1986年7月21日撒手人寰，享年八十有四。

顺便提一句，1983年12月号的《天文爱好者》杂志刊出拙文《对联中的日月乾坤》，其中率先

"登场"的便是上述那副贺张老八秩大寿联。不久，北京人民广播电台杨艺女士与我商讨将拙文改编为相声，并做成广播节目《天文对联晚会》。这台"晚会"于1984年2月1日农历除夕夜播出，演播者是相声名家姜昆和李文华，我收听时觉得很开心。我在中国科学院北京天文台的同事邹振隆先生则曰："普及天文，都搞到说相声的份儿上了，倒也真不容易！"

遥想40多年前，我还不满20岁，初读张老早年所著《天文学论丛》一书，对其古文功力之深厚惊叹不已。全书起自"羁旅异邦，裘革六更；郊居荒陬，亦垂二载……"我至今记忆犹新，书中对留美生涯的描绘文情并茂，对天文知识的普及言简意赅，真是好生令人羡慕、令人钦佩。

20世纪80年代前期，我在北京人民大会堂参加一次少儿科普方面的会议。会上天文界人士有年逾八秩的张老，有几近花甲的李元和卞德培（日本天文学家发现的第6471号和6472号小行星已于1998年分别以他们两人的名字命名），有方逾天命之岁的郭正谊（他是化学家，也是北京天文学会的首批会员），有正届不惑之年的本文笔者，还有一名戴着红领巾的少年天文爱好者。有一位热心的与会者用他的照相机为我们六人——前辈的、当今的、未来的、职业的和业余的天文学家——合影，众皆欣然。遗憾的是，我们却始终没有收到那张照片。如今，张老已归道山，德培先生亦于2001年年初病逝，当年那位小朋友更因未留名姓而不复可识。日前尝与李元、郭正谊先生追忆这次合影，皆因照片落空而深以为憾。

作者在上海天文台瞻仰李珩铜像留影
(2005年4月3日)

拉杂写了许多，乃效颦《散叶》，笔录趣事一则以了结此文：

"昔紫金山天文台台长张钰哲外出公

干，请李珩先生代摄台政，该台同人戏曰：‘张官（冠）李代（戴），斯之谓也。’”

原载《文汇报》2002年9月14日7版

[附记] 2002年10月30日，中国天文学会成立80周年，老友王传晋兄问我：“你是不是在《文汇报》笔会上发表了一篇文章，题目叫《艺林散叶和张冠李戴》？”我回答：“是的。有什么问题吗？”王说：“文章这么取题目，实在不像样。不久前接到郑逸梅之子郑汝德先生来电，问天文界是否有一位卞毓麟，问我是否认识？”王不明其意，我则好奇传晋兄与郑汝德先生有何交情。原来，王、郑二位均是钱币藏家，王尝赠我一册花费多年心血著述的《世界硬币的收藏和鉴赏》（上海科技教育出版社，2001年）。郑汝德在《文汇报》“笔会”上见到拙文后，顿生疑窦：“莫非此文批评父亲《艺林散叶》一书“张冠李戴”不成？”于是，将全文读了一遍，乃知全无此意。郑先生想起收藏同好王传晋任职紫金山天文台多年，于是在电话中谈起此事。王认为拙文立意虽佳，但题目荒唐，引起误会几乎是必然结果，当引以为戒。我接受批评，特此说明。再则，王还对我说，郑汝德先生不唯博学，且复热情，我既喜好文史，不妨就此结识郑先生，也便于日后切磋讨教。我颇以为然，但又觉素不相识不便打扰，日后当真有要事，尚可请王引见。岂料岁月无情，不过数年，郑汝德先生已然作古矣。

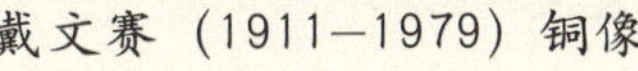

戴文赛（1911—1979）铜像

缅怀戴文赛老师

2002年5月19日上午，“戴文赛教授铜像揭幕式”在南京大学天文系举行，77岁的戴师母刘圣梅老师亲临会场并讲话。

六七年前，刘老师曾函嘱写点回忆戴先生的文字，一则寄托对先师的思念，二则也为写一部较完整的《戴文赛传》多积累一些素材。

这确是我的心愿。然而出于种种原因，夙愿却未付诸行动。铜像揭幕令我猛醒：而今既逢南京大学天文系建系50周年，又值中国天文学会成立80周年，此时不将念师之情付诸笔端，则更待何时！

“我的病不是癌症”

戴先生生于1911年，1933年毕业于福州协和大学数理系，后留学英国剑桥大学，1940年获博士学位。回国后曾任中央研究院研究员，燕京大学教授，中华人民共和国成立后，先后任北京大学、南京大学教授，南京大学天文系主任。先生举止儒雅，待人和善，深受全系师生爱戴。40年前我在南京大学天文系求学，戴先生亲自授课的情景，如今依然历历在目。

1979年4月30日，戴先生因患癌症而与世长辞。此前，他曾于1977年8月

2011年12月18日，作者与师母刘圣梅在戴文赛先生诞辰100周年纪念会上合影

至1978年3月在上海瑞金医院住院治疗。刘圣梅老师任职南京大学图书馆，有深厚的外语功底，这时只好放下工作，在医院日夜照料陪侍。那几年，我从中国科学院北京天文台借调到上海参与筹建拟议中的“上海天文馆”，遂得以常赴医院探望老师，有时还帮他老人家做点买药、抄稿、找资料之类的工作。

老师身患绝症，我也像其他人一样，非常谨慎地不向他本人详询病情。然而，令我惊奇的是，在一次探视中，戴先生居然很认真地向我说：“我的病不是癌症”，并花了不少时间来阐述做出这一判断的依据。很清楚，关于戴先生的真实病情，当时对他本人是绝对保密的。医生编了一套说辞来让这位天文学家宽心，看来戴先生是相信了。刘圣梅老师很令人钦佩，当着戴先生的面她始终保持着笑容，只是她的泪水在往肚里流。

入住瑞金医院后，戴先生于8月4日做了肠癌手术。由于发生肠梗阻，不久再次手术。8月29日，先生入住九病区高干病房。住院期间，他身体相当虚弱，但仍然完成了大量工作，包括继续进行太阳系起源和演化的研究，定稿30余万字的专著《太阳系演化学（上册）》，以及完成《天体的演化》一书的校订，等等。为此，先生在病房伏案工作的时间甚长。有一次，与他同住九病区的一位将军对我说：“你们的老教授真好，一点都没有架子，还教我们打桥牌。但他有一个缺点，那就是每天工作的时间太久，这对身体很不利。你是他的学生，要劝说他注意好好休息。”

显然，这种劝说是徒劳的。当时正值“十年动乱”结束未久，科学的春天重又到来，像戴先生这样的科学家是不可能“好好休息”的。我那时三十四五岁，和前去探视戴先生的其他许多学生一样，深深为他的工作热情所感染。结果，他的单人病房就成了“会议室”，在那里，不同的探视者究竟跟病人开展了多少次学术讨论，恐怕就难以统计了。

作者在上海市瑞金医院住院病房聆听戴文赛老师谈论科研和科普（1978年1月）

《太阳系演化学》是戴先生长期研究太阳系演化问题的集大成之作，写书的主要助手是胡中为老师。早在出书之前，为了让我国公众了解戴先生的研究成果，我应《科学画报》之约写了一篇约3000字的文章，题为《太阳系诞生的新学说》，并送先生本人过目。戴先生看后告诉我，此文的写法和他本人正在为《自然杂志》写的一篇文章相似，于是我便请先生指示如何改写。不料先生凝神片刻后竟答道："你这篇就不必改了，还是我来改写给《自然杂志》的那篇吧。"我那篇文章后来在1978年3月号的《科学画报》上刊出，先生正好于同月离沪返宁。

1977年临近岁末，《天体的演化》面世。就科学内容的深度而言，这是一本中级偏高的科普读物，书中贯穿着作者对天体演化问题的哲学思考。戴先生赠我一册亲笔签名的样书，嘱咐我多提意见，以利日后修订。我很快就仔细读完一遍，并遵师嘱提出了上百条具体的修改和勘误意见。先生非常高兴，对许多意见表示赞同，至今刘圣梅老师还记得当时的情景。

1978年3月，戴先生离开瑞金医院返回南京。临行前，他拿出一把漂亮的计算尺，告诉我：这是一位美国天文学家送给他的，现在转送给我留个纪念，并表对探视、关切的感激之情。

先生教我们读书做人，学生自当尽心相报。我做的些许小事，实在无足挂齿。先生雅意，令我受之有愧，但计算尺我还是收下了。随着袖珍计算器的普及和性能的不断提高，这把计算尺早已丧失了实际使用价值。然而，它的意义却与日俱增。20多年来，每当我望着这把计算尺，就仿佛又见到了在病房中奋笔疾书的戴先生。

“你认识文赛吗？”

我于1965年从南京大学天文系毕业后，即赴中国科学院北京天文台投身科研。开始在太阳研究室，后来北京天文台成立星系研究室，我又成了该室最早的5名成员之一。1988年3月，我由北京天文台公派到英国爱丁堡皇家天文台做访问学者。那时，该台的台长是在国际上享有盛名的第九任苏格兰皇家天文学家马尔科姆·朗盖尔教授，我在那里曾得到他的许多帮助。

朗盖尔台长的前任是雷迪什教授，雷迪什的前任则是赫尔曼·布鲁克教授。我去爱丁堡的时候，老台长布鲁克已经80多岁，退休在家多年。他学识非常渊博，对中国很友好。我和妻子曾应邀到他家做客。他的夫人玛丽·布鲁克也是天文学家，她还记得几十年前与我国前辈女天文学家邹仪新先生相识的情景。

作者在第九任苏格兰皇家天文学家布鲁克教授家做客时与主人夫妇合影（1989年8月29日）

非常有趣的是，布鲁克教授特意问我：“你认识文赛吗？”

这个问题出乎我的意料，也使我感到好奇。我正要回答，教授夫妇又补充道：“他年轻的时候在英国学天文，非常聪明。”

我说：“四分之一个世纪以前，我是南京大学天文系的学生，他是我的教授。”不料，布鲁克教授马上接着说：“半个世纪以前，文赛是剑桥大学的学生，我是他的教授。”言罢，彼此相视大笑。

戴先生待学生非常亲切。有一次在天文系办公楼附近路遇戴先生，他问我到哪里去，我说想找个教室去自修。先生不假思索，立即说道：“我正好到系里去，你就跟我到系主任办公室去看书好了，那里没有别人，很安静。”当时我很感动，但又觉得很拘束。而今自己年届花甲，回首往事，有这样的老师真是幸运啊。

先生博学多才，讲课时逻辑严谨、条理分明。同时，他也很提倡学习的主动性。如今的中国科学院院士苏定强先生，在学生时代就受到戴先生的鼓励，在《天文学报》上发表了很有创见的学术论文。毕业后，苏定强先生留在天文系当助教，他也是我的老师。记得有一次，苏老师告诉我，戴先生在给四年级学生讲授专业课“恒星天文学”中关于银河系较差自转的奥尔特公式时，顺便提到：“我们系二年级有个学生对这个公式的推导过程做了一点简化。”这个学生就是我。因为二年级的“基础天文学”课程中已经涉及奥尔特公式，我在一次测验中给出了简化的推导步骤。

我在大学四年级时写过一篇板报文章，介绍戴先生如何阐述“宇观”概念。有一位老师问我资料出自何处，我告诉他，《哲学研究》1962年第4期曾发表戴先生的论文《宇观的物质过程》，我仿佛是写了一篇读书笔记。后来，我对天文学哲学、乃至整个科学哲学兴趣甚浓，多少也受到了先生的影响。1984年，我与戴先生的研究生、比我高一届的张明昌和刘金沂两位师兄合作，在《南京大学学报（自然科学）》上发表了探讨戴先生天文学哲学研究的论文。可惜先生已在5年前去世，再也不能指点我们了。1987年，刘金沂英年早逝，师母甚是哀痛。如今，张明昌正在师母指点下奋力撰写一部《戴文赛传》。明昌兄著述甚丰，笔锋颇健，依我之见，他确是完成《戴文赛传》的极佳人选。

“这两者都是人民的需要”

先生作为一代知名学者，殚精竭虑于科研、教学，累累硕果，桃李天下，自不待言。而尤其令我感佩的是，他数十年如一日，以科学大众化为己任，身体力行，笔耕不辍，为我国的科学普及事业做出了卓越的贡献。

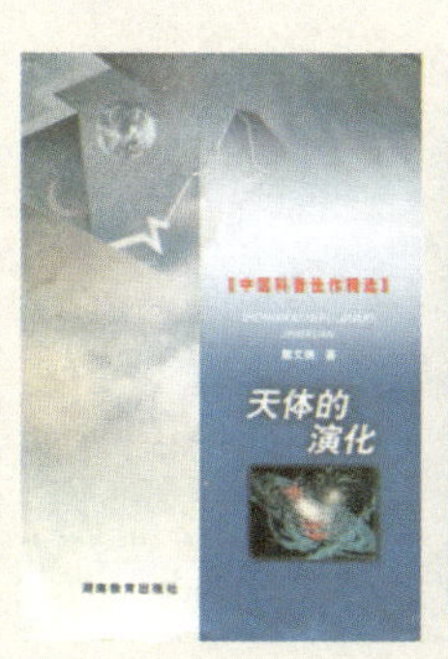

戴文赛的部分代表作：（左）科普作品《天体的演化》（湖南教育出版社，1999年8月），（右）学术专著《太阳系演化学》（上海科学技术出版社，1979年11月）

戴先生做过许多有关宇宙知识、天体演化的科普报告。当年，他在大众天文社北京分社成立大会上做科普报告的开场白，至今仍为老人们津津乐道。他向听众提问："今天是1952年4月20日，现在是下午2点30分。这两句话里有多少天文学问题呢？"

深厚的学术功力，兼之良好的文学和艺术修养，使得先生写文章、做报告皆能举重若轻、化难为易。20世纪40年代，他留学归国后不久写出的《星空巡礼》，就是一部脍炙人口的佳作。全书8万多字，分为"月光""繁星""朝阳""长庚""北斗""银河""宇宙"7个部分，每一部分各由逐步深入的若干短篇组成，共计92篇，都是言简意赅的科学美文。例如，《月光下的艺术家》一篇是这样开头的——

> 清秀的月光是自然界的一种美景，是一般人欣赏的对象，也常使艺术家得到创作的灵感。李白可以说是我国最喜欢月亮的诗人。《唐诗三百首》里有31首李白所作的诗，其中有17首提到月亮。常由月光得到灵感，怪不得他的诗作得那么好，而被称为诗仙。

文章介绍李白的《月下独酌》和苏东坡的《水调歌头》之后又谈到：

> 13世纪意大利大诗人但丁同时是一位天文家，空闲的时候常在观测天象。他的作品（如《神曲》和《新生》）里头充满天象的描写：月亮提到51次，称它为"永恒的珍珠""太阳的妹妹"和"正义的象征"。11世纪波斯诗人欧玛卡伊安也同时是一位天文家和数学家，在他那些有名的四行诗（我国有一译本名《鲁拜集》）里头也提到了月亮。英国大诗人弥尔顿在他那部伟大作品《失乐园》里头也讲到日月星辰。古今中外还有许多诗人和文学家在他们的作品里头描写天象，尤其是描写月光。大音乐家贝多芬的《月光曲》是很有名的钢琴曲。

在强调素质教育的今天，戴先生这种充满人文色彩的科普风格，无疑是分外值得提倡的。

1979年3月，先生在即将出版的《戴文赛科普创作选集》前言中写下了这样的话语：

> 我是一名科学工作者，我一直认为，科学工作者既要做好科研工作，又要做好科学普及工作，这两者都是人民的需要，都是很重要的工作。党中央发出了"提高整个中华民族的科学文化水平"的号召，科普工作就有了更重要的意义。我们科学工作者，应该拿起

笔来，勤奋写作，共同努力，使我们中华民族以一个高度科学文化水平的民族出现在世界上。

一个多月后，戴先生与世长辞。

我大学毕业后，也成了一名专业天文工作者。我在从事科研工作的同时，也创作和翻译了大量科普作品。1998年春，我又加盟上海科技教育出版社，专心致力于科技出版事业。我非常赞成戴先生的上述这番话。确实，一名科学家，一个科普作家，必须具有强烈的社会责任感和高尚的职业道德，方能激情回荡，佳作迭出。“这两者都是人民的需要”，先生这种强烈的使命感，今天依然是我们做人做事的榜样。

原载《天文爱好者》2002年6期

忆郑文光

惊悉郑文光先生逝世，禁不住悲从中来。

文光先生长我14岁，是我在中国科学院北京天文台工作时的老同事。我读过他的不少作品，印象最深的是《飞向人马座》，书中融化的种种天文学知识，与故事情节进展相得益彰，足见作者功力非凡。25年前，我涉足科普创作不久，文光先生曾多次中肯地对我的作品提出意见。1981年，陈渊先生译出霍华德·汤普森著《闪光弹子》，新蕾出版社欲请人作序，结果我应文光先生举荐而勉力为之。也是80年代初，《读书》杂志编辑来函，说是经文光先生推荐，邀我撰文介绍科普巨匠和科幻大师阿西莫夫。我极有意于此，却终因故未能真正动笔。20年后的2002年9月，《人生舞台——阿西莫夫自传》中文版由上海科技教育出版社出版。我亲任该书责任编辑，相信文光先生定会为此而备感欣喜。

中国科幻创作的先驱者郑文光（1929—2003）

回首当年，文光先生学识广博，年逾半百而勤奋有加，科学研究与文学创作双管齐下，累累硕果，颇有熊掌与鱼得兼之慨。斯情斯景，历历在目，令人感慨系之。1983年，文光先生不幸脑中风，入住积水潭医院，我和当时与他工作联系较为密切的蔡贤德、郑民等同事相约前往探视。在病房中，但见先生达观如故，唯念早日康复，重操纸笔。所憾者，我后因种种缘故——包括去国外做访问学者、直到南下加盟上海科技教育出版社，等等，与先生晤面极少。今春复拟于赴京出差之际再访先生，不意“非典”误人，行期推迟，而先生竟已于6月17日仙逝。呜呼，哀哉！

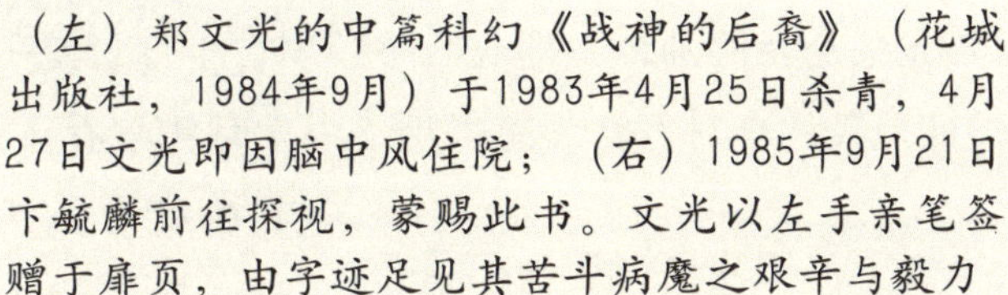
（左）郑文光的中篇科幻《战神的后裔》（花城出版社，1984年9月）于1983年4月25日杀青，4月27日文光即因脑中风住院；（右）1985年9月21日卞毓麟前往探视，蒙赐此书。文光以左手亲笔签赠于扉页，由字迹足见其苦斗病魔之艰辛与毅力

7月1日晚，中国天文学会理事长、我40余年前就读南京大学天文系时的老师苏定强院士在长途电话中同我谈及，刚刚获悉郑文光先生去世，而遗体告别仪式已经举行，若再去唁电，恐已成不敬，乃深以为憾，并垂询有无良策可资弥补云云。而今正好藉此良机，一表我会诸多会员对老朋友、天文史学家郑文光先生的思念之情。

科教之光，偕日同升，华夏文明，与时俱进。文光先生可含笑于九泉矣！

原载《科学时报》2003年7月17日B3版

平易而不懈怠，亲切而无矫揉

同在天文界，同样从上海迁居北京多年，加之同姓并不十分常见的卞，于是就有许多人问及德培先生和我："你们俩是何关系？"

使我们关系密切的纽带是天文普及。大约20年前，我以很高的热情为青少年朋友撰写了许多天文科普作品，少儿科普界的朋友有时就称呼德培先生和我为"天文二卞"。

其实，德培先生是我的师辈。他长我整17岁，生日只差一天：他是7月27日，我是7月28日。我从小对天文学感兴趣，中学时代常看《天文爱好者》，其中就有不少德培先生的文章。后来我才知道，早在20世纪40年代，20来岁的他已经是天文普及阵地上的一员骁将了。德培先生不是大学天文学"科班出身"，居然能对当代天文学有如此广泛而深刻的了解，着实体现了他的信心、决心和恒心。如此自学成才，实在是分外难能可贵的。如今回头一想，这样的磨炼对于形成德培先生的科普风格倒是起了关键性的作用。在他的科普作品

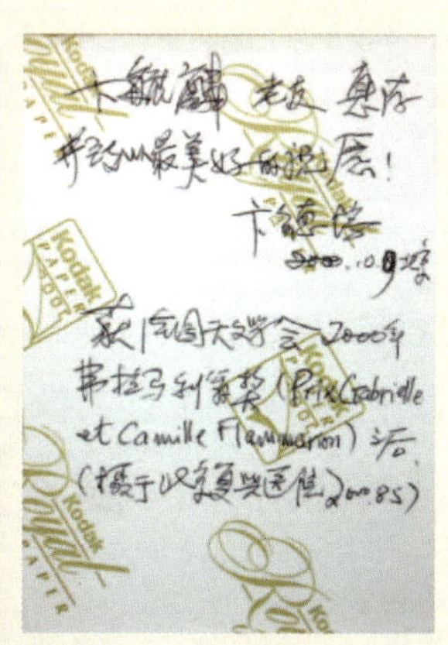

（左）卞德培荣获弗拉马里翁奖留影，（右）照片背面的题赠手迹：卞毓麟老友惠存并致以最美好的祝愿！卞德培，2000.10.9北京获法国天文学会2000年弗拉马里翁奖（Prix Gabrielle et Camille Flammarion）之后

（摄于北京复兴医院2000.8.5）

中你看不到扭捏腔，尝不到生涩味，嗅不到学究气，一切都是那么平易、亲切，娓娓道来，如叙家常，而科学知识、科学思想和科学精神已潜然充盈其中矣！

德培先生很善于驾驭他的写作题材，从形式到内容皆然。今复观先生历年亲赠的许多作品，犹觉意趣盎然。例如，用汉、蒙古、藏、维吾尔、哈萨克、朝鲜6种文字出版的《彗星和流星》（1986年）、内容新颖的《宇宙奇观》（1989年）、曾作为优秀科学著作而荣获国家科技进步奖的《第十大行星之谜》（1992年）、作为一位集邮家为“邮票上的百科知识丛书”撰写的《星光灿烂》（1993年）、《万古奇观——彗木大碰撞及其留给人类的思考》（1995年），乃至重病后陆续付梓的种种著作，都是很有特色的。

《万古奇观》的主题——1994年7月休梅克—利维9号彗星撞击木星，乃是20世纪90年代中期非常热门的话题。记得德培先生事前已将全书框架写就，准备工作非常到位；撞击事件甫毕，数据图像源源而来，德培先生便请它们按部就班进入书中。这真是科普图书讲究时效性的良好典范。这次彗木碰撞事件前后，中国科技馆、中国科学院北京天文台等单位联合举办相关展览，观者如潮。李竞先生和我等人受北京天文台委派参加工作。某日，德培先生前往参观，言及正为书稿尚缺《埃里斯宣言》全文而着急，不意今日见诸展版，实乃喜出望外。于是便有了《万古奇观》的最后一段：“录下《埃里斯宣言》作为本书的结尾”云云。六七年过去了，而斯情斯景犹在眼前。德培先生追求创作素材之完备与精确，由此可见一斑矣。

作者最后一次登府拜访卞德培（2000年10月9日张苏摄）

德培先生的科普作品，以适合青少年阅读的居多。这样的作品，必须平易近人，切忌自鸣得意而曲

高和寡；但达到这种平易，却是要费心血的。说理道情、遣词造句，都丝毫懒怠不得，方能于平淡之中见新奇。这样的作品，必须亲切感人，切忌活泼不足而严肃有余；但达到这种亲切，必须发自真心，倘若像一个心中无顾客的服务员那样佯装一副笑容，那是无济于事的。我以为，德培先生在以上两方面都是心诚而行力的。

本人从事科普创作亦已逾四分之一个世纪，在实践中深感："科学普及绝不是炫耀个人的舞台演出，而是为公众奉献的田野耕耘。"德培先生去了，痛定思痛，回首往事，我深信：在很多年以前，他早就如是思，且复如是行了。

原载《科学时报》2001年2月16日B4版

故人佳译

吴伯泽（右）与卞毓麟（左）、尹传红合影
（2003年1月田松摄）

“由于译者中外文水平和科学知识都很差，再加上时间匆促，许多地方未及仔细推敲，因此，译文中必定有不少欠妥甚至于译错之处，希望读者们批评指正。”

套话，是时代的一种印记。1978年2月，吴伯泽先生在“迎春爆竹声中”用这番套话为《物理世界奇遇记》“译者前言”作结。同年4月，该书中文版问世，首印480500册。5月，我读完第一遍，唯觉妙不可言。

显而易见，译者的中外文水平和科学知识都很扎实，译文亦经仔细推敲。唯其如此，这本13万字的小书才成了有口皆碑的名译。科普翻译，犹如竞技体育之“十项全能”，举凡外文准确、汉语顺畅、熟悉科学内容、了解文化背景、工作作风严谨，善问勤查慎思，如此等等，缺一便无“信达雅”可言。在这些方面，伯泽先生是狠下了功夫的。

后来我与伯泽先生相识，因缘也在科普翻译。伯泽先生长我10岁，我便称他“老吴”。20世纪70年代中后期，科学出版社将阿西莫夫名著《科学指南》中译本分成《宇宙、地球和大气》等4个分册出版，总称“自然科学基础知识”，译者和编辑之中都有老吴。我读后，情不自禁给科学出版社写了一封长信，又推荐了阿西莫夫的一批作品，建议多多译出。很快，鲍建成先生回信，说正好有一本阿西莫夫的《洞察宇宙的眼睛》，问我是否有意执译。我遂与老友黄群合作，字斟句酌，试译了四千来字。老鲍、老吴、李崇惠、王鸣阳等认真传阅后，一致给予佳评。正式翻译中又多次请教鲍、吴诸公，获益良多。1982年9月，该书中文版面世。

就在这年4月，中国科普创作研究所在北戴河召开科普创作研究计划会议，我亦应邀参加。会上气氛热烈，盛况喜人。老吴向我介绍了许多新朋友，包括他本人十分钦佩的翻译家符其珣先生。别莱利曼的《趣味物理学》、伊林的《自动工厂》等名著汉译，多出自符老之手。会上专题发言精彩纷呈，如谈祥柏先生介绍研究马丁·加德纳之历程，高庄先生提议研究“竺可桢与科学普及”等，盖非一言所能尽述。

80年代中期，卡尔·萨根主持拍摄的大型电视系列片《宇宙》在世界上大获成功，60多个国家相继播出。一天，中央电视台王录先生风风火火地拿来大叠大叠的文字脚本复印件，要求2个月内全部译毕。结果，虽无重赏，亦有勇夫。老吴牵头，朱进宁、王鸣阳等数人迅即分头伏案执译，最后再由老吴和我总审通校，按时交了卷。

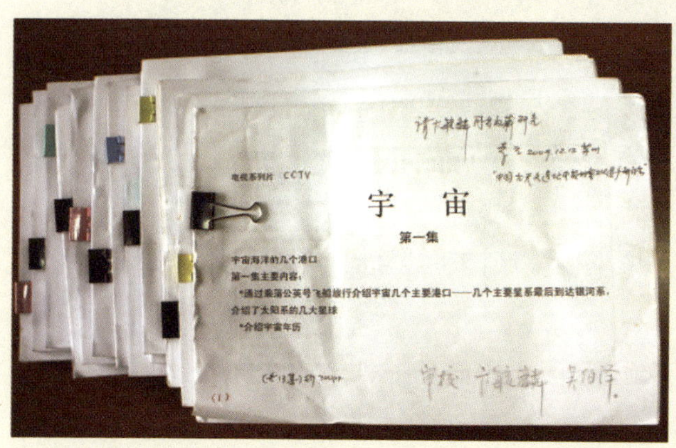

大型电视系列片《宇宙》中译脚本打字稿。透视效果使下层纸张尺寸显得较小，可见这摞稿子有多厚。起初建议中央电视台引进《宇宙》的是李元先生，四分之一个世纪之后的2009年12月，85岁的李老将这套复印件转交作者，并嘱咐妥善收藏和研究

老吴有才，擅“洋文”五门，却毫不“洋派”。我印象中，他倒是颇具昔贤遗风，不拘小节，嗜烟嗜酒嗜浓茶。90年代他退休后，我们极少晤面，唯闻其身体大不如前。这是否与诸“嗜”有关，殊不得而知。2003年1月11日，我来京参加“‘科学时报读书杯’2002年度科普佳作奖新闻发布会”。午间忽见一头发稀疏

身量瘦削的老者到来，遂问这是哪位先生，有友人答曰：“吴伯泽。”我不胜惊喜，乃疾趋问安。故人重逢，老吴也十分高兴。此时尹传红亦前来，田松眼快，迅速揿动相机快门，留下了我们与老吴最后一晤的情景。

老吴敬佩伽莫夫、阿西莫夫、萨根、加德纳等科普大家。2001年，我问他是否愿意执译约60万字的《萨根传》。他回答说，最好与暴永宁合作。这部中文版《展演科学的艺术家——萨根传》于2004年年初问世，暴永宁译、吴伯泽校，可谓珠联璧合。此时，老吴已是痾愈沉而体益衰，日后去电话，都是黄惠英老师代接，我从此再未亲闻老吴那略带沙哑的声音。今年4月15日忽接尹传红来电，骤悉伯泽先生已于9日驾鹤西去，真是惊骇不已。

20多年前，我曾谓：“阅读和翻译阿西莫夫的作品，可以说都是一种享受。”欣赏吴伯泽辛劳酿成的佳译，又何尝不是一种实实在在的享受呢？2000年8月，湖南教育出版社推出伯泽先生重译的最新版《物理世界奇遇记》，一读再读之下，此种感受有增无已。呜呼，倘有更多胜似吴译的佳作问世，则伯泽先生自当含笑九泉矣！

原载《科学时报》2005年4月28日B3版

漫话“科学大师佳作系列”

科学大师佳作系列

中文版《宇宙的起源》封面和封底
[英] 约翰·D·巴罗著，卞毓麟译
（上海科学技术出版社，1995年）

“科学大师佳作系列”（以下简称“系列”）是美国约翰·布罗克曼公司组织一批知名科学家分别撰写、以20多种文字在许多国家和地区共同推出的一套高级科普读物。该“系列”以简练而富于哲理的笔触，反映了世纪之交的科学前沿问题，在国际上影响甚广。“系列”中文版由朱光亚先生任编译委员会主任，谢希德、叶叔华先生任副主任，龚心瀚先生任顾问。该“系列”的价值，光亚先生已通过“中文版序”做了言简意赅的分析和评价。我本人作为编译委员会委员和最早的译者之一，介入该“系列”之翻译、出版事宜甚深。此番“漫活”，或可为读者诸君助兴怡情。

1993年岁末，接上海科学技术出版社来信，相告该社已取得美国布罗克曼公司组织写作的“科学大师系列”（*Science Masters Series*）中文版出版权，且首批3种英文书稿已到，急需组织翻译。其中第一种是《宇宙的起源》，他们问我：可否承译？若可，则盼于两个月内译完交稿，云云。

我历来认为，引进外国优秀科普作品的价值不亚于引进外国先进技术。我本人亦于70年代后期和80年代翻译、研究了美国科普大师艾萨克·阿西莫夫等人的许多作品。为此，我国已故著名天文学家、科学翻译家、科普作家李珩先生88岁高龄时还来信对我说：“我希望你多多介绍Asimov和Sagan的科普著作以享读者，更望你百尺竿头更进一步，丰富你的科学知识，发展你的文学修养，效法两位作家，以成为我国的科普创作名家。任重道远，引为己任，我于足下寄以无限之期望，尚祈勉之勿忽！”李先生虽已去世多年，他的教诲依然铭记于我心头。

90年代初，中国的科普出版事业一度不甚景气，就连阿西莫夫这样的科普大家的作品也遭到了冷落。因此，当“科学大师系列”的书目和作者阵容展现在眼前时，我不禁为之一震：出版此丛书之中文版，真是善莫大焉！

然而，善亦善兮，难则难矣！百忙之中赶在两个月内交卷是不切实际的。翻译实在是很艰辛的事情，唯有深入此道，方知其中甘苦。十多年前，我与友人黄群译完阿西莫夫《洞察宇宙的眼睛——望远镜的历史》（科学出版社，1982年）后，曾在“译者前言”中写道：“阅读和翻译阿西莫夫的作品，可以说都是一种享受。然而，译事无止境，我们常因译作难与作者固有的风格形神兼似而为苦”。在嗣后的岁月中，此种感受有增无已。

于是我复函出版社，谈到翻译、尤其是科普翻译，乃是“精工细作”的活儿。若一味图快，则势必忙中有错，在编辑加工过程中就会遇到许多麻烦，结果将欲速而不达。最后，出版社同意将交稿时限放宽至4到5个月。不言而喻，实际用于翻译此书的有效时间自然还要少得多。

详述翻译过程对于读者将是乏味的。但有一件事使我很愉快，似乎可以一提。“科学大师系列”的写作风格具有浓厚的文化色彩，《宇宙的起源》的作者约翰·巴罗又是一位博学的宇宙学家，这就使翻译的难度大为增加。该书共11章，每章均有极简短的章首引语。这些引语既未注明作者，更无版本可考。在一无上下文可揣摩，二无背景材料可参考的情况下，仅凭所引的片言只语，是极易造成误译的。幸好，作者毕竟留下了引文所出之篇名。

第一章、第二章引语出自《巴斯克维尔的猎犬》，第十一章引语出自《四签名》，这些都是我熟悉的福尔摩斯探案故事。我猜想其余8章的引语亦源自福尔摩斯探案。果不其然，取来《福尔摩斯探案全集》按图索骥，《布鲁斯－帕廷顿计划》《身份案》《博斯科姆比溪谷秘案》《诺伍德的建筑师》《红发会》《银色马》诸篇遂一一"就范"。"案情"既明，我便结合福尔摩斯故事本身的情节和约翰·巴罗引用的意图，为每段引语作了译注。这件事花费了我一个周末。后据友人相告，这些译注被人们誉为"画龙点睛"——我很希望这并不是客套话。

英国当代宇宙学家约翰·巴罗学识渊博，他的多部力作皆有中译本，如《无之书》《宇宙之书》《不论》等

另外，出版社也让我举荐"系列"其他各书的译者。对于《人类的起源》，我立即想到吴汝康先生，但顾虑吴老是否有兴趣和时间来做这件事。上海科学技术出版社委托我代为联系，于是我在1994年3月27日登门拜见了吴先生。吴老了解具体情况后，便欣然同意了，并说可能会请一二位同志合译。不久，我又给吴先生送去一些有关资料。早先我曾读过吴先生的不少作品，但因学术领域不同，未便轻易打扰。这两次拜访却很有意外收获：承蒙先生见赐90年代新著两种：《今人类学》（1991年）和《人类的由来》（1992年）。后来，《人类的起源》由汝康先生与吴新智、林圣龙两位教授共同译就。

1994年8月3日，"系列"的责任编辑张跃进来函相告：这个夏天，上海酷暑异乎寻常。他整日关在家里编辑我的译稿，至今终于大致完工。信中用6页纸的篇幅，提出了他对某些词句如何翻译为好的见解。我读后觉得颇有可取之处，有些地方还相当有趣。例如，《宇宙的起源》首章标题为"Starry Starry Night"。我先是追求简洁，译成"多星之夜"。虽自觉有些别扭，但又不愿凭空添入过多的"不实之词"，结果就这样交了卷。跃进来信则问，可否改成"繁星闪烁之夜"？且告曰："Starry,Starry Night"

乃当代极著名的流行歌手麦克利安（Don Mclean）的传世之作《文森特》（Vincent）的开头两句，而这首歌是描写著名画家梵·高的。跃进认为《宇宙的起源》首章讲人类对宇宙的认识过程，用“繁星闪烁之夜”似乎更富于文学气息，而且还隐含着人类智慧的“闪烁”之意。

我虽知Vincent乃梵·高之first name，却对麦克利安的《文森特》一无所知——十足的“流行歌盲”。跃进的这番解说，我觉得很有趣味，也赞成他的改译方案。但为慎重起见，我又检阅了第一章的全部正文。发觉整章全无“闪烁”字样，但出现了一次“Starry Night”，据上下文看宜译为“繁星密布的夜空”。于是又致函跃进商讨：本章标题译为“繁星密布的夜空”是否更好？后来，就这样定稿了。

1994年11月21日，跃进又来信提及，“科学大师系列”这一名称易被误解为是“科学大师”们的传记丛书，故考虑易名为“科学大师讲座系列”，问我意见如何。我回答说，也许改称“科学大师佳作系列”更好，因为这些书确实是地地道道的佳作。况且，在图书市场上，“佳作”两字显然也比“讲座”更有吸引力。出版社认为有理，经请示编委会主任光亚先生，此名遂被采纳。

1995年11月14日，上海科学技术出版社、《文汇报》、上海科普创作协会在上海市南昌路47号科学会堂联合举行“‘科学大师佳作系列’丛书首发式暨专题讲座”。会议由上海科普创作协会陈念贻理事长主持，编译委员会副主任谢希德和叶叔华两位先生出席并讲话。我本人恰好于11月初自京赴宁接连参加几个会议，11月12日结束，13日赶往上海，14日应邀在首发式上做了题为《宇宙学的历程》的专题讲座。中国科学院上海天文台研究员傅承启先生是“系列”中《宇宙的最后三分钟》一书的译者。他是我早年就读南京大学天文系的同窗。这次首发式上的另一专题讲座即由承启担任，题目同书名。其时座无虚席，气氛之热烈相当感人。会前，上海东方电台一位记者小姐采访我时问道：“您是否知道买这套书的中文版权要花多少钱？”我答了个约数。记者又问：“那么，您认为值得吗？”我说明了本人认为值得的种种理由——其实从光亚先生的“中文版序”就可以清楚地看出这一点。末了，我又添上一句：“我们付出了金钱，但是，我们买来的是知识。知识是无价之宝，这难道还不值得吗？”于是，记者小姐道谢后满意地离去了。

“科学大师佳作系列”的首批3种图书——《宇宙的起源》《人类的起源》和《宇宙的最后三分钟》，于1995年9月初版首印后迅即销售一空，此后屡次再印，仍有供不应求之势。对高级科普读物而言，此种盛况近年来在国内殊属罕见。该“系列”中文版的第二批4种图书是《大脑如何思维》《周期王国》《自然之数》以及《伊甸园之河》，其著译审校阵容皆相当可观。这4种译作问世后，同样大受读者青睐——诚可谓始料之未及也。如今，不断有读者询问：该“系列”其余15本书为何如此姗姗来迟？人们何时方能一睹“系列”中译本之全貌？其实，这怪不得编辑和译者们——因为这些书英文原作的脱稿时间还很不确定。就翻译过程而言，时间倒是相当紧凑的：译者并非根据已出版的英文版图书、而是见到英文打字稿便随即进行翻译的。

《人类的起源》封面和封底。此书作者是世界著名古人类学家、肯尼亚国家博物馆馆长理查德·利基，译者是我国著名古人类学家吴汝康、吴新智和林圣龙

毫无疑问，“科学大师佳作系列”将会被越来越多的读者所赏识。与此同时，正如光亚先生“中文版序”所说的那样，我也衷心期望“我国的科学家、科普作家、出版家们能并肩奋斗，不懈努力，写作和出版一批足以雄视世界科普之林的传世佳作，为我国科学事业的长足进步做出更大的贡献。”

科技之发展，世界之进步，可谓日新月异。时不我待，吾人其勉之！

原载《科学》49卷6期（1997年11月）

迎《天文爱好者》第300期感言

“光阴似箭，日月如梭。”伴随着这充满天文意味的“老生常谈”，我们迎来了《天文爱好者》的第300期。

两度停刊又复刊，路途漫漫岁月悠，48岁的《天文爱好者》（下文昵称《爱好者》），阅历丰富、事业有成，是一位桃李天下的好老师，一位诚信待人的好朋友。

你再看看，与当年的“创刊号”、第100期、第200期相比，这第300期的《爱好者》有多“酷”！2006年伊始，《爱好者》再次改版：国际标准16开，80面全彩印，换上漂亮的新装，它又成了一名光彩照人的“小帅哥”！

是的，我们的《爱好者》越办越精神、越活越年轻了。精神，好啊！我们的《爱好者》热情洋溢；年轻，妙啊！我们的《爱好者》风华正茂。

《天文爱好者》300期专刊

遥想当年，《爱好者》创刊时，我还是一名15岁的中学生。我原先就喜欢天文，《爱好者》更给我鼓了一把劲。那时，我只觉得喜欢这份薄薄的杂志，却不懂得它有多重的分量。1960年，我报考南京大学天文系，结果如愿以偿。可没想到，《爱好者》这时却不见了。1963年，《爱好者》的复刊令人欣喜，直到我大学毕业前往中国科学院北京天文台工作，依然能随时读到它。1966年，和全国五花八门的其他杂志一样，

《天文爱好者》又一次停刊了。这次，一停就是12年。1978年，当科学的春风吹遍祖国大地时，《天文爱好者》再度复刊。而这时，不经意间，我也从《爱好者》单纯的读者成了"读者加作者"。

《爱好者》先后发表了我的50多篇作品。其中第一篇《光环趣谈》（1979年，总第57期）是1978年复刊后"天文趣谈"栏目的开栏之作。后来，我又为这一栏目写了《日食趣谈》《毅力·小行星·火卫的发现》《大行星命名趣谈》《天王星周围的趣闻与风波》《拿破仑的放逐地·第一份南天星表》《星期趣谈》《消色差透镜的故事》《历法、年历和年鉴》《元素合成趣谈》《爱丁顿如果活着也不会发疯的》《对联中的日月乾坤》《"天文学"趣谈》《时间趣谈》《"端午"趣谈》《银河趣谈》《日趣》《从"银河下凡"到梵天的梦》等许多文章，直至1988年我去英国爱丁堡皇家天文台做访问学者才告一段落。

我在《爱好者》上刊出的最近一件作品，是恭祝李元先生八十大寿的一付贺联（2005年，总第290期）。李先生是创办《爱好者》的发起人之一，他与《爱好者》创刊时的编辑室主任卞德培是莫逆之交。2000年10月9日，我与李元先生相约看望病中的德培先生。阔别多年，那天德培先生特别高兴，同我们谈了两个来小时。这是我们的最后一晤，3个多月后的2001年1月15日，德培先生与世长辞。2001年2月，《科学时报·读书周刊》刊登一组纪念他的文章，我的悼文《平易而不懈怠，亲切而无矫揉》亦在其中。

AMATEUR

元素合成趣谈

·梦　天·

众所周知，大爆炸宇宙学的创始人乔治·盖莫夫是一位第一流的科学家。他在物理学、天文学、生物学等方面皆颇多建树。同时，他又是一位杰出的科普作家。他的一些科普读物，如《物理世界奇遇记》、《从一到无穷大》等都极受广大读者欢迎。盖莫夫的成就扎根于其渊博的学识，也仰仗于其深厚的文学功底。同时还得助于其性格开朗、思想奔放。这使他的作品从形式到内容皆新意层出，妙语不绝，且能时时得趣于语带双关。

与许多天文学家和物理学家一样，盖莫夫对"宇宙中的各种元素是怎样形成的"也很感兴趣。我们不妨从他那独具一格的短文"新创世纪"开始，来谈谈这个问题。

新创世纪

粗心的人也许会觉得这是在宣扬宗教或迷信。然而明眼人却不难看出，这短短的几段文字实际上有着很深刻的科学背景。它故意采用《圣经》式的语言风格，这非但无伤于其科学内容，而且还使文章显得清新典雅，增加了幽默感。

文中的"爱勒姆"，英语中为"ylem"（读如['ailəm]）。在某些古老的宇宙演化理论中，爱勒姆乃是一种派生出宇宙万物的原始物质。顺便说一下，ylem是一个中世纪英语词，它源自中世纪法语ilem，后者据信又源自中世纪拉丁语hyle一词的宾格hylem。Hyle的本意则是"物质"，它从希腊语中的hylē（意为"木头"）衍生而来。

盖莫夫的"新创世纪"意思是说，按照大爆炸宇宙学，在宇宙的早期只有辐射和原始物质。由它们形成的核子（质子和中子，它们的质量皆为1个单位）在宇宙之海中疯狂地奔驰。

在早期宇宙中，一个中子以巨大的力量打到一个质子（H^1）上，两者结合便形成"氘核（H^2）"，这就是所谓的"质量2"。一个氘

"300期专刊"重载若干旧文，其历史感不言自彰。图为本书作者的《元素合成趣谈》一文（局部），首载《天文爱好者》1983年第6期

我深感荣幸的是，从第一任主编、今年已经101岁的李鉴澄老先生开始，《爱好者》的历届主持人和编辑部成员都是我的良师益友和同好。如果在这里一一提及他们的名字，那将会是一个不小的名单；如果尽情回忆我们的工作交往

和私人友情，那简直就可以写成一本书。

《天文爱好者》的许多文章，出自我熟悉的师友之手。例如，紫金山天文台德高望重的已故老台长张钰哲先生，年届八旬尚为《爱好者》写了《日食观测的回忆》（1980年，总第64期）、《哈雷彗星的回归》（1982年，总第96期）等好文章。一位著名科学家，如此身体力行地为天文科普事业奉献自己的时间和生命，确实是很令人景仰的。《爱好者》有许多好作者，但是不少人经常变换笔名，所以不容易弄清楚究竟“谁是谁”。我本人原先并不想用笔名，但是20多年前，在某种微妙的舆论氛围下，不知怎地，写科普文章竟成了“不务正业”。于是，从1982年总第96期《“月亮骗局”及其他》一文开始，《爱好者》上又出现了一个新的笔名——梦天。20世纪80年代中期，我写的“天文趣谈”文章皆以“梦天”署名。后来，熟悉的或不甚熟悉的朋友相遇时，常会有人恍然大悟道：“原来‘梦天’就是你啊！”

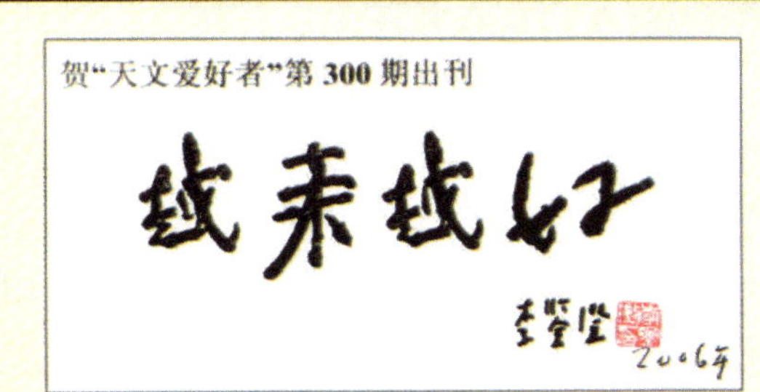

《天文爱好者》的第一任主编、101岁高龄的李鉴澄先生为出刊300期题词：“越来越好”

《爱好者》的读者以青少年居多。因此，它的作品必须平易近人，而做到这种平易，却是要费心血的。说理造句，都丝毫懈怠不得，方能于平淡之中见新奇。这样的作品，必须亲切感人，而达到这种亲切，则必须发自真心，倘若像一个心中无顾客的服务员佯装一副笑容，那是无济于事的。综观整整300期的《爱好者》，以上两方面虽然未必尽善尽美，却也是成绩斐然的。

《爱好者》的栏目很丰富，有的保持传统、坚守阵地，有的推陈出新、适时更新，可以称得上与时俱进。这里，我愿举两个例子。其一是1978年复刊后不久，在1979年第1期（总第54期）的“宇宙信息”栏，便不失时机地刊登了由白然怡译、编辑部改编的《1978年天文学的进展》，篇幅0.6页，是为天文学成就年度回眸的首篇文字。翌年，1980年第2期（总第64期）“宇宙信息”栏继而刊出李竞先生撰写的《1979年天文学的成就》，篇幅1.6页，为读者提供了更大的方便。此后，自1981年总第76期刊出整整3页的《1980年天文学成就鸟瞰》始，连续10年之久，李竞先生每年年初都为《爱好者》献上一篇去年的“天文学成就鸟瞰”，其篇幅少者4页有余，最长的达到7.7页，很有阅读和保存价值。可惜，后来这一栏目无人继承，“鸟瞰”便于1991年终止了。尚记得当年在一次编委会上，我曾提议赶紧找人接着写下去。但一时间似乎人选难觅，倒也难以强求。一晃15年过去了，方今天文界新锐辈出，可否以崭新的面貌重开这个很有价值的年度“鸟瞰”呢？

第二个例子，是新世纪伊始旧貌换新颜的专栏“太阳系空间探测”，迅速扩充内涵易名为“空间探测”。21世纪天文学的一大特色，就是世界各国空间探测的整体实力大为增强，这一栏目的适时更新，既顺应形势的发展，又遂了爱好者们的心愿，所以很值得称赞。希望它的内容不断充实，充分发挥《爱好者》全彩印的优势，办出新的特色来。

《爱好者》不时刊登天文界前辈的一些回忆文章，这很有价值。记得郭沫若在完成其剧作《蔡文姬》后，曾经说过：“把历史当作一面镜子，看自己扮演什么角色。”此言颇具深意。近年来《爱好者》不吝版面连载陈遵妫先生的长篇遗稿《畴界老牛回忆录》，乃是很有见地的举措。一位饱经沧桑的人，其回忆往往能从一个侧面折射出世态的变迁。我非常希望天文界的长者们、按今天的标准还不算很“老”的学长们，多多撰写翔实的回忆文章，把我国近现代天文事业的曲折历程更形象、更具体、更丰满地告诉后人。

我还想起，自己曾听长者们谈到许多有趣的人和事。我想，他们若能不拘风格和字数，不时为《爱好者》提供一些“天文掌故”，让更多的“忘年交”分享个中趣味，不亦美哉？例如，当年余青松受命筹建紫金山天文台时，发现有一块山岩的形象酷似画像上的托勒密，这“钟山一景”应该说是大有雅趣的，谁知道那块石头究竟在哪里呢？再如，我曾听叶式辉先生说起，紫金山天文台落成后，余青松有一次到夫子庙，只见一位算命先生案前搭着一块布，上书“天文台”三个大字。西服革履的余台长不禁勃然大怒，口中边喝：“你也配叫‘天文台’？！”脚下边使劲，踢翻了算命先生的那张三尺小桌。又有，我曾听易照华先生谈起一桩往事，很觉有趣，生怕日久忘了，遂简录如下：“昔紫台张钰哲台长外出公干，请李珩先生代摄台政，该台同人乃戏曰：‘张冠（官）李戴（代），斯之谓也。’”如此等等，不一而足。

长江后浪推前浪，我国天文爱好者的队伍与《爱好者》相伴成长，成绩着实可喜。从2002年《爱好者》总第263期张大庆的文章《池谷—张彗星发现始末》，到2005年总第295期丁舒珊的《2005QQ87—FMO的发现》，他们的执著使人感动，他们的成果令我自豪。同时，《爱好者》上也涌现出了越来越多的天文摄影、太空美术佳作，爱好者们自制的天文望远镜、爱好者们做出的新发现都在与日俱增……

看哪，《天文爱好者》，这平凡、朴素的五个大字，正在庄严的星空下熠熠闪光。任重而道远，朋友们，大家努力啊！

迎《天文爱好者》第300期感言

《天文爱好者》300期专刊所载本文版式。图中照片说明为：“卞毓麟拜访蔡元培先生之女蔡睟盎，2005年11月17日摄于上海市卢湾区图书馆。”

原载《天文爱好者》2006年4月号

[附录] 庆五秩，望百龄

《天文爱好者》300期专刊之后整整两年，又逢她的五十华诞，作者特撰文致贺。

人们喜欢把《天文爱好者》昵称为《爱好者》，这里面包含着多少深深的爱！有那么多对宇宙奥秘知之甚微的朋友，通过《爱好者》成了天文“发烧友”；有那么多青年人，在《爱好者》引领下步入了专业天文学家的行列……

1958年，《爱好者》诞生时我才15岁。它那“创刊号”封面的美好形象，50年来我始终记忆犹新：红地黑字真漂亮，那是中国科学院院长郭沫若题写的刊名。

1978年3月，在全国科学大会闭幕式上，86岁高龄的郭沫若发表了热情洋溢的讲话。他的结束语既充满诗意，又有着浓郁的天文气息：

庆五秩　望百龄

■上海科技教育出版社版权部主任　卞毓麟

人们喜欢把《天文爱好者》杂志昵称为《爱好者》，这里面包含着多少深深的爱！有那么多对宇宙奥秘知之甚微的朋友，通过《爱好者》成了天文"发烧友"；有那么多青年人，在《爱好者》引领下步入了专业天文学家的行列……

1958年，《爱好者》诞生时我才15岁。她那"创刊号"封面的美好形象，50年来我始终记忆犹新：红地黑字真漂亮，那是中国科学院院长郭沫若题写的刊名。

2000年10月9日，卞毓麟最后一次登府拜访《天文爱好者》的三位发起人之一卞德培。不足百日，德培先生即驾鹤归西。

1978年3月，在全国科学大会闭幕式上，86岁高龄的郭沫若发表了热情洋溢的讲话。他的结束语既充满诗意，又有着浓郁的天文气息："春分刚刚过去，清明即将到来。'日出江花红胜火，春来江水绿如蓝'。这是革命的春天，这是人民的春天，这是科学的春天！让我们张开双臂，热烈地拥抱这个春天吧！"

是啊，这也是《爱好者》的春天。这一年，20岁的《爱好者》再度复刊。在随后30年中，她一路前行，努力创新，介绍世界天文学的进展，叙说中国天文学的崛起。如今的《爱好者》活泼而又严谨，少长咸宜；图文百花竞妍，美不胜收。

作为一名50年的读者和30年的作者，在《爱好者》五十华诞的美妙时刻，我有一个浪漫的梦：我梦想在《爱好者》百岁大寿时，自己仍能享受阅读她的愉悦，从中汲取科学的营养，获得美的享受，仍能继续为她撰写人们喜闻乐见的稿件，看到越来越多的人为她鼓与呼。

衷心祝愿《爱好者》青春永驻，与时俱进，为提高国人的科学文化素养作出新的贡献！

《天文爱好者》的贺文"庆五秩，望百龄"。图中照片的说明文字为："2000年10月9日，卞毓麟最后一次登府拜访《天文爱好者》的三位发起人之一卞德培。不足百日，德培先生即驾鹤归西。"

"春分刚刚过去，清明即将到来。'日出江花红胜火，春来江水绿如蓝'。这是革命的春天，这是人民的春天，这是科学的春天！让我们张开双臂，热烈地拥抱这个春天吧！"

是啊，这也是《爱好者》的春天。这一年，20岁的《爱好者》再度复刊。在随后30年中，它一路前行，努力创新，介绍世界天文学的进展，叙说中国天文学的崛起。如今的《爱好者》活泼而又严谨，少长咸宜；图文百花竞妍，美不胜收。

作为一名50年的读者和30年的作者，在《爱好者》五十华诞的美妙时刻，我有一个浪漫的梦：我梦想在《爱好者》百岁大寿时，自己仍能享受阅读它的愉悦，从中汲取科学的营养，获得美的享受，仍能继续为它撰写人们喜闻乐见的稿件，看到越来越多的人为它鼓与呼。

衷心祝愿《爱好者》青春永驻，与时俱进，为提高国人的科学文化素养做出新的贡献！

原载《天文爱好者》2008年4月号

望断“基地”三十年

我酷爱阿西莫夫，爱读他的科普，也爱读他的科幻。

读久了，自然而然地，又从阅读进入了翻译和研究。例如，1980年，突然收到黄伊先生的约稿函，知其主编《论科学幻想小说》一书组稿已近尾声，特命我撰写一篇《阿西莫夫和他的科学幻想小说》，字数不拘，但文章质量必须保证。记得约稿信有言：“请于一星期内交稿，过时不候。”我写了13000字，按时面交黄先生。该书1981年5月由科学普及出版社出版，后来有人评论我这篇急就章为“我国第一篇系统地介绍阿西莫夫科幻创作历程的颇有深度的作品”。如今，四分之一个世纪过去了，重读这篇文章，可以发现不少原先因第一手资料不足而叙述欠妥之处。全文共八节，第四节用于简介“基地三部曲”。此前几年，我就盼望有谁能将它们译成中文，然此举殊非易事。后来阿西莫夫又写了《基地边缘》（1982年）、《基地与地球》（1986年）、《基地前奏》（1988年）以及他去世后一年才面世的《迈向基地》（1993年）。

多种英文版本的“基地”系列

1988年8月，我在纽约拜访阿西莫夫夫妇，后来写了一篇纪实文章，题为《在阿西莫夫家做客》。文中说到，在他家客厅的一个书柜顶上，有一只友人相赠的把杯，杯上塑有阿西莫夫的头像。阿西莫夫介绍说：友人们曾计议“用什么形体来构成杯子的把手：一个裸体女郎？还是一个机器人？结果他们决定用机器人。这真是一个愚蠢的决定”。

其实，阿西莫夫本人和我都很明白：这是一个相当聪明的决定。杯子的把手是一个腰弯成了90°的机器人，而“机器人”则是阿西莫夫创作的极其成功的科幻系列作品。因此，他在说到那项“愚蠢的”决定时，语气中显然洋溢着赞许之情。我欣赏着这只别具匠心的把杯，同时提议：“您不妨为它做一个底座，并把这底座命名为Foundation(基地)，如何？”

“真是个好主意。”阿西莫夫非常高兴地答道。其夫人则轻叹了一声：“哦——”

那一年，《基地前奏》问世，我更加期盼着“基地”系列的中译本。

20世纪90年代，国人逐渐进入世界图书版权贸易领域，意欲引进阿西莫夫科幻作品的出版社不在少数。我本人于1998年离京华返沪上，从中国科学院北京天文台来到上海科技教育出版社，第一项任务就是组建版权部。在拟引进的首批选题中，就包括阿西莫夫的一批科普和科幻作品，“基地”系列自然也在其中。但不久便查明，台湾地区的汉声出版公司在几年前已取得阿西莫夫许多科幻作品的中文出版权，且繁体字本已陆续应市。

1999年，台湾嘉义市天文协会的李荣彬先生给我寄来了汉声出版公司的阿西莫夫“基地”系列、“机器人”系列中文版，令我喜出望外。可惜工作太忙，委屈它们在书架上躺了两年多。

1999年李荣彬先生从台湾寄来的繁体中文版“基地”系列图书

2002年年初，我得了带状疱疹，疼痒难当，在医院病房里干不了什么事，正好阅读叶李华译的“基地”作消遣。不料，同室病友竟大吃一惊：“‘基地’已经出书了？”原来，2001年“9·11”恐怖事件以及本·拉登、“基地”组织在当时正是热门话题。不过，英国《卫报》“发现”本·拉登从阿西莫夫的“基地”科幻小说中得到启示一说，却令人难以置信，难道他们的记者最近采访过拉登？

守望中文版“基地”，到繁体字本还只是一半。昨天（3月28日）尹传红发来“伊妹儿”，附件是叶永烈写的阿西莫夫“基地”小说序，我这才知道四川的天地出版社已将汉声出版公司的叶李华译本以简体字出版。欣喜之余，我也与永烈先生深有同感：如今我国引进的科幻小说品种繁多，然而，经典式的阿西莫夫“基地”系列，无疑仍应列入科幻迷们的首选书目。

简体中文版“基地”系列（四川出版集团·天地出版社，2005年1月）

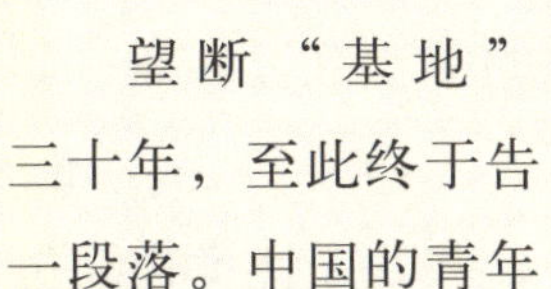

望断“基地”三十年，至此终于告一段落。中国的青年人和成年人又多了一套很值得一读的好书。我愿借此机会，谨向译者、读者和出版者致以衷心的祝贺，并再次表达对伟大的科普和科幻作家艾萨克·阿西莫夫的深切怀念之情——今年清明节后一日（2005年4月6日）乃是他的13周年忌辰。

原载《科学时报》2005年3月31日B1版

一代巨匠，为世人留下什么

——读《宇宙秘密》，忆阿西莫夫

有多少外国作家，其作品之中译本竟达近百种之多？须知：这并非百篇文章，而是近百种书；亦非一书多译，而是上百本不同的书！笔者寡闻，如斯者仅知一人：艾萨克·阿西莫夫。

阿西莫夫的作品可分为非小说类和小说类两大部分，其非小说类作品包含科学总论24种、数学7种、天文学68种、地球科学11种、化学和生物化学16种、物理学22种、生物学17种、科学随笔集40种、科幻随笔集2种、历史19种、有关《圣经》的7种、文学10种、幽默与讽刺9种、自传3卷、其他14种，小说类作品包含科学幻想小说38部、探案小说2部、短篇科幻和短篇故事集33种、短篇奇幻故事集1种、短篇探案故事集9种、主编科幻故事集118种。上述统计数据源自其最后一卷自传所附书目，其大宗作品水准之高实在令人惊愕。

英文版纪念文集《美好人生》封面

30年前我国改革开放之初，阿西莫夫的名字迅速地为越来越多的国人所知。而时下在我国，这位科普巨匠似已为人淡忘。这，真是一种悲哀。

一篇著名讣文

1992年4月7日，美国化学学会正在旧金山举行会议，当一位发言者出示一份报道阿西莫夫逝世的报纸时，会场气氛骤变，人们怅然若失……

阿西莫夫去世后，当年5月14日，英国权威性的科学刊物《自然》（*Nature*）刊出了美国著名天文学家、世界一流的科普大师卡尔·萨根（Carl Sagan,1934–1996）所写的讣文。2002年，为纪念阿西莫夫逝世10周年，我将此文译出，发表在4月3日的《文汇报》上。有鉴于其特殊价值，兹照录全文如下：

> 艾萨克·阿西莫夫，这个时代的伟大阐释者，于4月6日去世，享年72岁。
>
> 阿西莫夫在十月革命后不久生于俄罗斯，双亲是犹太人(虽然他本人猜想阿西莫夫这个姓有可能是伊斯兰教的，源自乌兹别克，意为哈西姆之子)，3岁时随全家移居布鲁克林。他童年时代的生活围着他父亲的糖果店转，在那里他学会了阅读货架上的杂志，开始接触科学幻想故事。他在哥伦比亚大学攻读化学获得博士学位，成为波士顿大学医学院的生物化学教授，是《生物化学和人体新陈代谢》这部教材的作者之一。但是，他却因为在科幻和科普方面的工作而变得举世闻名。
>
> 亦如赫胥黎那样，深厚的民主精神驱使阿西莫夫热衷于与公众交谈科学。他仿照克列孟梭的那句名言说道：“科学太重要了，不能单由科学家来操劳。”我们永远也无法知晓，究竟有多少第一线的科学家由于读了阿西莫夫的某一本书、某一篇文章或某一个小故事而触发了灵感——也无法知晓有多少普通公民因为同样的原因而对科学事业寄予同情。人工智能的先驱者之一明斯基最初就是为阿西莫夫的机器人故事所触动而深入其道的——阿西莫夫的这些故事一反先前流行的机

Wen Hui Bao

文汇

科技文摘

不知疲倦的科普巨匠——

阿西莫夫精神永在

艾萨克·阿西莫夫

2002年4月3日《文汇报》“科技文摘”整版刊载纪念阿西莫夫的文章

器人必邪恶的观念(此类观念可追溯到《弗兰肯斯坦》)，而构想了人与机器人的伙伴关系。正当科幻小说主要在谈论战争和冒险的时候，阿西莫夫则把主题引向了解决令人困惑的难题，他用故事向人们传授科学和思维。

他的大量言辞和思想已经深深潜入科学文化——例如，他把太阳系描述为“4颗行星加上许多碎片”，还有把土星光环中的巨大冰块运往火星上贫瘠干旱的荒原的想法。

他的著作多得惊人——接近500本书，遣词造句极有特色，总是那么平易浅显，直截了当。美国科幻作家协会把他的《黄昏》选为“有史以来”最佳的短篇科幻故事。他荣获了美国化学学会和美国科学促进会的褒奖，并接受了十多个荣誉学位。他的兴趣不仅仅限于科学：他的传世之作包括《莎士比亚指南》《〈圣经〉指南》以及对于拜伦《唐璜》的大部头评注。他精读爱德华·吉本的《罗马帝国衰亡史》而受到启发，创作了叙述一个银河帝国之衰亡的“基地”系列小说，其主要论题是随着黑暗时代压顶而至，如何尽力使科学保存下来。

阿西莫夫大胆地为科学和理性说话，反对伪科学和迷信。他是“声称超自然现象科学考察委员会”的创始人之一，也是美国人文主义者协会主席。他不怕抨击美国政府，并大力主张稳定世界人口的增长。

阿西莫夫夫妇

作为一个出身贫寒，而又终身爱好写作和阐释的人，阿西莫夫觉得自己度过了成功而幸福的一生。他在自己最后的某一本书中写道：“我的一生即将走完，我并不真的指望再活多久了。”然而，他又接着说，他对自己的妻子、精神病学家珍妮特·杰普森的爱，以及妻子对他的爱在支撑着他。“这是美好的一生，我对它很满意。所以，请不要为我担心。”

我并不为他担心，而是为我们其余的人担心，我们身边再也没有艾萨克·阿西莫夫来激励年轻人奋发学习和投身科学了。

卡尔·萨根

人生舞台

在阿西莫夫生前和死后，我写过不少介绍其人和研讨其作品的文章，并曾翻译出版过他的多部科普著作。我觉得，他的三卷自传非常值得一读，而且也不难读懂。

头两卷自传一共写了64万个英文单词，如果译成中文，足有140万字。它们严格按时间先后叙述，尽量描摹确凿的真实生活，着重探讨落到自己身上的事件本身，相对少谈内心的想法和反应，而且对未来会发生什么不做任何预测。阿西莫夫认为，这样就有一种真实感，可以避免过多的主观性，而且似乎并没有其他人如此明确地尝试用此种方式来写自传。

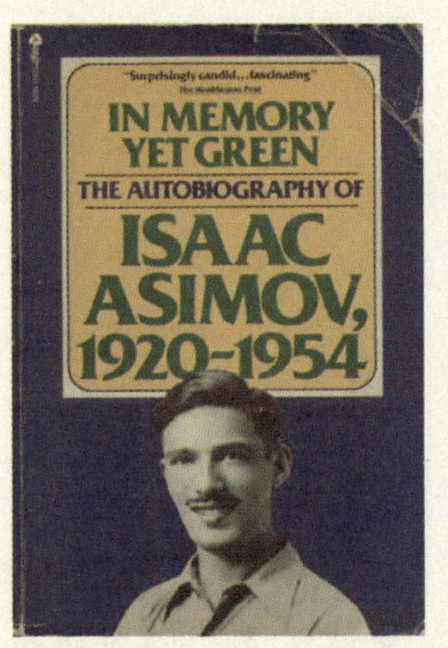

阿西莫夫的头两卷自传《记忆犹新》(*In Memory Yet Green*)和《欢乐依旧》(*In Joy Still Felt*)

阿西莫夫将第一卷自传取名为《记忆犹新》(*In Memory Yet Green*)，于1979年出版：第二卷称为《欢乐依旧》(*In Joy Still Felt*)，1980年出版。它们受欢迎的程度，大大超乎作者本人的想象。

1990年年初，阿西莫夫病重。在住院期间，他用125天的时间完成了第三卷自传。再过不到两年，作者便与世长辞了。但是，差不多又过了两年，此书方始付梓，名为《我，阿西莫夫》（*I, Asimov*）。2002年阿西莫夫辞世10周年之际，上海科技教育出版社出版了它的中译本，书名定为《人生舞台——阿西莫夫自传》，译者是黄群、许关强，字数53万。

《人生舞台》的第一个中文版。黄群、许关强译，上海科技教育出版社，2002年

《人生舞台》是一部非常有价值的作品。它并非前两卷的续集，写法也与前两卷迥异。它不再拘泥于时间顺序，而是沿着作者的思绪，一个话题接着一个话题，将作者本人的家庭、童年、学校、成长、恋爱、婚姻、成就、挫折、亲朋、对手，乃至他对写作、道德、友谊、生死等重大问题的见解一一娓娓道来。全书写得坦诚率真，读后不仅能使人了解阿西莫夫这位奇才辉煌的一生，而且有利于更深刻地领悟人生的真谛。

顺便说一句，1998年4月，我辞别自己从事科研30余年的中国科学院北京天文台，南下加盟上海科技教育出版社，专事科技出版，并任版权部主任。2000年9月，我们取得这部自传中文简体字的版权，后来我又成了该中文版的责任编辑。这实在是一桩美妙的往事。

“平板玻璃”

《宇宙秘密——阿西莫夫谈科学》是阿西莫夫40本科学随笔集之一。这些随笔，充分体现了他执著终身的写作理念。阿西莫夫推崇非常平实、甚至是口语式的文风。有些批评家将此说成“没有风格”，他的回应则是：“如果谁认为简明扼要、不装腔作势是一件很容易的事，我建议他来试试看。”在《人生舞台》中，阿西莫夫对写作风格做了更清晰的诠释。他说：

> 有的作品就像你在有色玻璃橱窗里见到的镶嵌玻璃。这种玻璃橱窗很美丽，在光照下色彩斑斓，却无法看透它们。同样，有的诗作很美丽，很容易打动人，但是如果你真想要弄明白怎么回事的话，这类作品可能很晦涩，很难懂。
>
> 至于说平板玻璃，它本身并不美丽。理想的平板玻璃，根本看不见它，却可以透过它看见外面发生的事。这相当于直白朴素、不加修饰的作品。理想的状况是，阅读这种作品甚至不觉得是在阅读，理念和事件似乎只是从作者的心头流淌到读者的心田，中间全无遮拦。

写诗一般的作品非常难，要写得很清楚也一样艰难。事实上，也许写得明晰比写得华美更加困难。我还是用我的镶嵌玻璃和平板玻璃的比喻来说明。

镶嵌玻璃所用的彩色玻璃据信自古以来就有。然而要把玻璃里的色彩去除，已证明是项很困难的工作，这个问题直到17世纪才解决。平板玻璃相对来说是比较近代的发明，是威尼斯玻璃制造工艺的重大胜利，这种工艺在很长时间里一直是保密的。

在写作上也一样。从前，实际上所有的作品全都很华丽，修饰过度。比如维多利亚时代的小说，甚至狄更斯（维多利亚时代最出色的作家）的小说。在某些作家的作品中，写作风格变得平实明晰只是比较近期的事。

但是，怎样才能写得明晰呢？我不知道。我想首先必须头脑清晰，思路有条不紊，必须运用熟练的技巧梳理思绪，明确地知道你想说些什么。除此以外，我就无可奉告了。

阿西莫夫的作品之所以在这个世界上拥有如此广泛的读者，我想，最根本的一点，大概正在于他所谈论的一切，全能毫无遮拦地从作者的心头流淌到读者的心田。

欣赏科学

阿西莫夫对普及科学有着极其深厚的感情和十分强烈的责任感。他在力作《阿西莫夫最新科学指南》中有一番很精彩的议论：

有关科学家学术成果的出版物从来没有像现在这么丰富过，但外行人也越来越看不懂。这是阻碍科学进步的一大障碍，因为科学知识的基本进展通常是来自各种不同专业知识的融合。更严重的是，如今科学家已经越来越远离非科学家……科学是不可理解的魔术，只有少数与众不同的人才能成为科学家，这种错觉使许多年轻人对科学敬而远之。

《阿西莫夫最新科学指南》的第一个中文全译本，科学普及出版社，1991年

但是，现代科学不需要对非科学家如此神秘，只要科学家担负起交流的责任，把自己那一行的东西尽可能简明并尽可能多地加以解释，而非科学家也乐于洗耳恭听，那么两者之间的鸿沟或许可以就此消除。要能满意地欣赏一门科学的进展，并不非得对科学有完全的了解。没有人认为，要欣赏莎士比亚的戏剧，自己就必须能够写一部伟大的作品；要欣赏贝多芬的交响乐，自己就必须能够作一部同样的交响曲。同样地，要欣赏或享受科学的成果，也不一定要具备科学创造的能力。

处于现代社会的人，如果一点也不知道科学发展的情形，一定会觉得不安，感到没有能力判断问题的性质和提出解决问题的途径。而且，对于宏伟的科学有初步的了解，可以使人们获得巨大的美的满足，使年轻人受到鼓舞，实现求知的欲望，并对人类智慧的潜力以及所取得的成就有更深一层的理解。

我之所以写这本书，就是想借此提供一个良好的开端。

对于科学，阿西莫夫还有一些新颖独到的想法，这在《宇宙秘密》一书中不乏其例。另一个有趣的例子见诸《人生舞台》，它与“分形理论”有关。分形理论最初是由法裔美国数学家芒德布罗(Benoit Mandelbrot)详细提出的。它们是一组迷人的曲线，可以既不是一维的，也不是二维的，而（比如说）是1.5维的。具有分数维，就是它们被称作“分形”的原因。这种曲线就复杂性而言可以说是无限的，其每一个小部分——不论多么小，都像整体一样复杂。

有一次，阿西莫夫的一位朋友提出：“科学是不是能解释一切事物？我们是否能决定它能够还是不能够？”

“我肯定科学不能解释一切，我可以告诉你理由。”阿西莫夫回答。

理由呢？他接着说：“我相信科学知识具有分形的性质，不论我们了解多少，不论还剩下多少，不论它看上去有多少，它始终像刚开始时的整体那样，无限复杂。我认为，那就是宇宙的秘密。”当时在场的其他人都没有说话。

许多人都见过演示分形的程序。它开始是一个心形的图像，周围有一些小小的附属图形，它在屏幕上一点点变大，一个小小的附属图形在中间渐渐变大，直到它充斥整个屏幕，可以看见它周围也有许多小的附属图形，它慢慢变大时周围又有其他小的附属图形。

阿西莫夫说："这个效果是慢慢地沉入一个复杂的图形，它始终是复杂的。我看着这没完没了的一层层展开，它绝对催眠。我想那就像科学探索一样，不断地解开复杂事物的一层又一层——永无止境。"

这想法既有意境，又有情趣。至于它究竟是否正确？我不想做武断的评论。

从阅读到晤面

30多年前，阿西莫夫的作品有了第一个中译本：《碳的世界》。它由科学出版社出版，两位前辈译者甘子玉和林自新用了一个笔名：郁新。这本不足10万字的小册子，令我由衷地钦佩作者，同时也深深地佩服译者。

《碳的世界》，郁新译，科学出版社，1973年

20世纪80年代伊始，我与黄群合作，首次译完一部阿西莫夫著作《洞察宇宙的眼睛——望远镜的历史》。在"译者前言"中，我曾写道："阅读和翻译阿西莫夫的作品，可以说都是一种享受。然而，译事无止境，我们常因译作难与作者固有的风格形神兼似而为苦。"在日后更多的翻译实践中，此种感受有增无已。诚然，译作之优劣取决于译者的外语、汉语和专业知识功底，但尤其重要的是译者所花的力气。功夫下够了，就不太容易出现"门修斯""常凯申"或者"赫尔珍"了。杨绛在《傅译传记五种》代序中说：

"傅雷对于翻译工作无限认真"，"他曾自苦译笔呆滞，问我们怎样使译文生动活泼。他说熟读了老舍的小说，还是未能解决问题。我们以为熟读一家还不够，建议再多读几家。傅雷怅然，叹恨没有许多时间看书"云云。

这实在是今天的译者应该好好学习的。

《宇宙秘密》一书的翻译，堪称难能可贵。几位译者原本就谙熟此道，翻译过程中殚精竭虑，相互校核，完工后又请尹传红先生细细检阅一遍，结果打了个漂亮仗。此仗究竟胜在何处？看来，最关键的还是那两个字——认真；或者说，既对作者负责，也对读者负责！

遥想30多年前，科学的春天到来之际，引进国外优秀科普作品开始大步前进。笔者在勉力研读、翻译阿西莫夫作品之际，渐感应当与其本人取得联系，并于1983年5月7日发出了致这位作家的第一封信：

……我读了您的许多书，并且非常非常喜欢它们，我（和我的朋友们）已将您的某些书译为中文。三天前，我将其中的三本（以及我自己写的一本小册子）航寄给您。它们是《走向宇宙的尽头》《洞察宇宙的眼睛》和《太空中有智慧生物吗?》；我自己的小册子则是《星星离我们多远》……

5月12日，他复了一封非常清晰明了的短信：

> 非常感谢惠赠拙著中译本的美意，也非常感谢见赐您本人的书。我真希望我能阅读中文，那样我就能获得用你们古老的语言讲我的话的感受了。
>
> 我伤感的另一件事是，由于我不外出旅行，所以我永远不会看见您的国家；但是，获悉我的书到了中国，那至少是很愉快的。

1988年8月13日，我与阿西莫夫本人晤面的愿望成为现实。其详情可参见拙文《在阿西莫夫家做客》（已作为附录收入《人生舞台》一书）。

写作如同呼吸

早先，阿西莫夫在完成头99本书之后，曾从其中的许多作品各选一个片断，分类编排，并辅以繁简不等的说明，由此辑成一部新书，这便是他的《作品第100号》，书末附有这100本书的序号、书名、出版者和出版年份。后来出版的《作品第200号》和《作品第300号》格局与此相仿，书末分别附有其第二个和第三个100本书的目录。我在1988年8月与阿西莫夫晤面时，他已收到刚出版的第394本书。按惯例，不久就应该出现一本《作品第400号》了。我也确曾函询阿西莫夫关于《作品第400号》的情况。出乎意料的是，他在1989年10月30日的回信中写了这么一段话："事情恐怕业已明朗，永远也不会有《作品第400号》这么一本书了。对于我来说，第400本书实在来得太快，以致还来不及干点什么就已经过去

阿西莫夫的《作品第100号》

了”，“也许，时机到来时，我将尝试完成《作品第500号》（或许将是在1992年初，如果我还活着的话）。”

我一直在期待着《作品第500号》问世，它将会按时间先后列出阿西莫夫的第301本到第500本书的详目。1991年岁末，我给他寄圣诞贺卡时还提及此事，然而未获回音。这使我隐约觉得：“或许有什么事情不太妙了？”哎，为什么他要说“如果我还活着的话”呢？

早在1985年，法国《解放》杂志出版了一部题为《您为什么写作》的专集，收有各国顶级名作家400人的笔答。阿西莫夫的回答是：

我写作的原因，如同呼吸一样；因为如果不这样做，我就会死去。

是的，活着时他从未停止写作，而当丧失写作能力的时候，他死了。根据他本人的意愿，遗体火化，未举行葬礼。他未能为世人留下他的《作品第500号》，但是他留下了真、善、美：关注社会公众的精神，传播科学知识的热情，脚踏实地的处世作风，严肃认真的写作态度……

阿西莫夫的作品，令人常读而常新。有人说，他“一生中只想做一件事，并且极为出色地学会了它：他教会自己写作，并用自己的写作使全世界的读者深受教益、共享欢乐”。诚哉斯言，一辈子真正做好一件事是多么不容易啊！

世界各地仍然在哀悼、怀念艾萨克·阿西莫夫，追忆他对人类文化、对传播科学知识所做出的卓越贡献。再过几十天，就是2010年1月2日——阿西莫夫的90诞辰。中文版的《宇宙秘密》的面世，不正是对逝者极好的纪念吗？！

原载《科普研究》4卷6期（2009年12月）

真诚的卡尔·萨根

据说，人们容易忘却事实，而不难记住故事。因此，我的演说就从一个真实的故事开始。

那是1984年，我正在中国科学院北京天文台从事星系和宇宙学领域的研究工作，同时在为《自然辩证法百科全书》撰写“宇宙中的生命”“平庸原理”“黑洞”等条目。在探讨“宇宙中的生命”时，必然要涉及“平庸原理”。鉴于这是一个非常微妙的话题，所以我感到有必要与这一研究领域的“领头羊”萨根探讨一下。于是，我给他写了一封信。信中还顺便告诉他，我对普及科学知识极有兴趣。

卞毓麟在“科学与公众论坛”上演讲《真诚的卡尔·萨根》（2001年12月15日）

这一年萨根正好50岁，早已名扬全球，忙得不可开交。但是，他很快就给我这个素不相识的同行回了信。他说：

> 我很高兴收到您的来信并获悉您有志于在中国致力科学普及。谨寄上什克洛夫斯基和我本人所著《宇宙中的智慧生命》（1966年）一书第25章的复印件。该章题为“平庸假设”；我相信将它提升为一种“原理”也许为时尚早。另附一篇新近发表在《发现》杂志上的文章“我们

并无特别之处”的复印件。我希望这将对您有所帮助。请向您在中国天文界的同事们转达我热烈的良好祝愿。

您真诚的卡尔·萨根

确实，卡尔是真诚的。他真诚地做人，真诚地从事科学研究，真诚地为公众理解科学、为揭露和反对伪科学、为人类的今天和更美好的明天奉献自己的一生。

卡尔的13集大型科学电视系列片《宇宙》，在20世纪80年代初问世后，迅速红遍五大洲。80年代中期，我本人也参与了脚本的翻译审定。1986年，88岁高龄的我国科学界前辈、法国天文学家弗拉马里翁的传世科普巨著《大众天文学》的译者李珩先生，为萨根那部与电视片《宇宙》同名的配套图书写下了中译本序言，题目就是“从《大众天文学》到《宇宙》”，副题是“天文学大众化的100年”。他赞赏萨根“把天文、地理、历史、哲学以及生命的起源进化和地外文明的探讨等都熔于一炉”，称萨根是“当代的弗拉马里翁之一”，“他在科学普及上的非凡才能从《宇宙》一书及电视片的编剧中得到了证实”。不是真诚地为提高社会公众的科学素养而呕心沥血的人，绝不可能创作出如此深入人心的佳作。

可惜，有些人总是无法摆脱这样的偏见：科学家搞科普是不务正业、甚至是哗众取宠，有人还为此而嘲笑萨根。萨根生前曾被提名为美国国家科学院院士候选人，但由于某些院士的强烈反对，最后他落选了。其实，我认为，拿萨根的科研成果来看，评两个院士大概也够了，何况他还为社会、为公众做了那么多的好事。萨根本人对于没能当上院士并不感到多么遗憾。相反，我倒着实对一个国家的科学院少了一位像萨根这样的成员而深表同情。真正可笑的并不是萨根，而是那些自以为有资格嘲笑萨根的人。

中文版《宇宙》书影

卡尔·萨根与艾萨克·阿西莫夫一样，极其擅长用生动、形象、简明的语言来向公众传播科学知识。萨根60岁那年出版的《暗淡蓝点》一书就极有

英文版（左）和中文版（右）的《暗淡蓝点》

韵味。去年此时，上海科技教育出版社出版了这本书的中译本，我本人正是它的责任编辑。“暗淡蓝点”这个著名的语汇是萨根首创的，指的是从太空中遥望的地球。《暗淡蓝点》一书的主题关系到人类生存与文明进步的长远前景——在未来的岁月中，人类如何在太空中寻觅与建设新的家园。萨根本人从年轻时代起就对此持积极乐观的态度，《暗淡蓝点》则用诗一般的语言道出了他的心境：

> 我们遥远的后代们，安全地布列在太阳系或更远的许多世界上……
>
> 他们将抬头凝视，在他们的天空中竭力寻找那个蓝色的光点。
>
> 他们会感到惊奇，这个贮藏我们全部精力的地方曾经是何等容易受伤害，我们的婴儿时代是多么危险……我们要跨越多少条河流，才能找到我们要走的道路。

萨根以及和他志同道合的科学家们，似乎已经看到了这样一条人类文明的未来之路。这使我联想起斯蒂芬·茨威格对罗曼·罗兰的评论：“他的目光总是注视着远方，盯着无形的未来。”卡尔·萨根也有着同样深邃、同样真诚的目光。正如美国的《每日新闻》所言：“萨根是天文学家，他有三只眼睛。一只眼睛探索星空，一只眼睛探索历史，第三只眼睛，也就是他的思维，探索现实社会……”

在《卡尔·萨根的宇宙》一书中，我们可以读到卡尔的妻子德鲁扬讲的另一个小故事：

有一次，萨根应邀参加一个科学家和电视播音员会议，会议组织者派了一位司机来接他。这个司机获悉萨根是个“搞科学的家伙”，就一个劲地问起所谓的“科学问题”来。但是，他问的却是人死后经过什么样的通道，占卜和占星术中的“科学”原理是什么？

萨根十分感叹：在真正的科学里，有那么多激动人心而又富于挑战性的东西，但这个司机好像从来都没有听说过。他只是认为，那些广为流传的廉价信息都是正确的。萨根进而想到：科学激发了人们探求神秘的好奇心，但伪科学似乎也有同样的作用。落后的科学普及所放弃的空间，很快就会被伪科学所占领。因此，“我们的任务不仅是训练出更多的科学家，而且还要加深公众对科学的理解。”卡尔去世前不久，在他的力作《魔鬼出没的世界》中真诚而深刻地倾诉了自己的这种理念。

我盼望中国和世界上的其他国家也多多出现一批像萨根那样杰出的科学宣传家。这并不是说科学家们都必须和萨根同样地投入，但是每一位科学家至少都应该有自己的那一分理念、热情和责任感。

1992年4月，艾萨克·阿西莫夫逝世，萨根为他写了悼词。其中说到法国政治家克列孟梭有一句名言：“战争太重要了，不能单由军人去决定。”阿西莫夫仿此句型，引出了又一名言：“科学太重要了，不能单由科学家来操劳。”

2001年12月与历来十分重视科学普及的王绶琯院士（右）同赏以“卡尔·萨根”为主题的新年挂历

就在那一年，作为一名热心科学普及的科学家，我曾经说过：“科学普及太重要了，不能单由科普作家来担当。”我的意思是说，它需要全社会每一个人的关注。

如今，阿西莫夫和萨根都离我们而去了。但是，他们的、也是我们的事业永存、长青。我相信，无论是萨根还是阿西莫夫，都会赞同我在上面说的那句话。因为，这个声音同样出自一颗真诚的心！

谢谢大家。

纪念卡尔·萨根逝世5周年《科学与公众论坛》上的演讲词，原载《科学时报》2001年12月15日4版

巴特·博克缘

和世界上的许多人一样，我很敬仰巴特·博克教授。

然而，在1982年，当我作为中国科学院北京天文台的一名青年天文学家为巴特·博克教授的学术报告作现场口译时，却连做梦也不会想到，17年后的今天自己竟成了这部妙趣横生的《博克传》中译本的责任编辑。

事情的原委是这样的——

1997年秋冬之交，我正在为《哲人石丛书·当代科技名家传记系列》物色优秀的传记。忽然，同行的潘涛发现一本英文版的样书，并随即问道："卞老师，你看此书如何？"

醒目的书名*The Man Who Sold the Milky Way: A Biography of Bart Bok*（《推销银河系的人——博克传》）赫然映入了我的眼帘。再一看作者：David H.Levy（戴维·H·利维），因休梅克—利维9号彗星撞击木星而名闻全球的一流业余天文学家。

"很好，"我对潘涛说，"博克是很著名的天文学家，1982年访华时，我参加了对他的接待，并为他的学术报告做过现场口译。"

1998年，我和潘涛相继到上海科技教育出版社版权部工作，这时《博克传》已正式列入出版

英文版《博克传》，
作者戴维·H·利维是美国著名业余天文学家、记者和科学作家

计划。“一定要为此书物色优秀的译者。”怀着这一目的，我找了退休未久的中国科学院上海天文台原副台长何妙福研究员：“老何，您还记得80年代初来华访问、以银河系研究著称的博克教授吗？”

“记得。他来上海时是我接待、陪同的。”何先生答道。

中文版《推销银河系的人——博克传》，何妙福译，上海科技教育出版社，1999年

真是无巧不成书，这又是一段博克缘。何先生怀着深情译完这部《推销银河系的人——博克传》，我也终于怀着同样的深情，完成了该书中译本的编辑加工。面对即将交付排印的厚厚一摞译稿，我情不自禁地再次拿起自己在16年前写下的悼念博克的文章《忆巴特·博克老人》（原载《天文爱好者》杂志，1983年12月号第16–18页）。重读之余，我以为应该把这份博克情奉献给今日的读者，爰录斯文于此。

忆巴特·博克老人

（一）

麒麟座中的玫瑰星云是一个非常有名的亮星云。在它那美妙的照片上，你可以仔细辨认出若干圆状的小暗斑。它们是些相对说来密度较大而规模较小的暗星云——暗得只有用大望远镜才能观测到。这类球状的暗星云质量大约是太阳质量的0.1倍到750倍，线直径大约是1000天文单位至10万天文单位，温度大约是7K至15K。首次发现这类天体是在1946年，关于它们的性质，目前依然知之不多。不过，研究这类天体最有权威的学者之一——它的发现人巴特·博克教授则深信，它们是处在引力收缩阶段的原恒星，也就是正在诞生着的恒星。

这类球状的暗星云就叫作球状体。不过，人们出于习惯和对发现者的尊敬，也常常喜欢称它为博克球状体。

首先发现这种“正在诞生着的恒星”的博克本人，于1906年4月28日诞

美丽的麒麟座玫瑰星云，大小约100光年，距离地球约5000光年，用小型望远镜便能看到。此星云中有一个名为NGC2244的疏散星团，由一群明亮的年轻恒星组成。

生在荷兰的霍恩。和恒星的一生相比，人的一生只是须臾刹那而已。几十年来，球状体在望远镜中的容貌姿态依然故我，而博克教授本人却匆匆历经了人生的“主序阶段”与“晚期演化”而走向了彼岸。当我突然获悉巴特·博克教授已于1983年8月5日晨仙逝时，惊愕与痛惜的感情不由得压倒了一切。

我们许多人之所以喜欢博克老人，首先是因为他爱我们的文明古国。1977年，美国首次派出天文代表团来华访问，其成员都是当代天文学中素负盛名的大家，如阿伦·桑德奇、玛格丽特·伯比奇、马丁·史瓦西、赫比格等。就资历和学术造诣而言，这样的代表团没有理由缺少巴特·博克教授。可他当时已经71岁，早已退休；为此，有关方面未让他作为代表团的成员。老博克对此颇有些愤慨而伤心，他下定决心，一定要在有生之年到中国来！

（二）

老博克的愿望终于实现了。1982年9月2日下午，这位76.5岁（他多次谈及自己的年龄时，都没有忽略76后面的那个.5）的老科学家迈着艰难的步履、怀着异常兴奋的心情踏上了中华人民共和国的大地。他是根据中美两国科学院安排的学者互访而来华的。在此之前，国际天文学联合会第18届大会已邀请他出席并做报告，但是他决定留在家里做访华准备——他来访的时间仅一个月，可认真而细致的准备工作却足足用去了两个月的时间。

老博克访问了北京、南京和上海三个天文台。北京天文台王绶琯台长在去希腊参加国际天文学联合会第18届大会之前，已委托李竞同志主持安排博克教授在京的学术活动与游览事宜。李竞同志要我协助做些工作——诸如准备接待、口译部分学术报告之类。这使我与博克有了较多的接触。在工作中，博克教授的科学精神深深感动了我们，这便是我和其他许多人都热爱这位老人的又一原因。

博克的科学精神体现在许多方面。这里我只举一个小小的例子。他本人是举世公认的银河系研究权威，但是他在北京天文台做学术报告时却屡屡提及不要迷信权威。他强调科学研究最需要的是独立思考与锲而不舍的精神，一旦认准了研究方向，就应该勇往直前地干下去。他以自己早年的经历为例。40年代初期，他才三十开外，有的大权威觉得他的研究方向不当。他们规劝他："博克，天文学家应该研究能用望远镜在天空中看得到的天体，而你却专门寻找不发光的东西，这样你就很难取得成功。"但是，他坚持干下去，最后——他非常愉快地说道——"我发现了如今人们都称之为'博克球状体'的一类新天体。"说到这里，他带着狡黠的神情"劝告"满屋子的听众："不要听你们台长的话，要相信自己，研究自己觉得应该研究的东西。"这时，王绶琯台长在听众席上会心地发出了赞许的微笑。

银河系中某些小质量恒星的起源可追溯到"博克球状体"——冷而小的尘埃-气体云

（三）

博克在自己祖国求学后，于1929年受命于哈罗·沙普利而赴美，在哈佛大学及其天文台工作。1957年赴澳大利亚，任斯特朗洛天文台台长和澳大利亚国立大学教授。1966年返美，任亚利桑那大学教授和斯图尔特天文台台长。博克曾任第十四届国际天文学联合会副主席、美国天文学会主席、美国太平洋天文学会主席。来华访问时仍是美国科学院院士、亚利桑那大学退休教授。

文不在长，书不在大。博克在1937年写的一本薄薄的小册子，名叫《恒星的空间分布》，其中改进了卡普坦提出的恒星空间分布的数值方法，也称“卡普坦－博克数值方法”。如今，半个世纪过去了，博克本人亦已作古，这本小册子作为同类工作的经典参考文献却依然有着饱满的生命力。

博克以其毕生精力对银河系的诸多方面做了深入的研究：银河系结构、星际物质、星团稳定性、星系动力学等。晚年又倾注巨大的热情探讨恒星的诞生过程，并对天文学的未来深感兴趣。他在访华期间所做的报告很贴切地反映了这一事实，请看——

博克教授在北京做报告的时间表（1982年）

9月4日 巨大而奇妙的银河系

9月7日 银河系外围的新观测进展

9月8日 银河系内恒星的形成

9月9日 银河系旋涡结构

9月10日 麦哲伦云

9月13日 空间望远镜带来的新希望

博克老人很善于做深入浅出的讲演，无论是驰骋于本领域的专家，还是初上疆场的新兵，都能从他的报告中汲取充分的营养。学术报告要做得自然、亲切、决不使听众坠入五里雾中，这并不是一件容易的事情。而老博克却娴熟地掌握了这种技巧。尽管一别经年，他讲话时的音容笑貌却依然宛在眼前。他不喜欢投影仪和透明片——“I hate it”（“我讨厌它”，这是老博克的原话）：每次报告他都提前半小时到场，先用他那早年患小儿麻痹症而致残的右手颤抖着写满两块黑板的提纲，李竞见状于心不忍而愿为之代劳，这位老学者却认真地答道：“我是教授，是我讲演，当然得由我自己写……”

他驾驭银河系知识之得心应手，还突出体现在他和他的夫人普里西拉·博克合著的 *Milky Way*（《银河》）一书中。这部洋洋数十万言的名著很别致，如果分类的话，人们大概会很自然地将其列为高级科普。然而，其学术意义却足可抵上一部同领域的专著。我以为，若将它与爱因斯坦和英费尔德合著的《物理学的进化》相比拟，那倒是很贴切的。

（四）

巴特·博克的夫人普里西拉·博克也是一位知名的银河系天文学家。夫妇俩感情笃甚。普里西拉于1896年4月14日生在美国华盛顿州的斯波坎。她较巴特年长10岁。1975年11月19日午后她因心脏病发作而去世。天文界的许多朋友要求巴特写一份简单的传记，概述普里西拉的一生及其科学生涯。为此，年近古稀的巴特于同年12月8日写出了《普里西拉·费尔菲尔德·博克生平与事业备考》。此文感染力极强，全文末句I miss her terribly（我多么怀念她啊）令人浑若目睹这位皓首长者正在悲戚地痛悼自己的终身伴侣和事业的合作者。

博克夫妇在澳大利亚斯特朗罗山天文台（约1960年）

1928年，普里西拉往欧洲参加国际天文学联合会莱顿大会。大会安排22岁的巴特在莱顿火车站迎接来自各国的代表，于是与普里西拉相识。在10天的会期中他深深爱上了她。1929年年初巴特受命于沙普利前往哈佛天文台。当年9月7日星期六，巴特抵达纽约；9月9日星期一，他和普里西拉完婚于后者的一位兄弟家中。

在1937年到1941年间，普里西拉为撰写《银河》一书初版中的四章花了许多时间。“当1941年我们联名作为该书作者而印刷其初版时，我们感到非常之自豪”，巴特在上述《备考》中这样写道。

1957年3月初，他们到了澳大利亚，巴特的任职已如前述。“普里西拉非常之忙，首先，作为斯特朗洛天文台台长的妻子，自有她的职责，其中包括与我们的研究生接触联系。其次，她在研究大麦哲伦云和南天银河方面变得极其活跃。她主要是与我一起归算和分析光电资料。在澳的九年多时间里，我们的合作导致联合发表了好些论文。从抵达悉尼的那天起我们就备了来宾签名簿，它包括了将近三千位客人的名字，所有的客人至少都受到普里西拉的一餐款待……”

博克夫妇在澳大利亚生活得很欢乐。1966年4月，他们来到图森。巴特就任斯图尔特天文台台长和亚利桑那大学天文系主任，他们在那儿也同样过得非常愉快。

1972年，普里西拉中风了。先前，她很有兴趣而颇具活力地为完成《银河》一书的第四版而工作着。中风以后，她单独为这第四版准备那冗长的索引。一年又一年过去了，她的脑子越来越不听使唤，她发现要记住各种事件和人物越来越困难了。而且，日常事务也成了问题。“然而，她和我在一起的岁月是美妙的，我可以诚实地说，在她一生的最后几年里，我们比以往任何时候都爱得更深。”

普里西拉正好在80岁时寿终正寝，而巴特还在继续走他的路。《银河》的第五版于1981年问世，由于银河系研究的新进展层出不穷，修订的工作量很大。这一次，是年逾古稀的巴特独立完成了再版任务。

（五）

“您是否打算在近年内再次修订《银河》一书，出它的第六版？”我问道。

“我太老了，怕来不及了。”这是博克的回答。

在游览长城的归途中，这位老人对我们说：“我终于到中国来了。这儿的一切都那么好：长城，中国红葡萄酒，天文学家，汽车司机……可惜我太老了，怕不能再来了。”

在十三陵，通往地宫的楼梯口，博克老人止步了，他向下看看，台阶至少有一百级。“我累了，医生叮嘱千万别太累，我大概不能下去了。”老人遗憾地说，并且幽默地打趣道：“我要是下去，大概就会躺在那儿再也上不来啦。”早年的小儿麻痹症使他腿脚失灵，致他夫人于死命的心脏病又同样纠缠和威胁着老博克，看来他确实应以节劳为宜了。

然而，老博克的精神状态似乎永远是年轻的。在1983年1月号的《天空与望远镜》上，有一则观赏1983年6月11日日全食的旅游广告，三条旅行路线中最长的一条将由巴特·博克导游：日期是5月26日至6月14日，从洛杉矶出发，至新西兰，澳大利亚，新加坡，雅加达，然后回国。广告上特意书明，选定的日食观测站址海拔约1500米，可以远远地避开光污染，因而届时可由博克博士指导探索南天的银河。

在这次日食（6月11日）之后56天，老博克便溘然长睡了。他是否当成了那次日食旅游的导游，我至今不得而知。不过，这倒也无关紧要。在悼念国际天文界这位受人尊敬的前辈时，我很想复述博克老人亲自讲过的一则故事——

博克夫妇钟爱的船底座η星云，是新生恒星的温床和摇篮

“普里西拉饶有兴味地与我一起研究恒星是如何诞生的。我们认为有许多迹象表明，在富含O、B型年轻恒星的船底座η星云中，新的恒星正在不断地诞生着。不过要证实和弄清其详情却不容易。因此，普里西拉在她的最后岁月里曾经对我说：‘巴特，你死后到这个星云里来找我吧，那时，我们就可以搞清楚恒星究竟是怎样诞生的了。’”

是啊，恒星究竟是怎样诞生的呢？后代天文学家迟早会揭开这个谜底的。安息吧，博克老人，您已经为丰富人类的知识宝库尽了自己的心力，我们怀念您。

本文系中文版《推销银河系的人——博克传》的附录
1999年8月于上海

“上帝粒子”不再是传说

金色十月，秋风送爽。果然不出所料，10月8日晚消息从斯德哥尔摩传来：比利时理论物理学家弗朗索瓦·昂格勒和英国理论物理学家彼得·希格斯因成功预言希格斯玻色子而荣获2013年诺贝尔物理学奖。昂格勒生于1932年11月6日，现年81岁；希格斯生于1929年5月29日，现年84岁。1964年，他们各自独立地提出了希格斯玻色子理论。其实，昂格勒的合作者、1928年出生于美国的比利时理论物理学家罗伯特·布劳特，也对此做出了同等的贡献。然而，他已于2011年以83岁高龄谢世，按诺贝尔奖不得授予逝者的规定，布劳特只好永久地缺席了。

早在20年前，鉴于希格斯玻色子之奇特与重要，美国著名粒子物理学家、1988年诺贝尔物理学奖得主利昂·莱德曼就给它起了一个优雅的诨名——上帝粒子，并写了一本备受称道的科普杰作《上帝粒子：假如宇宙是答案，究竟什么是问题》，其中文版已于2003年由上海科技教育出版社出版。

2013年诺贝尔物理学奖获得者：比利时理论物理学家弗朗索瓦·昂格勒（左）和英国理论物理学家彼得·希格斯

“玻色子”是以印度

物理学家玻色的姓氏命名的一大类微观粒子，它们的共同特点是“自旋量子数”为整数。例如光子的自旋为1，就是一种玻色子，希格斯玻色子的自旋则为0。

追根溯源，寻找希格斯玻色子之旅，始于一个十分古老的问题：“世界是由什么构成的？”古希腊哲学家德谟克利特主张世间万物皆由不可分割的“原子”组成，不同物体的“原子”各有不同的几何形状。虽然他的具体构想并不正确，但“原子”这一概念和名称却永久地流传下来了。19世纪初，英国化学家道尔顿创建了近代的原子学说。到20世纪30年代中期，人们已经知晓：每个原子中央各有一个原子核，原子核由带正电荷的质子和不带电的中子组成；不同化学元素的原子，其核内的质子数和中子数各不相同。带负电荷的电子则由电磁力的作用而束缚在原子核周围。及至20世纪后期，物理学家已相当肯定：质子和中子其实亦非基本粒子，它们皆由“夸克”组成。不同的夸克由所谓“味”和“色”之不同以作区分。例如，质子由不同“味”的3个夸克构成——2个上夸克和1个下夸克，它们具有完全不同的“色”，所产生的组合便呈现为“白色”……

中文版和英文版的《上帝粒子》书影

当代物理学如此这般的绘景，堪称神奇而美妙。但是，有一个根本问题依然是个谜，即：基本粒子的质量从何而来？这个问题曾经难住了无数科学家。当今的粒子物理学有一个“标准模型”，是人类理解物质世界微观结构及其相互作用力的集大成之作，而其点睛之笔便是“希格斯机制”。这种机制，预言了“上帝粒子”的存在，它是各种基本粒子获得质量的根源。自从希格斯、昂格勒以及其他一些物理学家各自独立地提出这种机制之后，人们一直在苦苦寻找希格斯玻色子的踪影，却一无建树。直到2012年7月4日，事情才有了转机：那天，一个酷似希格斯玻色子的新粒子终于在欧洲核子研究中心的大型强子对撞机上现身……

正好，这就为英国科普作家吉姆·巴戈特笔下的《希格斯：“上帝粒子"的发明与发现》一书提供了绝妙的结尾。两天之后，巴戈特的这部新作杀青，并由牛津大学出版社迅速推出。《希格斯》一书以洗练生动的语言，钩玄提要地回顾了百年来的基本粒子物理学史，讲述了寻找"上帝粒子"的酸甜苦辣，字里行间充盈着人类不懈探索的精神、科学家的人文情怀和鲜明个性。对于关注外国科普作品的读者，本书作者巴戈特是一个熟悉的名字。他擅长写作科学前沿题材，14年前他的另一部佳作《完美的对称——富勒烯的意外发现》中文版面世，迅即好评如潮。

中文版《希格斯》于2013年8月面世

巴戈特这部《希格斯》的中文版权，最终为上海科技教育出版社取得。该社旋即邀请中国科学院高能物理研究所的著名粒子物理学家邢志忠执译。2013年1月，邢志忠教授快速浏览全书之后，顿觉确乎值得一译。接下来的3个月便是译者夜以继日的魔鬼式劳作，直至4月译事告竣。5月份，《欧洲核子研究中心快报》刊出题为《希格斯玻色子的诞生》一文，宣称"来自ATLAS和CMS的结果现在提供足够的证据，确定了2012年发现的新粒子就是玻色子"。ATLAS和CMS是大型强子对撞机上与寻找希格斯玻色子有关的两个探测设备，来自世界各国的数千名科学家正使用它们进行合作研究。

8月18日译者邢志忠教授亲临上海书展做讲座"'上帝粒子'的发明与发现"并签名售书

2013年8月中旬，中文版的《希格斯》面世。8月18日那天，邢志忠应邀专程赴沪亲临上海书展做科学讲座"'上帝粒子'的发明与发现"，紧接着的签名售书场面也非常感人。

对于这次活动，当晚18点档的东方卫视新闻报道历时超过了两分半钟。不能不提的是，中文版高水准的翻译给读者带来的便利和愉悦。书中加了不少言简意赅的译注，还纠正了原著的若干差错。这既体现了译者的学养，更凸显了一种工作态度。译事无止境，只可惜当下如此认真的译者委实太少。

《希格斯："上帝粒子"的发明与发现》一书把对"上帝粒子"的理论预言和寻找过程展示得一清二楚。对于科学家来说，成为诺奖得主无疑是人生中非常精彩的一幕。然而，更精彩的还是莱德曼在《上帝粒子》一书中谈及当年获奖时的那种感受："获得诺贝尔奖当然令人非常激动，但这种激动实在不能与我们意识到试验成功那一刻那种难以名状的激动相比。"

原载《解放日报》2013年10月11日16版

相伴“哲人石” 回首十年路

今天，“哲人石丛书”10岁生日，高朋满座。我作为这套丛书的主要策划人之一，可谓百感交集。那么多的话，从何说起呢？思之再三，还是从9年前尹传红先生对我的一次访谈开始吧。

前期策划的回顾

当时，传红问道：“您到上海科技教育出版社后的第一大事是什么呢？是策划‘哲人石丛书’吗？”

我对他说：“‘哲人石丛书’是上海科技教育出版社‘九五’和‘十五’

“哲人石丛书”历年的编辑团队于2012年4月聚集一堂
（前排左起）潘涛、翁经义、卞毓麟、张英光、朱惠霖；（中排左起）王洋、裴剑、伍慧玲、王世平、郑晓林、侯慧菊、刘丽曼；（后排左起）张莉琴、傅勇、殷晓岚、卢源、叶剑、洪星范、匡志强、贾立群

期间的重点选题，近年来颇有社会影响，这是和译者、读者们的大力支持分不开的。‘哲人石丛书’开始策划、启动时，我本人和潘涛都还未进科教社，翁经义总编辑多次出差北京，总要找我和潘涛一起商讨谋划。事实上，‘哲人石丛书’正是在翁社长直接主持下策划成功的，但他硬是不肯在书上留名。”

结果，“哲人石”的每一本书上都印上了“策划潘涛、卞毓麟”。有人曾经对策划者的署名先后有过一些猜测甚至议论。其实，我作为当事人，可以告诉大家，应该说这里面还有一段佳话。在“哲人石丛书”的第一种书《确定性的终结》付印之前，负责装帧设计的汤世梁先生给我们看打样。他很自然地写上了“策划卞毓麟、潘涛”，我的名字在先。我当即明确告诉汤先生，请把我和潘涛的名字次序换过来。潘涛很客气，还是希望让长者的名字居先。可是，我毕竟距离退休不过5年了，而潘涛却任重而道远，他应该而且可以担当更重要的角色。况且，他为这套书出的力也绝不比我少，书上印的策划人潘涛在先可以说顺理成章。如果还有什么欠缺的话，那就是缺了“翁经义”的名字。

1997年是“哲人石丛书”前期策划的关键性一年。那时候，我还在中科院北京天文台从事科研工作。我翻了一下当年的工作记事本，这一年翁经义社长在北京同我面对面一起商讨选题计划，竟有八九次之多。绝大多数情况下，当时正在北大读博士的潘涛也在场。

2010年1月9日“哲人石丛书”十周年座谈会在京召开

在“哲人石丛书”这个名称最终确定下来之前，曾经有一段时间，我们暂时把它叫作“世界科普名著”。这一设想得到了方方面面许多朋友的关注和支持。例如，1997年4月，翁社长来京，嘱咐我邀请几位朋友一起谈谈

2005年5月本书作者（右四）在南浔嘉业藏书楼前与对“哲人石丛书”鼓励有加的诸学长合影。人物以年龄为序是李元（右一）和武慧睿（左三）夫妇，胡亚东（左四）和陈丽英（左六）夫妇，林自新（右五）和陆克敏（左五）夫妇，郭正谊（左二）和顾函珍（左一）夫妇，林之光（右三）和张辉华（右二）夫妇。

“世界科普名著”事宜。4月13日那天，翁总做东，在北大南门的全聚德小聚，到场的有李元、郭正谊，林自新先生另外有事未能光临，我和潘涛也来了，谈论的重点是酝酿出版“阿西莫夫选集”。后来，虽然没有用上“选集”这个名目，上海科技教育出版社却先后出版了8部阿西莫夫的重要作品，成为在新世纪中推出中文版阿西莫夫科普作品力度最大的出版社。那时，为“世界科普名著”或者说“哲人石丛书”出谋划策的，还有刘华杰、田松、李大光等许多朋友。其实，在座诸位全都是“哲人石丛书”的坚强支柱，我在此向大家表示衷心的感谢，衷心感谢大家对我们的支持！

策划的理念——“哲人石”的宗旨

接着，我同潘涛两人趁还在北京之便，频繁地出入大苹果、伊林/博达等版权代理公司，尽可能为上海科技教育出版社取得相关图书的中文版权创造条件。1998年3月26日我告别工作了33年的中科院北京天文台，乘上K13次列车，南下加盟上海科技教育出版社。临行前两天，还专程到上述几家版权

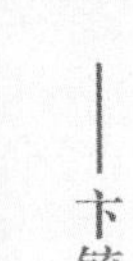

代理公司全面复核上海科技教育出版社委托购买中文版权的进展情况。3个半月以后，潘涛也来报到。同我一样，他也在临行前的两天，再次去了那几家版权代理公司，查核“哲人石丛书”诸选题的版权贸易进展。

“哲人石丛书”是针对广大读者渴求时代感强、感染力深的科普精品而策划引进的。“哲人石”是中世纪想象中有点铁成金之功、收祛病延年之效的“魔石”。这套书以“哲人石”冠名，既象征着科学技术对人类社会的推动作用，也隐喻着科普图书对科学文化的促进效应。因此，我们为丛书确立的主旨是：“立足当代科学前沿，彰显当代科技名家，介绍当代科学思潮，激扬科技创新精神”。相应地，整套丛书又包括三个系列，即“当代科普名著系列”“当代科技名家传记系列”和“当代科学思潮系列”。几年后，还增加了“科学史与科学文化系列”。

众所周知，追求完美的“双效”（社会效益和经济效益），是出版人永远的“梦”。出版，作为一种产业，就经济效益而言，要追求“利润最大化”。至于社会效益，其出发点在于社会责任感。相对于“利润最大化”而言，这也许可以称之为“责任最大化”。

当初，“哲人石丛书”究竟是否能够取得良好的“双效”，说实在的，谁也不敢打包票。像“哲人石丛书”这种属于科学文化“基本建设”类的大型出版物，倘若要赔钱，赔不少的钱，上海科技教育出版社究竟是“出”，还是“不出”？

出于对社会责任感的追求，也是对历史责任感的追求，上海科技教育出版社的领导对这些问题的回答令人鼓舞。具体情况，我想翁经义总编还会向大家汇报，我就不多说了。

团队在流动 品牌在巩固

我刚到上海科技教育出版社，就被任命为版权部主任。编辑出版“哲人石丛书”，正是版权部工作的重头戏。我见证了这套书的诞生和成长，也自始至终见证了“哲人石”团队成员的演变。

1998年，“哲人石丛书”刚开张时，骨干编辑其实就是我和潘涛两个人。1999年是重要的一年，我们的团队增加了匡志强和王世平两员既年轻又有实力的大将。后来，人员陆陆续续曾有不少变化。2002年，我社在机构

2001年7月24日版权部“全家福”合影。左起：柴元君、匡志强、潘涛、卞毓麟、邢志华、洪星范、王世平

调整中，原先的版权部一分为二，成为版权部和科普编辑室两个独立部门。再后来，这些部门的负责人也不只一次有所变动。我曾经担心，变化如此之大，我们早先那种严谨得有些苛求的工作作风还能不能延续下去？“哲人石丛书”这个来之不易的品牌能不能保持不倒？

结果令我非常欣慰，“哲人石”的团队在流动，“哲人石”的品牌在巩固。这些年来，卞毓麟退休了，潘涛奉命另有高就了，翁总也要退出领导岗位了。每次变化，都会有人问：“那么，‘哲人石’还出下去吗？”而我们的回答总是：“不但要继续出下去，而且要出得更好，使精品变得更精！”

我非常高兴地看到，科普编辑室先后在匡志强、侯慧菊、叶剑几位室主任主持下所取得的突出成绩。在他们的带领下，团队成员共同努力，使得“哲人石丛书”的规模从我当初主事时的40多个品种增加到了90种！更为可喜的是，我们的“哲人石”团队中还涌现出不少优秀的青年编辑，今天在场的殷晓岚、章静、刘丽曼等就都是好手。我希望他们多多向各位前辈、学长学习，再接再厉，在科技出版工作中取得更优异的成绩。

“哲人石丛书”百种大集合（2012年4月）

回顾10年前最初的“哲人石丛书”团队成员，如今只有我的老战友王世平还在这块前沿阵地上打拼了。作为科教

社指日可待的副总编辑，目前王世平正在分管“哲人石丛书”的全面工作。作为一名老科学工作者和老出版人，我对她寄予莫大的希望，相信她一定会兢兢业业，谦虚谨慎，一丝不苟地带好整个团队，认真总结过去10年中“哲人石丛书”的经验和教训，把这个品牌打造得更坚实、更漂亮。

再次感谢各位前辈、学长、专家、朋友的一贯支持，感谢大家光临。谢谢！

原系2010年1月9日在“哲人石丛书”十周年座谈会上的发言

《数字杂说》的背景及其他

1986年，《科技日报》的前身《中国科技报》创办《文化》副刊。包括我本人在内的一些通讯编委共同倡议，将“把科学注入我们的文化”作为办刊要旨之一。因为大家觉得，在我们的文化中，科学的东西毕竟太单薄了。后来，又有了实质相同的另一种提法，即“在大文化的框架中注入科学的精华”。1986年1月8日，该报《文化》副刊发表赵之先生起草的发刊词《我们为什么办文化副刊》，提出了“用科学来审视过去的文化、用科学来武装现在的文化、用科学来探索未来的文化”。

时任中国科协主席的钱学森先生读到这个发刊词，对其办刊宗旨表示赞同，并来信说：文化副刊要讲科技对社会文化的贡献，也要讲社会文化对科学技术的贡献。他建议：说科学技术是文化，特别要指出基础科学。为此，他还转述了当时任职复旦大学的李新洲教授的一席话：“作为人类思维的创造物，只有音乐堪与理论物理媲美，所有真正的理论物理学家都像艺术家一样地生活、一样地工作、一样地思索。在讨论基础研究和应用研究究竟是哪一种重要时，即使那些急于求成而对美感毫无兴趣的人，经过稍许反省也可看出基础研究的重要性。”这封信后来以《有必要办文化副刊》为题，收入钱学森著《科学的艺术与艺术的科学》一书，1994年由人民文学出版社出版。

2010年1月号《语文学习》杂志及所载关于“数字杂说”的文章和照片

赵之先生在《科技日报》先后提议和

创办了多种副刊和专版，如《科学》《文化》《生活》《读书》等。它们各有自身的特定要求，但作为广义文化的组成部分，又都服从一个总的编辑思想：整个社会文化环境是科学技术赖以生存和发展的条件，我们应当了解它；科学技术又是现代社会文化的脊梁，社会文化的进步需要我们关注和推动。

1991年，《科技日报·星期刊》开辟“三原色”专栏，旨在发表融科学、文化与社会于一体的雅俗共赏的短文。1994年，《星期刊》开辟科学与文化交汇的新专栏“葫芦居随笔”。1995年，《星期刊》改为《社会文化周刊》。我先后为这些刊、栏撰文30余篇，例如《雪莱夫妇·弗兰肯斯坦·机器人》《哥伦布和“新大陆”》《济慈的“新行星”和“太平洋”》《牛顿和伏尔泰》《火箭和〈星条旗〉的故事》《端午漫思》《〈水调歌头·明月几时有〉科学注——甲戌中秋偶成》《莎士比亚外篇》《哥白尼，伽利略，米开朗琪罗的〈夜〉》等，《数字杂说》亦在其列。

·2· 科技日报 1994年10月30日

数字杂说

1994年10月30日《科技日报》2版登载的《数字杂说》（局部）

《〈水调歌头·明月几时有〉科学注》一文发表在1994年9月18日的《星期刊》上，编者加了按语：“苏轼的名篇《水调歌头·明月几时有》脍炙人口，历代的评论和注释不计其数。卞毓麟先生……为这首词作科学注释，可谓别开生面……科普文章的形式是多种多样的。希望读者、作者和编者共同探讨新颖、生动的各种科普文体，以实现我们的办刊宗旨——在大文化的框架中注入科学的精华。”

这篇《科学注》发表后，我曾呈送一些文学界的朋友，他们大多觉得“有点意思”。我想，这是一个良好的开端，只要坚持做下去，科文交汇当可渐成气候。自不待言，这要有一个过程，不可能搞“短平快”。

六个星期之后，当年的10月30日，《星期刊》发表了《数字杂说》。数字的发明和发展，是人类文明进步的重要标志。数字的历史非常有趣，数字的文化丰富多彩，特别是在汉语文化中，以数字作为基本元素的诗词、对联、灯谜等，更是为人们的生活带来了无穷的乐趣。文中列举的以五行和五方与十个数字相对、巧妙地概括诸葛亮一生的那副旧联，便可谓兴味盎然：

收二川，排八阵，六出七擒，五丈原前，点四十九盏明灯，一心只为酬三顾；

取西蜀，定南蛮，东和北拒，中军帐里，变金木土革爻卦，水面偏能用火攻。

所以说，写一篇轻快的短文，说说数字的历史沿革，谈谈数字的美学功能，岂不是很引人入胜的事情吗？而在另一方面，时至今日，却仍有不少人迷恋现代的“占数术”——如痴如醉地想要8888168这么一个电话号码便是典型的一例，对此也颇有必要一揭真相。正是在这双重驱动下，我用尽可能朴素的词语写下了这篇《数字杂说》。

收录《数字杂说》的《语文》课本样例

我本是学理科出生，1965年从南京大学天文系毕业，到中国科学院北京天文台从事科研工作，20世纪70年代后期开始科普写作。80年代，我的千字短文《月亮——地球的妻子？姐妹？还是女儿》入选人教版初中课本《语文》第六册，后来又有几篇文章入选不同的语文读本。沪教版“九年义务教育读本六年级第二学期”《语文》收入《数字杂说》一文，使我既感荣幸，更觉任重而道远。

确实，做好科学普及，尤其是科文交融，绝不是那么容易的。例如，如何言简意赅地介绍诸如“黑洞”和“大爆炸”这样的概念？诸如“星座”和“外星人”这样的题材，又如何向青少年朋友文理并茂地娓娓道来？这些都没有现成的答案，亦非三言两语所能道明。但是，“没有枯燥的科学，只有乏味的叙述”，只要肯下苦功夫，困难终归是可以克服的。

与此同时，我们的读者朋友也必须占据一个高视点，来鸟瞰科技发展所置身的社会、文化、心理环境。只有这样，才能更深刻地认识当今时代的变革，并有效地在变革中求得发展。有一些语文教师，对科学似乎有点畏惧。其实这是不必要的。科学也同艺术一样，人人皆可欣赏。一开始可以多读一些科学小品和科学新闻，日积月累，底子渐渐厚了，就可以尝试阅读较为系统的科学基础和科学史读物了。

“决意取得真经，便有路在脚下。”愿与《语文学习》的作者、编者、读者朋友共勉。

原载《语文学习》2010年1月号

[附录] 数字杂说

即使目不识丁的人，通常也会数数，诸如一棵树，二本书，三元钱，等等。不过，纵然是饱学之士，倒也未必尽识数字的身世、数字的情趣，乃至数字的遗憾。

《梦天集》书影

数字的发展走过了漫长的路程。大约4000年前，地中海东岸的腓尼基人发明了字母表。它在传播的过程中，或多或少地发生了种种变化；例如，古老的希腊字母和希伯来字母就不太一样。但是，古代希腊人和希伯来人都曾用字母表中的字母依次代表数字。后来，人们也曾用英语字母代表过数字；例如依次用A、B、C、D代表1、2、3、4；I、J、K、L代表9、10、20、30，等等。

大约2000年前，古罗马人统治着整个地中海周围跨越欧亚非三洲、直达大不列颠岛的辽阔地域。他们创立了一套书写数字的独特方法：用Ⅰ、Ⅱ、Ⅲ、Ⅴ、Ⅹ分别表示1、2、3、5、10；Ⅳ和Ⅵ分别表示4和6，其中的奥妙是：“若较小的数字紧靠在较大数字的左侧，则表示两者相减；若紧靠在较大数字的右侧，则表示两者相加”，所以Ⅳ表示Ⅴ（即5）减去Ⅰ（即1），Ⅵ则是Ⅴ加上Ⅰ；同理，Ⅶ和Ⅷ分别表示“Ⅴ加Ⅱ”和“Ⅴ加Ⅲ”，即表示7和8；Ⅸ和Ⅺ则分别表示“Ⅹ（即10）减Ⅰ”和“Ⅹ加Ⅰ”，即9和11。代表数字的符号，在书写时的顺序非常重要。

在罗马记数法中，还用L代表“50”，C代表“100”，D代表“500”，M代表“1000”。所以，1994用罗马数字书写，就是MCMXCIV，其中从左到右依次为：M(1000),CM（1000减100，即900），XC（100减10，即90），以及IV

（4）。要是把这些数字符号重新排列一下，变成MMCXCVI，那么它就不是表示1994，而是代表2196了。

创造出这些记数方法，是人类文明进步的象征。然而，它们毕竟还不够方便。比如说，今天在全世界广泛使用的“阿拉伯数字”，就要比使用罗马数字简便很多。

有趣的是，发明“阿拉伯数字”的并不是阿拉伯人，而是印度人。2000余年前，印度人首先使用了1，2，3，…，9这九个数字；他们书写时，用最右边的数字代表有多少个“1”，其左边的数字代表有多少个“10”，再左边的数字代表有多少个“100”，如此等等。例如，1994就表示一共有4个“一”、9个“十”、9个“百”、1个“千”。这在今天，就连小学生也是非常熟悉的了。

这种写法有一个缺陷：比如说，它很难将“3500”和“35000”区分开来。公元8世纪前后，印度人又发明了一个代表“根本没有”的符号：“0”。于是，就可以很清楚地用3005来表示3个“千”、没有“百”、没有“十”和5个“一”了。

用这种印度数字进行数字运算，不知要比用罗马数字或用字母符号方便多少。因此，它渐渐地传遍了全世界。阿拉伯人首先将印度数字传到了西亚、北非和西班牙，这就是欧洲人称它为“阿拉伯数字”的原因。

我国广泛使用“阿拉伯数字”迄今不过一个世纪。然而，数字在我国却有着独特而悠久的发展史。在距今7000年至5000年的半坡文化遗址中，一些彩陶上刻画的简单符号很可能就是最原始的文字和数字。在距今3000余年前的殷墟甲骨上，已有代表“一、十、百、千、万”的专门数字。距今约3000年的西周钟鼎文中还用到了隔位字“又”，例如“六百又五十又九”，即659。后来，我们中国人又创造了表示空位的符号“〇”；它与“阿拉伯数字”中的0相比，可谓大同小异。

甲骨文中的各种数字图形

数字之妙远远不局限于数学王国本身。它的概括力使人易于记忆，便利交谈。“二十四史”“三十六计”“三好学生”“七大奇迹”“四项基本原则”“七十七国集团”……诸如此类的例子，委实不胜枚举。更何况它在文化生活中还给人以无穷的乐趣。例如，在灯谜中，“十（打日本一政治家），谜底：田中”，“99（打一字），谜底：白”，皆系雅俗共赏的上乘之作。在对联中，古往今来令人拍案叫绝的“数字对”亦不乏其例：上下联中均嵌入诸多数字，一一相对，浑然天成。此处聊举以五行和五方与十个数字相对、巧妙地概括了诸葛亮一生的旧联一则，以为助兴：

“收二川，排八阵，六出七擒，五丈原前，点四十九盏明灯，一心只为酬三顾；

取西蜀，定南蛮，东和北拒，中军帐里，变金木土革爻卦，水面偏能用火攻。”

然而，数字却也有自己的苦恼，本来和它毫不相干的事情，偏偏总有人硬往它身上安。过去人们用字母代表数字时，有的数字写出来就像是一些单词；例如，人们曾用英语字母E代表5，用O代表60，用W代表500，于是，565写出来就是WOE，正好和英语单词“悲哀”的拼法完全一样。因此，人们认为565是一个不吉利的数字。古希腊人和希伯来人甚至创造了一套方法，故意让用字母表示的数字带有一定的含义，这就是所谓的“占数术”。其实，它和“占星术”一样，纯系无稽之谈。

分外可悲的是，“占数术”这种骗人的鬼话，居然在今天的中华大地上再度看好走俏。君不见，有人如痴如醉地想弄上8888168这么一个电话号码——期盼着“发发发发，一路发”；君不见，有人视7424994这个号码如丧门之神，仿佛那真会害得他“妻死儿死舅舅死”。如今，人们仿佛对这种畸形的文化现象已经见怪不怪了。其实，数字和“发”或“死”又有什么关系？

原载《科技日报》1994年10月30日2版，

1999年收入“中国科普佳作精选”《梦天集》

决意取得真经，便有路在脚下

尹传红君小我25岁。我们的交往始于20世纪90年代，缘由是对一代科普大师艾萨克·阿西莫夫作品的共同爱好，还有对阿西莫夫其人的景仰。这种仰慕的情愫殊难言状，但新交有此同好，往往很快就会变成似已熟识的老友。这听起来有点儿微妙，但细究原由，似乎总离不开“科普情结”这几个字。

传红年富力强，做事认真，既有几分书呆子式的执著，又是一位勤奋而活跃的记者。所以，从他那里听到任何新闻都不足怪。可是，2005年夏的一天，他的一个决定却令我陡然一惊。他说，受《科技日报》有关方面领导的鼓励和敦促，自己将在报纸上开设一个名为“科学随想”的个人专栏，其性质是科学随笔，每周登出一篇，话题则不受限制。

浙江省科学技术协会主办的第29期“科学会客厅”，左起：主持人张艺馨，嘉宾卞毓麟和尹传红（2012年8月18日于杭州）

这类事情，对某些人来说似乎不难。例如，“老牌”专栏作家阿西莫夫生前就曾干得有声有色。但年轻的传红接这“活计”我却颇有疑虑：此事开张容易持久难，你传红毕竟不是阿西莫夫，要是不事先准备好十篇八篇文章，万一到时候特别忙（我知道他向来都很忙），或者生个病什么的，稿件跟不上怎么办？要不，就事先找几个好朋友订个君子协定，到关键时刻挺身而出抵挡几个回合。想当年，金庸写武侠连载，有急事分身乏术，不就是请倪匡顶了一阵子吗？

没过多久，传红便不温不火地干起来了。他认为这事对自己是一种考验、一种挑战。此外，有领导支持，估计也会有读者喜欢，可说是个人进步、发展的机遇，值得为之一搏。于是，从2007年7月开始，周复一周，在《科技日报》“传红专栏”中就出现了这样一系列文章：

我们还要不要科学偶像

倾听“大爆炸”的回响

干细胞研究的政治经济学

造个智能机器有多难

……

传红的专栏文章，我觉得相当好看，据说也获得了一些读者的好评。它们究竟有什么鲜明的特色？读者自有见地，毋庸我等赘述。在此，我只想借用两位名人的话来稍加评析。第一位还是阿西莫夫，第二位则是朱自清。阿西莫夫推崇非常平实，甚至是口语式的文风。他在其最后一卷自传《人生舞台》中，用“平板玻璃”作比喻，对写作风格做了极精彩的诠释。他说：“理想的平板玻璃，根本看不见它，却可以透过它看见外面发生的事。这相当于直白朴素、不加修饰的作品。理想的状况是，阅读这种作品甚至不觉得是在阅读，理念和事件似乎只是从作者的心头流淌到读者的心田，中间全无遮拦。”

我们喜欢阿西莫夫的作品，非常重要的原因之一，就在于作者想说的话能够“毫无遮拦地从自己的心头流淌到读者的心田”。读传红的科学随想，有时也会依稀产生类似的感觉。

至于说到朱自清，那是因为大多数科普和科学文化类作品都有一个共同追求的目标，即“雅俗共赏”。60年前，朱自清先生写过一篇《论雅俗共赏》的文章，其中谈到：

“抗战以来又有‘通俗化’运动，这个运动并已经在开始转向大众化。‘通俗化’还分别雅俗，还是‘雅俗共赏’的路，大众化却更进一步要达到那没有雅俗之分，只有‘共赏’的局面。这大概也会是所谓由量变到质变罢。”

“只有‘共赏’的局面”，就是到了炉火纯青的境界。至于如何才能真的达到“只有‘共赏’的局面”，那恐怕是只能意会而难以言传了。这种局面，既是我本人的追求，更是我对传红乃至比传红更年轻一代的科学作家的期望。

（左）朱自清先生，（右）三联书店版《论雅俗共赏》书影

传红写作很用心。对此，我曾领教多次。有时，晚上正准备歇息，忽然电话铃响了：嗨，又是传红，来“请教”文章中这句话该怎么说、那个词该怎么用……有时，我觉得几种说法都可以，用哪个词儿都无妨，可传红还在电话的那一头“唠叨”，在解释自己如何体会它们之间的细微差异。

这种“傻”劲，对于做学问、写文章都很有好处。天长日久，就会令人刮目相看。在写作理论中，学术界历来关注写作的发展程序。对此，我很赞成朱光潜先生的“四境”说。朱先生有一部名著叫作《谈文学》，主要是谈论写作。他将写作发展过程分为“疵境”“稳境”“醇境”和“化境”这样四种境界。初习者处于“疵境”，其特点是“斑杂不稳”，虽偶有好处，但总体上瑕疵尚多。待他们通过学习和历练，达于“稳境”的时候，文章就变得平正工稳、合乎法度了。但这时往往仍不够精彩，也缺乏创新。再经过“荟萃各家各体的长处，造成自家所特有的风格”，便进入凝练典雅的“醇境”了。任何人只要肯下苦功夫，都可以达到这种极人工之能事的境界。然而，这一切都还属于“匠”的范畴。写作的最高境界是“化境”，是成熟的艺术修养同卓越的胸襟修养相交融，是炉火纯青的功力与山高水长的人格之统一。这，只有极少数幸运者才能企及。

朱光潜先生阐发的，是写作的普遍规律。无论是文学创作，还是科学写作，其发展程序概莫例外。在此重温朱公旧议，既为读者提供一把尺子，可以量一下传红科学随想的厚薄深浅，更可供传红本人观照，自己身在何境、复将迁往何境，乃至何以始得由此境而进入彼境？倘有客问："依君之见，传红科学随想当属何境？"我必莞尔答曰："来日方长，唯期有朝一日，其作品能出'醇'入'化'。"

这部《星星还是那颗星星——科学随想》共分六辑，选录了近年来传红在《科技日报》"传红专栏"和《北京晚报》"身边的科学"专栏等发表的80余篇科学随笔。今年夏天，传红问我，是否可以为《星星还是那颗星星》写一篇序。鉴于这些文章我大多阅读或浏览过，我们又相当熟悉，遂当即欣然应命。

星星还是那颗星星
科学随想
尹传红 著

尹传红著《星星还是那颗星星——科学随想》，上海科技教育出版社，2009年

那时，正值任继愈、季羡林二老相继驾鹤西归，我不由想起季先生为卞毓方散文集《长歌当啸》一书作序的事。季先生这篇"序"，长达4500字。序文结尾极其发人深省："总之，一句话，我过去是俗话所说的，从窗户棂里看人，把卞毓方看扁了。现在我才知道，毓方之所以肯下苦功夫，惨淡经营而又能获得成功的原因是，他腹笥充盈，对中国的诗文阅读极广，又兼浩气盈胸，见识卓荦；此外，他还有一个作家所必须具有的灵感。"

回想当初我担心传红"稿件跟不上怎么办"，似乎应了季先生所言把某人"看扁了"的俗话。再套用季老的句型，现在我才知道，传红之所以肯下苦功夫，惨淡经营而又能获得成功的原因是，他博览精思，对科学技术阅读极广，又兼胸怀大志，见识不俗；此外，他还有一个科普作家所必须具有的灵感。

传红在《科技日报》工作多年，对这张报纸感情很深，而我与《科技日报》亦颇有缘分。十多年前，我正在中国科学院北京天文台从事天体物理学研究，尝应约为《科技日报》撰写了不少科学文化类文章。在1996年发表的短文《"科普道德"随想四则》中，我写下了这样一段话："科普作家只有具备强烈的社会责任感和高尚的职业道德，方能激情回荡，佳作迭出；

成就卓著的科普人物，大多具有很强的使命感。而科普创作的态度，常常和创作者的动机直接相关。那些误人、坑人甚至害人的‘作品’，往往出于动机不良之辈。只有将科普视为自己的神圣职责，才能真正做到维护科学的尊严……精诚所至，金石为开，决意取得真经，便有路在脚下。”

今天回头看来，传红的科普取经路，走得既艰辛也舒坦。他曾告诉我，能够在少年时代通过科普读物“结识”阿西莫夫，并由此而改变了自己的人生道路，是他一辈子的幸事。作为多部阿西莫夫作品的译者，我对此深感快慰，也很能理解他的这种真挚感情和矢志追求。如今，他仍一如既往地在自己的业余天地里博览精思、辛勤笔耕。我相信，他必能深深牢记：科普，绝不是在炫耀个人的舞台上演出，而是在为公众奉献的田野中耕耘。

趁着作“序”的机会，写下这些话，意在与传红、亦与读者诸君共勉：让我们携起手来，为科教兴国，为自主创新，为贯彻实践科学发展观，也为人类文明的科学之花开遍全球而奋力前进吧。

为尹传红著《星星还是那颗星星
——科学随想》一书作“序”
2009年10月，于上海市徐汇区蒲汇塘畔小闸桥侧

从“梦天”的由来说起

“金苹果文库”的每种图书都有一个卷首篇，统一名之曰“我与科学世界”。本文即《宇宙风采》一书之“我与科学世界”，此处题目系新添

经常写作的人往往都有自己的“笔名”，我也有一个笔名叫“梦天”。不少朋友都说这个笔名真好，因为它很富有诗意。其实，我最初想到用这个笔名，只是出于一个很简单的理由：因为我从小就梦想成为一名天文学家。

宇宙中蕴藏着无穷的奥秘。古往今来，不知有多少人，从幼小的童年时代开始，就爱上了满天的星星，爱上了繁星密布的天穹。研究星星和宇宙的科学就是天文学，而天文学家就是专门探索和揭示宇宙奥秘的人。

人们往往很难说出：自己是从哪一本书上第一次学会了认字。与此相仿，我并不清楚自己从哪一本书上第一次学到了最初的天文知识。不过，我依稀记得，还在上小学以前，父母亲给我买了许多好看的书，它们都是《幼童文库》的成员。对于《幼童文库》的作者和出版社，我没能留下确切的记忆。但是，我至今还保留着这样的印象：《文库》中的每本书都很薄，但每张纸倒是厚厚的，彩色的图画很美丽，书中的字不多，好些字我都认识。我记得，其中有一本书说到了地球绕着太阳转，月亮绕着地球转，还说到了水星、金星、火星、木星，等等，它们也像地球一样，都是绕着太阳转圈子的行星。总之，这是一本幼儿爱看的介绍太阳系的书。

《宇宙风采》书影

我的小学阶段，主要是在20世纪50年代初度过的。当时，朝气蓬勃的新中国对孩子们的教育取得了巨大的成功，“三好”“五爱”铭记在我们这些“红领巾”的心头。在我们幼小的心灵中，“祖国”“人民”“科学”……这些词儿有着无与伦比的巨大吸引力。

《星星是我们的好朋友》书影（河北教育出版社，1993年）

1956年，正当我上初中二年级的时候，祖国的大地上响彻了“向科学进军”的嘹亮号声。国家制订了《1956－1967年科学技术发展远景规划纲要（草案）》，科学家们夜以继日地工作，中华全国科学普及协会与中华全国总工会还联合召开了全国第一次职工科学技术普及工作积极分子大会。科普书刊比以前更多了。我看了不少天文通俗读物，它们是多么迷人啊。于是，我开始学习认星星了。这并不很难，但是要持之以恒。许多年以后，我为少年朋友们写了一本书，名字就叫《星星是我们的好朋友》，在这本书的代前言《星星朋友在召唤》中，我写道：

> 夜幕降临，仰望长空，一颗颗明亮晶莹的星星就像镶嵌在天穹上的明珠。
>
> 你再仔细看看，它们好像正在淘气地向你眨着眼睛——也许，它们是在亲切地和你打招呼吧？看来，它们还挺想和你交朋友呢。
>
> 和星星交朋友？这可是个好主意。其实，这挺容易的。古代人在几千年以前就认识星星了——那时候的科学还那么落后呢，难道你生活在今天还不能吗？
>
> 肯定能。很快地，你就能叫出许多星星的名字了，就像呼唤你们班上的同学那样方便……

当时，我们这些初中生已经有了自己的憧憬：“我想当飞行员”“我想当作家”“我想当老师”……当我说自己“想当一名天文学家”时，老师是那么认真地注视着我。我不知道这目光是赞许，是怀疑，或者还有别的什么含义。但是，我猜想，其中一定包含着深情的期待。

时间过得很快，我成了一名高中生——在上海市卢湾中学。我至今清楚地记得，母校的老师们对于教书育人是那样地投入，几乎每一门课都讲得那么精彩。这使学生们的求知欲明显地更旺盛了。那时，我对古典文学、历史人物等都很感兴趣，而更喜爱的则是科学知识，尤其是数学令我入迷。我提前自修完高中数学，并津津有味地钻研起高等数学来。那时，有一位数学老师——他的名字叫翁琪倩，课讲得很好而身体却很差，曾有几次临时因病未能上班，我还代他讲了几堂课。当时，我是在班主任陆德裕老师的亲切鼓励下，在全班同学友好而信任的气氛中，顺利地完成任务的。

那时，也和今天一样，有许多课外小组。我参加的是数学小组。中学毕业，高考来临之际，我填报的第一志愿是南京大学数学天文系，结果被录取了。1960年8月，赴南京大学报到前，曾参加校外天文小组的冯玉润同学送给我一幅星图，至今我还妥善地保存着。

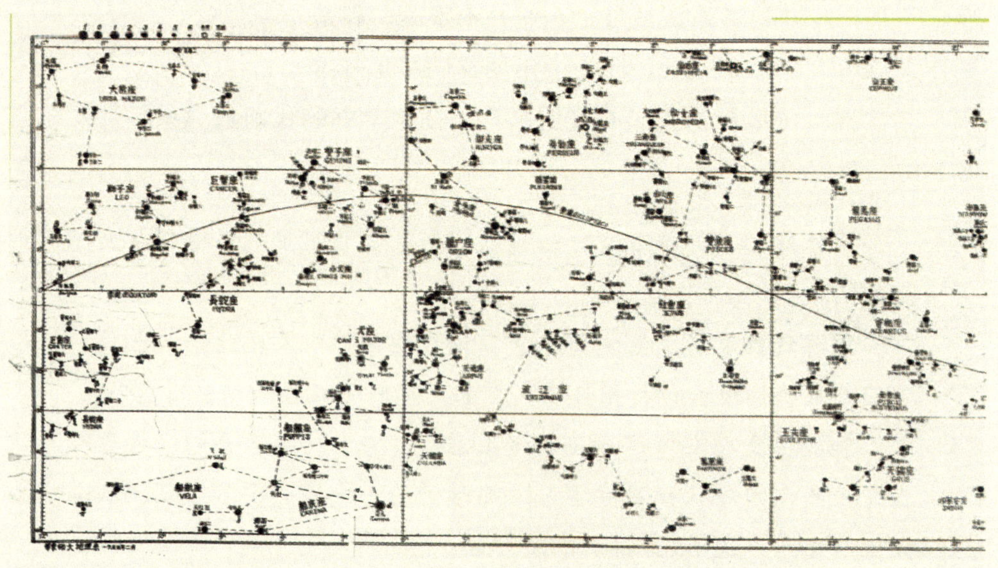

高中同窗冯玉润赠我的这幅星图（局部），系华东师范大学地理系1955年供教学和爱好者认星而制作的，未正式出版。半个多世纪之后，纸质已颇有沧桑感

后来，数学天文系分成了数学、天文两个系，我在天文系学习。大学时代的生活很清苦，但心情相当愉快。南京大学不仅有许多遐迩闻名的系科和教师，而且有读之不尽的各门各类的藏书。天天有好书可读，常有精彩的课

外讲演可听，其乐趣是很难用笔墨形容的。虽然这篇短文不可能详述大学时代的生活，但我必须提到我们的系文任戴文赛教授。那时他50来岁，待人和善，深受全系师生尊敬。他很博学，讲课时逻辑严谨，条理分明。尤其使我感动的是，他数十年如一日热心于普及科学知识。1979年3月，先生病危之际，依然“烈士暮年，壮心不已”，为《戴文赛科普创作选集》一书前言写道：“我们科学工作者，应该拿起笔来，勤奋写作，共同努力，使我们中华民族以一个高度科学文化水平的民族出现在世界上。”一个多月后，戴先生与世长辞。

1965年，我大学毕业，分配到中国科学院北京天文台工作，也成了一名专业天文工作者，至今已经32年。我在从事科研工作的同时，也一直笔耕不辍，创作和翻译了大量科普作品。前面已经说过我最初使用笔名“梦天”的缘由。如今，这个笔名又有了一层新的涵义，那就是——

我国古代天文学取得了举世瞩目的成就，但从明朝末年以来却日渐落后于西方发达国家。我有时在梦中也会想到：中华民族的天文事业何时能在世界上重振雄风，再显辉煌！

最后，我还乐意顺便告诉大家：曾经有不少人问我，“你是怎样治学和写作的？”我用16个字做了回答，现抄录如下，愿与青年朋友们共勉——

“分秒必争，丝毫不苟；博览精思，厚积薄发。”

1996年12月于北京市朝阳区科学园南里

十年盛事亲历小记

"金苹果文库"的每种图书都有一个卷首篇，统一名之曰"我与科学世界"。本文即《群星灿烂》一书之"我与科学世界"，此处题目系新添

"科学普及的'火车头'应该由什么人担当？"曾经有一位记者这样问我。

"这就要问，谁对科学最了解，最有感情？当然是站在科学发展最前沿的科学家。尤其是，关于当代科学技术的前沿知识和最新发展，首先必须由这些科学家来传布。如果把传播科学比作一场球赛的话，那么科学家就是无可替代的'发球员'。我想，你说的'火车头'大概也是这个意思吧！"我回答。

当然，有了"发球员"还要有"二传手"。这样才能调动社会各方面的积极性，把科学之球传到千千万万的社会公众中去。

《群星灿烂》书影

回想将近10年前，1992年10月末，我曾在"亚太地区天文教育讨论会"上做过一个报告。报告一开头，我就说了这样几句话：

"法国政治家克列孟梭有一句名言：'战争太重要了，不能单由军人去决定。'

"美国科普作家阿西莫夫仿此句型，引出了又一名言：'科学太重要了，不能单由科学家来操劳。'他的意思是说，全社会、全人类都必须切实地关心科学事业。

"作为一名科学普及事业的热心人，我想这样说：'科学普及太重要了，不能单由科普作家

来担当。’”

后来，很多新闻媒体都报道了这些话。那天上午的报告是用英语讲的，我相信国外代表都听懂了，所以他们的现场反应甚至比国内代表更活跃，共鸣也更强烈，报告三次被掌声打断。

此后，我又积极参与过多次这样的活动。例如，1995年9月8日至11日，在中国科学院北京天文台兴隆观测站举行了“全国第一届高校天文选修课研讨会”。会议共安排了3个特邀报告，其中包括国际天文学联合会教育委员会主席约翰·珀西的书面报告《天文教育：国际概貌》，也有我讲的《从“公众理解科学”到天文选修课》。

1995年10月16日至18日，由中国科协主办在北京中苑宾馆召开了“’95公众理解科学国际会议”，这是中国首次举办科学技术普及方面的国际会议。出席那次会议的有来自美国、英国、日本、法国、墨西哥、南非、菲律宾、荷兰、挪威等14个国家的102名代表。大会聘请美国芝加哥科学院副院长、公众理解科学国际比较协调委员会负责人米勒教授为国外特邀顾问，我本人则是大会学术委员会成员。我在大会上的报告《公众理解科学和中国的天文普及》引起相当大的反响。报告时，我还出示了闵乃世先生创作的《天文七巧》——一系列天文纸模型，在我报告结束时，一位菲律宾女士竟立即走到我跟前问：“我能不能买下你这个模型？”

1995年11月拜访20年前一同参与筹建上海天文馆的老友闵乃世（左）。闵手执中文版《宇宙的起源》（[英]约翰·巴罗著，卞毓麟译）一书，卞手持闵独创的“天文立体书”一册

接着，1995年11月8日至10日，中国天文学会第八次全国会员代表大会在中国近代天文学的发祥地南京召开。我在大会上做了特邀报告《“公众理解科学”与天文普及》，后来收入了上海科技教育出版社正式出版的这次会

议的论文集。

“公众理解科学”是国际上用以表示社会公众对于科学的理解和态度的通用术语，英语中称为Public Understanding of Science，它与我们常说的“科普”稍有不同。“公众理解科学”一语的行为主体是“公众”；“科普”的行为主体则是科学素养较高的人员。简单说来，“公众理解科学”主要包含以下几个方面：

第一，公众对科学技术的兴趣和需求。例如，公众获得科技信息的途径，对科学技术的兴趣程度，对科技信息的需求程度、了解程度、消费状况等；

第二，公众的科学素养。例如，对科学术语的理解，对科学知识的理解，对科学方法的理解，对科学过程的理解等；

第三，公众对科学技术的态度。例如，公众对科学技术之社会影响的看法，对科学技术所抱的期望，对一些科学研究领域的看法，对科学家的了解与态度，对本国科技发展的态度等。

1996年2月7日至9日，在北京召开了全国科普工作会议。这次会议对于深入贯彻中共中央、国务院《关于加强科学技术普及工作的若干意见》，对于在全国范围内把科普工作推向新的高度，具有十分重要的意义。这次会议的开幕式，由国家科学技术委员会副主任邓楠主持。宋健、周光召等领导同志先后在会上讲话。我是作为特邀代表参加会议的，并在2月8日上午的全体大会上发言，题目是《责无旁贷，任重道远——在新的历史时期为科普事业多做贡献》。

2月9日下午，党和国家领导人在人民大会堂接见全体代表。然后，表彰先进、颁发证书，朱光亚讲话，温家宝致闭幕词。我本人也被表彰为“全国先进科普工作者”，心情激动之余，也更加觉得任重而道远了！

1996年7月28日，“第一届海峡两岸天文推广教育研讨会”在台湾省嘉义市召开。中国天文学会组成12人的代表团前往参加，由中国科学院紫金山天文台台长张和祺先生任团长。会议由嘉义市天文协会主办，大量工作都是在该会总干事李荣彬先生组织协调下完成的。尽管那里的专业天文人员极少，经费又由会员自掏腰包，但是协会的号召力很强，人心很齐，工作效率甚高。开会当天，正好是我的生日，会间休息，热情的东道主还特地安排了庆

1996年7月在台湾省嘉义市召开“第一届海峡两岸天文推广教育研讨会”。右持话筒者为嘉义市天文协会李荣彬总干事，左立者为本书作者。主席台就座者左二为嘉义市天文协会林芳雄理事长，左三为中国科学院紫金山天文台台长、中国天文学会参访团张和祺团长，左四为台湾天文界德高望重的前辈学者蔡章献先生

祝，令我十分感动。我在会上讲的是《科学推广教育与天文普及宣传》，再次谈了研究“公众理解科学”问题的理念、方法和抽样调查结果。

在台湾参观访问期间，我印象最深刻的是那里非常成功的“义工”活动。“义工”者，义务工作也，是不取任何报酬的。在台北参观故宫博物院，我们抵达时，已有一位40开外的李小姐在等候。她自我介绍说，今天的参观由她讲解，问我们容许停留多长时间，重点希望看哪些部分，等等。两小时参观下来，我们感到她的讲解水平和专业学识都很高，便不禁问道：“您在这里工作多久了？”而她的回答是：“我是一名中学教师，是这里的义工，今天休息，来给你们讲解。”

到台中参观国立自然科学博物馆时，主人特地安排我们和当地的中学生见面，回答他们提出的各种天文问题。直到我们要离开了，还有许多学生围着提问。这时，有一位身穿该馆工作服的老人在旁一边示意学生不要再问

了，一边向我道谢。我问他在馆里哪个部门工作，只听他自豪地答道：“我是这里的义工。”

2000年，科普界有一件大事，那就是11月6日至9日，在北京中国科技会堂召开了“2000年中国国际科普论坛”。这次大型国际性会议是由国家科学技术部、中国科学技术协会、中国科学院、国家自然科学基金委员会共同主办的。会议的论题相当广泛，报告的总体水平也相当高。到会的外宾除米勒教授大家比较熟悉外，还有诺贝尔物理学奖得主莱德曼，美国《科学》杂志编辑鲁宾斯坦，国际上著名的反伪科学斗士、魔术师兰迪等。我也是这次论坛的学术委员会委员。

这次大会开得很成功，除全体大会外，还有“出版与科学传播”“场馆与基地”“科普与社会发展”等6个专题分头进行。国内学者安排在主会场做全体大会发言的有王绶琯先生谈《关于科学方法和科学精神的普及》、张开逊先生谈《今天传播什么》等，我也是大会发言者之一，所讲的题目是《理念与实践——一名科普工作者的个人汇报》。

在“2000年中国国际科普论坛”筹备期间，10月9日上午学术委员会开会，下午《科学时报》记者张苏开车送李元先生和我一同去看望卞德培先生。自从卞德培先生患直肠癌以后，我们已经多年未见面了。那天他特别高兴，我们谈了两个来小时，张苏为我们拍了许多照片。真没想到这竟是我和他相见的最后一面，2001年1月15日卞德培先生与世长辞。

2000年11月，在“2000年中国国际科普论坛”上与“公众理解科学”研究领域的领军人物之一、美国学者米勒教授合影。背景照片人物为（左起）帕特里克·穆尔、蕾切尔·卡逊和卡尔·萨根

卞德培一生做了大量天文普及工作。1998年，国际天文学联合会将6742号小行星命名为“卞德培”，6741号小行星则以著名天文普及家“李元”的名字命名。2000年，卞德培荣获法国天文学会颁发的弗拉马里翁奖，以表

彰他“在天文学领域中的积极活动”。我很敬重卞德培先生。2001年2月，《科学时报·读书周刊》以整版篇幅刊登多人的文章悼念卞德培，我写的悼文题为《平易而不懈怠，亲切而无矫揉》，你可以在这本《群星灿烂》的最后一部分“回忆与希望”中读到它。

其实，不仅仅是卞德培先生，科普界许多人的事迹都很令我感动。我相信，读了这一大批“金苹果文库”，许多人也都会有同样的感受。我们的时代需要更多无私奉献的科学普及家，我想，具有强烈社会责任感的科学家和科普作家都应该拥有这样的情怀。

卞毓麟2001年12月

上海市徐汇区田林街道小闸桥畔

《追星》的创作理念与实践

概述

《追星——关于天文、历史、艺术与宗教的传奇》是一部科学与人文“联姻”的作品。全书以天文学发展为主线，在广阔的历史背景中引出古今中外大量与之相关的人文要素，展现了一种新颖的创作风格。身为该书作者，我将它的读者对象定为广义的社会公众，在创作手法上，我努力追求科学性与文学性的有机统一，追求历史感与画面感的圆满呈现，追求准确及时地反映最新科学进展，追求平易朴实的语言风格，并尽力顾及中西文化的观照与比较。

《追星》自2007年年初问世以来，获得了广泛的社会关注。新华社发了通稿，有近30家媒体发表书评或报道。4年来，《追星》获得的主要褒奖，按时间先后依次有：“2007年度上海市优秀科普作品”“2007年度科学文化与科学普及优秀图书奖”“新闻出版总署第五次向全国青少年推荐百种优秀图书”(2008年)、“第四届吴大猷科

《追星——关于天文、历史、艺术与宗教的传奇》荣获2010年度国家科技进步奖二等奖

学普及著作奖创作类佳作奖”（2008年）、中国科协成立50周年“10部公众喜爱的科普作品”之30个入围项目之一（2008年）、第四届国家图书馆文津图书奖（2008年），以及“2010年度国家科学技术进步奖二等奖”。上海市科协和山东电视台专门以此书内容为基础,录制了电视系列节目“科普新说”的“‘追星’系列”共10集，并制作了相应的多媒体光盘。

《追星》的创作有其偶然性，更有其必然性。说其偶然，在于匡志强和洪星范二位昔日同事向我约稿，几经商议之后，决定立即动手撰写此书。详见匡志强先生文章《回眸〈追星〉》。言其必然，在于我早就想写一本此种类型的读物，但因事冗未曾动笔，匡、洪二位的约稿实际上促成了它的落实。

下面先从写作的初衷谈起。

写作初衷

1959年，英国著名作家C.P.斯诺在剑桥大学做了《两种文化和科学革命》的重要演讲，提出了科学文化和人文文化的分歧与冲突。他说：

“事实上，在年轻人中间科学家与非科学家之间的隔阂比起30年前更是难沟通了。30年前这两种文化早已不再相互对话了。然而他们至少还可以通过一种不太自然的微笑来越过这道鸿沟。现在这种斯文已荡然无存，他们只是在做鬼脸而已。”

斯诺的看法是，两种文化的隔阂，都是由于狂热推崇专业化教育引起的，解除这种局面“只有一条出路：这当然就是重新考虑我们的教育”。

斯诺的见解是有道理的。又是半个世纪过去了，他提出的问题在许许多多国家——包括中国——非但未见明显改善，反倒有更现恶化的趋势。这令各国的有识之士深感担忧，并发表了许多精辟的论述。例如，关于科学家和非科学家之间的隔阂，美国科普泰斗艾萨克·阿西莫夫在其百万言巨著《最新科学指南》的序言中就有非常深刻而生动的描述（卞按：参见本书《一代巨匠，为世人留下什么》文中“欣赏科学”一节）。但是，阿西莫夫指出，要能满意地欣赏一门科学的进展，并不非得对科学有完全了解。

“没有人认为，要欣赏莎士比亚，自己必须能够写一部伟大的作品；要欣赏贝多芬的交响乐，自己必须能够作一部同等的交响曲。同样地，要欣赏或享受科学的成果，也不一定要具备科学创造的能力。

“那么我们能做什么呢？处于现代社会的人，如果一点也不知道科学发展的情形，一定会感觉不安，感到没有能力判断问题的性质和解决问题的途径。而且对于宏伟的科学有初步的了解，可以使人们获得巨大的美的满足，使年轻人受到鼓舞，实现求知的欲望，并对人类智慧的潜力及所取得的成就有更深一层的理解。

“我之所以写这本书，就是想借此提供一个良好的开端。”

我创作《追星》，同样是希望能在沟通科学文化和人文文化方面做一点新的尝试。幸运的是，它取得了一定的成功。我感谢读者对它的肯定，也期待着人们对它的批评。

屈原草就新天问
呵壁龙章化巨槎
载我追星穷宇宙
归来满室散流霞

喜赋卞毓麟老弟《追星》佳作。
几个月来目力骤降，只好借电脑代笔了。

九十岁 王绶琯

著名老一辈天文学家、中国科学院院士王绶琯先生为湖北科学技术出版社推出的新版《追星》（2013年）题诗

读者的定位

《追星》出版后，多家媒体的好几位记者曾问我：“这本书的读者对象究竟是谁？是青少年？还是天文爱好者？”我的回答是：这本书的主要读者对象并非青少年。而且，这本书也不是特地为科学爱好者们写的。我的本意是，它仿佛是为浩瀚的书林增添一道别致的景观，希望游人碰巧看它一眼时，会产生一种“嗨，还真有趣”的感觉。这本书，是为一般社会公众写的，是为乐意看《新民晚报》《南方周末》等的所有读者写的。如果一位原本未必对科学感兴趣的人，偶尔翻翻这本书，竟产生了一种“科学，科学人文，确实还蛮有意思”的感觉，那么本书的初衷也就算兑现了。我们不必计较读者究竟记住了多少具体内容。

简而言之，本书把读者对象设定为具备中等文化程度的广义的社会公众。我们非常希望有更多的读者通过这次愉快的追星之旅，体会到科学非但并不神秘，而且还相当有趣，它就存在于我们每个人身边。当然，科学爱好

者们也会从本书中获得充分的乐趣和收益。

我相信，就我国科普的现状而言，如此定位当不失为一种可取的选择。

科文交融的追求

时下人们经常谈论“科学人文”，其实这并非始于晚近。例如在四分之一个世纪以前，1986年《中国科技报》(《科技日报》的前身)创办《文化》副刊时，包括我本人在内的一些通讯编委就曾共同倡议，将“把科学注入我们的文化”作为办刊要旨之一。为什么要这样考虑？因为大家觉得，在我们的文化中，科学的东西显得太单薄了。因此，应该有意识地把科学渗透到文化的方方面面中去。后来，又有了实质上相同的另一种提法，即“在大文化的框架里融进科学的精华”。1986年1月8日，《中国科技报》的《文化》副刊发表了赵之先生起草的发刊词《我们为什么办文化副刊》，明确提出要“以科学为准绳，用科学来审视过去的文化、用科学来武装现在的文化、用科学来探索未来的文化”。

时任中国科协主席的钱学森先生读到了这个发刊词，曾致函表示赞同这一办刊宗旨，指出《文化》副刊要讲科技对社会文化的贡献，也要讲社会文化对科学技术的贡献。他建议，说科学技术是文化，特别要指出基础科学。此信后来收入了人民文学出版社出版的钱学森著《科学的艺术与艺术的科学》一书（1994年），题为《有必要办文化副刊》。

确实，整个社会文化环境是科学技术赖以生存和发展的条件，人们应当了解它；科学技术又是现代社会文化的脊梁，社会文化的进步需要人们的关心和推动。科学与历史、文学、艺术等，都是人类文明的重要组成部分。《追星》力求从文化的高度，将天文学、历史、文学、艺术等多方面内容熔于一炉，以利开阔视野，多方位地领略科学之美。因此，它不是简单地罗列有关的天文知识，而是把描述对象从星星本身扩展到人类“追星”的历程，将几千年来人类对宇宙的不断探索和思考与当时的社会背景融为一体，并贯穿始终。

我写过不少科普书，但创作像《追星》这样的长篇科学文化类作品却还是第一次。关于科学与人文之交融，我在《追星》一书的“尾声”中表达了这样的理念：“林语堂曾经说过：‘最好的建筑是这样的：我们居住其中，却感觉不到自然在哪里终了，艺术在哪里开始。’我想，最好的科普作品和科学人文读物，也应该令人‘感觉不到科学在哪里终了，人文在哪里开始’。如何达到这种境界？很值得我们多多尝试。”

中国科普作家协会副理事长王直华先生曾对我说：“这本《追星》，主要不是讲星星的故事，而是谈人类‘追星’的历程。倘若它只是介绍星星的知识，那就应该放到‘科学书房’里。而事实上，它讲的是人类如何‘追星’的历史，所以应该在‘人文书房’里占据应有的一席。”《追星》是一部科学与人文联姻的作品。

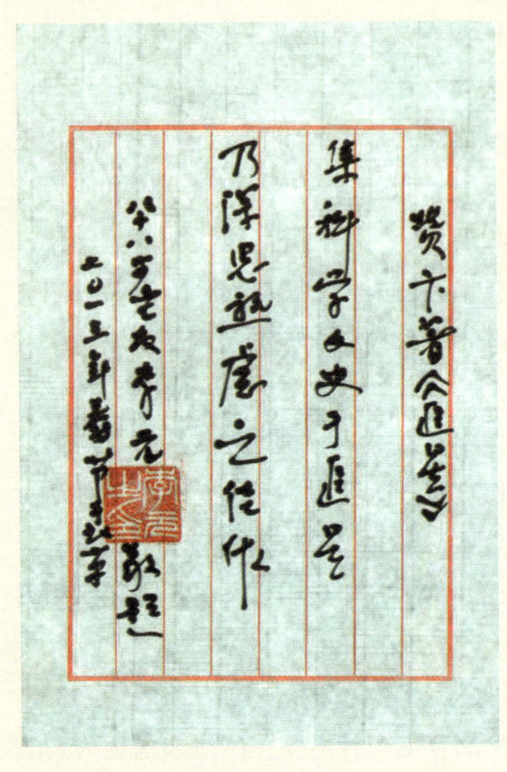
赞卞著《追星》
集科学文史于追星
乃深思熟虑之佳作
八十八老友李元敬题
二〇一三年春节

著名老一辈科普作家、科普活动家李元先生为湖北科学技术出版社推出的新版《追星》（2013年）题词

好几位记者在采访时都问及：“这本书讲天文，却时而谈到历史，时而谈到艺术，时而又谈到宗教。您是怎么把这么多东西捏到一块儿的？”科学界也有一南一北两位老友，不约而同地打趣道：“你居然把这么多杂七杂八的东西全都弄到了一起，好本事！”我说：“并不是我把它们捏到一块或者弄到一起，而是它们本来就是一个整体，我只是努力地反映事情的本来面貌而已。”

科文交融，这是一种追求。

科学性和文学性

什么是好的科普作品？历来有种种判据和说法。有人说，好的科普作品应该充分展示其和谐与美，应该是真与美的完美结合；有人说，好的科普作品应该做到知识性、可读性、趣味性、哲理性兼而备之，浑然一体；如此等等，不一而足。

其实，每一位科普作家都会有自己的偏爱。我本人在少年时代最喜欢伊林；30来岁开始，又迷上了阿西莫夫。当然，房龙、伽莫夫、萨根、马丁·加德纳、保罗·戴维斯、斯蒂芬·霍金，等等，也都是我心仪的大家。我国也有不少优秀的科普作家，从老一辈甚至老两辈的学长直到今天的新锐，此处就不一一列举了。

科普作品要具有良好的传播效果，就要力求兼备科学性与文学性。为此，科普作家就必须加强文学修养。但是，我们在创作中又切忌刻意的舞文弄墨、炫耀所谓的文采。巴金曾经说过："文学的最高境界是无技巧"，这大概就应该相当于武林高手的"无招胜有招"吧。这是一种炉火纯青的表现，也应该是科普作家们共同追求的目标。

《追星》全书之首是一篇"小引"，旨在提示全书的意蕴和脉络。匡志强在《回眸〈追星〉》一文中称其"文情并茂"，并特意转引了400来字，说他和洪星范如何初见这篇"引人入胜的文字，忍不住心里的激动"。这篇"小引"确实起到了它应有的作用，能从一开始就吸引住读者。在谈到早期人类的"这种好奇心和求知欲，渐渐发展成了……研究天体运动、探索宇宙奥秘的天文学"之后，紧接着的叙说很自然地引出了书中的第一位主角——彗星：

> 就这样，人类成了天生的"追星族"——追那天上的星。其实，天上的星星也是千差万别的。它们的明暗、颜色——有时甚至外形——都各不相同。对于上古的初民来说，还有什么比天空中突然出现"一把闪闪发光的大扫帚"更令人惊骇的呢？
>
> 这种外形酷似扫帚的星，就是彗星。人类对于彗星的惊骇，一直持续到近代。我们的追星之旅，也就从这里开始，它构成了本书的第一篇。关于彗星，有着许许多多奇妙的故事。在东西方文化加速交融的今天，过个快乐的圣诞节在我国也渐渐成了一种时尚。我们有关彗星的第一个故事，恰好就是"圣诞之星"……

另外，书中的各级标题也都各具文学色彩。例如，全书的五个篇名依次为《不速之客天外来》（谈彗星）、《传承古人的智慧》（宇宙观念的发展）、《注视宇宙的巨眼》（天文望远镜的历史）、《远离太阳的地方》（关于太阳系的新发现）和《未来家园的憧憬》（空间时代和火星探测），大体上做到了“形式工整，意象优美”。如果《追星》果真能成为“没有枯燥的科学，只有乏味的叙述”这一名言的又一例证，那么我将为此而感到莫大的欣慰。

文风的思考

我一向认为，对于科普创作而言，平实质朴的写作风格是十分可取的。在这里，平实质朴意味着行文直白流畅，叙事条分缕析。这种文字风格有利于读者领悟作者希望别人明白的科学道理，也有利于读者即时琢磨最应该思索的问题。

阿西莫夫曾提出一种“镶嵌玻璃和平板玻璃”的理论（按：参见本书《一代巨匠，为世人留下什么》文中“平板玻璃”一节）他说：

“有的作品就像你在有色玻璃橱窗里见到的镶嵌玻璃。这种玻璃橱窗很美丽，在光照下色彩斑斓，你却无法看透它们。

“至于平板玻璃，它本身并不美丽。理想的平板玻璃，根本看不见它，却可以透过它看见外面发生的事。这相当于直白朴素、不加修饰的作品。

“理想的状况是，阅读这种作品甚至不觉得是在阅读，理念和事件似乎只是从作者的心头流淌到读者的心田，中间全无遮栏。写诗一般的作品非常难，要写得很清楚也一样艰难。事实上，也许写得明晰比写得华美更加困难。”

我赞赏这样的文风。在《追星》的整个写作过程中，我也努力保持这样的风格。许多读者认为《追星》具有很强的可读性，也是因为那种非常平实的写作风格起到了应有的作用。

历史感和画面感

中国教育界和科普界的老前辈顾均正先生，在1953年12月24日的《人民日报》上发表了《向伊林学习》一文。文中指出：“伊林的作品，都用历史观点来表现事物的发展。他批评过去的儿童读物没有时间观念。他在《人和山》的开场白里说：‘好像是世界上各种事物一件件都在这里，但是有一样重要东西没有谈到：时间。它是一个睡着的世界，在这个世界里，时间是停止的。’”

中文版伊林著作选《十万个为什么》和《不夜天》书影（中国青年出版社）

伊林的作品令人爱不释手，有一个重要原因，就是他总是将人类今天掌握的科学知识融于科学认识和科学实践的历史过程之中，用哲学的语言来说，就是做到了“历史的和逻辑的统一”。世上许多令人爱不释手的优秀科普作品，通常也都具有相当鲜明的历史感。钩玄提要地回顾人类认识、利用和改造自然的本来面目，有利于读者理解科学思想的发展，明了科学方法的实质，领悟科学精神之真谛，并由此提高自身的科学素养。

在科普作品和科学人文作品中多多地谈论历史，还有一个好处，那就是有助于人们高屋建瓴地领悟科学的作用。伽莫夫曾经说过，科学的作用，不只是“达到改善人类生产条件的实际目的”，科学“当然也是为了达到这个目的，但这个目的是次要的，难道你认为搞音乐的主要目的就是为了吹号叫士兵早上起床，按时吃饭，或者催促他们去冲锋？”伽莫夫认为，科学的来源就是人类追求对于自然和自身的理解。

在科普作品和科学人文作品中多多地谈论历史，还有助于人们领悟科学家长“三只眼睛”的重要性。“三只眼睛”这一说法，源于美国《每日新闻》对卡尔·萨根的评论：“萨根是天文学家，他有三只眼睛。一只眼睛探索星空，一只眼睛探索历史，第三只眼睛，也就是他的思维，探索现实社会。”

历史是人类文明的画卷。历史作品应该具有强烈的画面感。司马迁的《史记》、塔西佗的《编年史》，都是字里行间充满着画面的典范。历史文化通俗读物、尤其是科学史通俗读物更应该如此。所以，我写《追星》时，也一直在提醒自己：画面感，画面感，画面感！

这里所说的画面感，不仅仅是指书中的200多幅插图。诚然，对于《追星》这样的书而言，插图是重要的。全书250余幅精美的图片，与文字相互呼应、相得益彰，尤其是一些极具历史价值的科学史图片和艺术图片，更为全

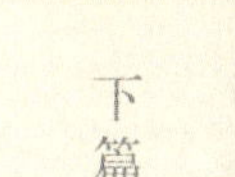

书增色不少。但是，我对自己提出的希望是：即使全书连一幅插图也没有，读者也能随时在正文中读出图来。也就是说，本书的画面感还直接体现在全书的字里行间。读者在阅读过程中，随时都能在脑海中浮现出一幅幅栩栩如生的画面。在某种程度上，本书宛如一个电影文学脚本，它本身并没有图，但是只需再往前跨出一步，就可以转化为分镜头脚本并拍摄成影片。我相信，《追星》的读者将不难发现这一点。同时，我还很希望听到影视界人士的意见。

反映学科最新进展

科普图书不仅要介绍已定型的科学基本知识，而且要及时反映科学的最新进展。在《追星》的写作和出版过程中，天文学和航天技术领域的新成就层出不穷，书中必须择其精要及时反映。为此。我尽了很大努力。例如，美国"勇气号"和"机遇号"火星探测器登陆火星后不断传来的新发现，2005年10月中国航天员费俊龙和聂海胜乘坐"神舟六号"飞船升空并安全返回，2005年7月美国"深度撞击"彗星探测器按预定计划成功撞击"坦普尔1号"彗星，2006年1月"星尘号"宇宙飞船的返回舱带着成功取得的彗星样品返回地球，2006年11月"火星勘测轨道器"开始执行探测使命等，在本书中都有准确及时的描述。特别是全书付排后，2006年8月国际天文学联合会通过决议，将原先称为太阳系"九大行星"之一的冥王星重新分类、归入"矮行星"之列，我随即在阅读校样时予以增补，使《追星》成为中国率先反映这一重大科学事件的科普图书之一。中国科学院国家天文台资深研究员李竞先生拿到《追星》后，立即检查近年来一系列相关的天文大事是否已纳入书中。事后他对我说："你搜集的资料很新，很及时、到位。很好。"

中西文化的观照

中国科学院紫金山天文台的一位学长曾当面问我："你写这本《追星》，有没有什么外文书做蓝本？"在人们热议国内原创与国外引进的科普作品有何差距的语境下，这真算得上是一个既有疑虑又有期待的好问题。当我干脆地回答"没有"时，心情非常愉快，因为《追星》确实是一部从构思到写作始终不忘"原创"两字的作品。

除了前述诸项外，《追星》还很注重中西文化的观照与比较，因而展现出与引进版图书别具一格的特色。就宏观的历史时期而言，例如欧洲古代马其顿王国瓦解后的“希腊化”时代与中国西汉后期的观照，中国清代康熙朝与法国路易十四时代的联系等，书中各有言简意赅的叙说。就微观的人物事件而言，书中既介绍了牛顿、哈雷、赫歇尔等诸多国外科学家的成就以及与之相关的人文素材，也刻画了中国著名天文学家郭守敬、张钰哲、李珩等人的科学贡献和社会生活背景，还引证了屈原《九歌》、马王堆汉墓帛书中的彗星图、《晋书·天文志》等中国传统文献。尤其是叙述中国天文爱好者张大庆发现彗星的事迹，赞扬他的探索精神，此类题材在当前的科普图书中尚不多见。

中国科普大奖图书典藏书系中的新版《追星——关于天文、历史、艺术与宗教的传奇》（湖北科学技术出版社，2013年3月）

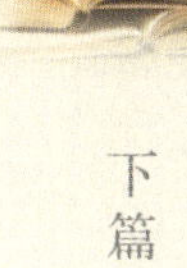

任重而道远

《追星》面世未久，科普界迅即从不同的视角做出了许多评论。现略举数例，以见一斑。

2007年4月，年逾八旬的老一辈著名科普活动家李元先生浏览《追星》之后，很快就指出：“它在叙述天文学的历史渊源时，把古今中外科学文化艺术的丰富素材巧妙地编织在一起，展现了一种全新的创作风格。”

2007年5月，在上海举行主题为“科学家如何进行科技传播”的中美科普论坛上。与会者对《追星》在科普创作上的突破给予了很高评价，“欣喜地从这本新书中发现天文学结合历史、艺术与宗教的生动发散带给公众的巨大吸引力和愉悦阅读体验”。

资深媒体人许兴汉先生在《人民日报》发表的《“仰望天空”需要引领者》一文写道，“卞毓麟先生在娓娓追述星空的种种奥秘过程中，将灿烂星空与历史、艺术、宗教等其他人类文化以一种最自然的方式熔铸于一体，我们看到的不仅仅是科学的理性光芒，更有多样的人文思考和人性的昂扬，从而激发当今青年学子在管理好自己个人的学习和生活的同时，一定要抬起头来放眼世界，着眼未来，要把个人的命运同国家、民族和人民的命运紧紧地连在一起，也就是始终如温总理所说的‘做一个关心国家命运的人！’”

海峡两岸“第四届吴大猷科学普及著作奖”在获奖评论中称：“这本书让我们认识到另一种更深层次的‘追星’，这是植根于人类心灵深处求知的渴望，寻求人格的提升，寻求人类自身的超越的‘追星’，如果这样一类‘追星’能在年轻朋友中多一些知音，难道不是对社会一件功德无量的事情吗？”

中国科普作家协会副理事长陈芳烈先生在“科普图书原创刍议”中说：作者“熔天文科技、历史与宗教的传奇于一炉，把许多有价值的科学与人文知识用‘追星’这条主线串接起来，珠联璧合，写得有声有色。诗化的语言，更增添了这部科普作品的魅力。我想，如果我们的科普作品都写得这样吸引人，又何愁没有知音！”

我衷心感谢朋友们和读者们对我的勉励。与此同时，我更感受到了科普工作者是何其任重而道远。创新，意味着需要有更多不辞辛劳的探索、尝试和实践。今天，中国的科普创作队伍还称不上实力雄厚，更谈不上兵强马壮，这就特别需要我们团结一致、分外努力。在此，作为本文的结语，我想再次表达近十年来自己曾多次重复的感悟和心声：

科普，绝不是在炫耀个人的舞台上演出，而是在奉献公众的田野中耕耘。

愿与诸君共勉！

原载《中国科普作家协会优秀科普作品奖获奖优秀科普作品评介丛书·首届获奖优秀科普作品评介》，姚义贤、陈晓红主编

科学普及出版社，2011年12月，178页

许多往事令我感怀

[引言] 2014年7月29日《科技日报》出版10000期，当天刊出8个整版（第5版–第12版）的“纪念特辑”，每版又各有主题。例如第6版的主题为“现场”，映照出记者们“在一线，身临其境报新闻”的风采和业绩。第8版“倾听”，再现了报纸和读者一起走近大师、聆听名家的精彩。第9版是“情缘”，通栏标题“忆往昔，风雨历程道深情”恰到好处地诠释了它的意蕴，并配有一段很抒情的题头语：

“报纸，记载着鲜活的生活，收录了温暖的回忆，牵引着未来的梦想。报纸，荡漾着老报人的青春年华，挥洒着撰稿者的激情汗水，定格了无数人的历史和今天。我们热爱一万期《科技日报》堆积起来的日子，我们热爱这些日子里的相遇并行，我们更珍惜一路上的不解之缘。”

“情缘”邀请8位寄语人各以四五百字述说自己与《科技日报》的那份‘不解之缘’，本书作者忝身其中深感荣幸，以下即为见报拙文。

作者在上海市科学技术协会召开的创新文化自信座谈会上（2014年6月）

在路上

科技日报出版10000期纪念特辑·情缘

1986.01.01—2014.07.29

科技日报 9

2014年7月29日 星期二

报纸，记载着鲜活的生活，收录了温暖的回忆，牵引着未来的梦想。报纸，荡漾着老报人的青春年华，挥洒着撰稿者的激情汗水，定格了无数人的历史和今天。我们热爱一万期《科技日报》堆积起来的日子，我们热爱这些日子里的相遇并行，我们更珍惜一路上的不解之缘。

忆往昔 风雨历程道深情

愿报纸办得越来越好

文·林自新

《科技日报》已经出版1万期了，可喜可贺！回想当年，提出创办《科技日报》设想的，是时任国家科委副主任童大林同志，一位老报人。他纵观当年国内社会、经济、文化、教育等方面都有自己的报纸，建议创办一份《中国科技报》。于是，国务院决定成立副部级的《中国科技报》，由我担任社长兼总编辑。

报纸像人那样天天在成长，近30年的报龄该算是青年了。希望一届又一届的报人随着报纸的成长而成长，把报纸办得越来越好！希望报纸弘扬科学精神、科学理念、科学方法，为科学殿堂添砖加瓦，更加光彩夺目！

（作者系科技日报社原社长兼总编辑）

挚爱万期绘彩虹

文·张飙

集滴汇海注真情，挚爱万期绘彩虹。院苑跨追歌巨匠，文经电绿送新风。拓开四四大气象，广揽五五好收成。火炬高擎昭真理，科学引路在征程。

“集滴汇海注真情，挚爱万期绘彩虹”。从创刊以来，我们就满怀着推动我国科教兴国战略实施的极大热情，我们的报道，在这一万期的报纸中，如同一滴一滴的露珠，充盈着科报人的真情，润蕴着科报人的挚爱。汇成科技新闻的大海，绘出了伟大祖国科技发展的彩虹。

“院苑跨追歌巨匠，文经电绿送新风”。我们从来没有忘记过我国科技人员的丰功伟绩，我们的“院士·科海甘辛”、“人物·科苑耕耘”等，用分层次的报道宣传科技人员为国家为科学献身的精神，为全社会树立尊重科学、尊敬科学家的风气而努力。我们还率先推出了系列周刊，在科学与文化上进行了深入探讨。

“拓开四四大气象，广揽五五好收成”。两个“四”，一是在1995年全国科学技术大会期间，二是在1998年纪念全国科学大会20周年时，各推出了四组全景报道，总结经验、展望未来，真是开拓了科技报道的大气象！在庆祝共和国50华诞的报道上，更是独树一帜，推出了五项重大报道，这是报社的“收成”，更是伟大祖国的“收成”。

“火炬高擎昭真理，科学引路在征程”。科学是向人类昭示真理的火炬，我们永远会高高擎起，因为我们报道过，我们也深信：让科学牵引人类奔向未来。

（作者系《科技日报》原总编辑、中国书法家协会顾问）

难忘的来电

文·王直华

想跟大家说几个从接听电话引出的故事。

最近一次来电。7月3日，尹传红来电约稿。所为何事？原来，本报将迎来创刊后第10000期，届时要出版纪念专刊。这是件高兴事！廿八载，万千来电铭刻了多少情感记忆。

最早一次来电。1985年秋，正在实验室做实验，忽听有同事喊我：“到办公室接电话！”拿起听筒：“王直华，你愿意到《科技日报》工作吗？”首次通话，竟如此率直。多年后我与张孟军谈及此事，皆笑。廿八载，万千来电留下了多少情感故事。

17年前的来电。1997年12月30日下午6时。我打开录音电话。“留言2”：“留海尔一波普式发型，穿多莉羊毛衫，开索杰纳火星车，这些，是1997年世界上时髦的事情。——李启斌”。北京天文台李台长传来漫画令我感慨：科学，理性也动情。一万期，抒写了多少科技故事、多少有“情感智力”的科学家！

14年前的来电。2000年秋。上海科技出版社吴智仁社长打来电话，说寄来一本刚出版的《科学与艺术》。主编李政道写道：早在1993年和1995年，高等科学技术中心便分别与炎黄艺术馆、科技日报社举办了“科学与艺术研讨会”。这是一个关于创造和创造力的课题，意义深远。一万期，传播了多少创新故事、多少有“情感动力”的创造者！

廿八载、一万期，那里面有咱们的故事，咱们的记忆。

廿八载、一万期，咱们的、大家的，情感的、创造的。

（作者系《科技日报》原副总编辑、中国科普作家协会原副理事长）

科学家是我的好老师

文·郭梅尼

我深深体会到，采写科学家是最难的，也是我收获最多的。

记得1988年，我第一次去采访核物理学家钱三强时，尽管事前已作了些准备，但他谈到的许多技术过程和名词，我都听不懂。回来后，我认真学习了有关核裂变的书籍和资料，光钱三强、何泽慧写的《原子史话》我就学习了三遍，才使采访顺利起来。

但是，到动手写时，我感到要写好钱三强这样的大科学家，实在是太难了。当时，正赶上我患脑瘤的儿子因为动手术，上半身全打着石膏，两条腿在硬梆梆的石膏上磨得鲜血点点……我在一旁一边照顾他，一边反复翻看我的采访笔记和材料，做母亲的痛，做记者的难，统统压在我的心头……。

钱三强在科研中百折不挠的事迹，他不畏权威、坚信科学的精神，帮助我闯过了难关。我写出了一份详细的写作提纲寄给钱老，钱老看后，对我提出需要补充的部分，亲笔写了几十页材料寄给我。我写成一万字的初稿后，钱老审阅时仅仅加了二百字有关技术问题的文字，别的都没动。1989年2月23日，长篇通讯《通往科学家之路——记核物理学家钱三强在居里实验室》在《科技日报》刊登了。钱老来信告诉我，宋健同志和一些科学家读后都认为写得很好；宋健同志也给我来信说，他读后“非常感动……这对中青年科学家和青少年都具有极大教益……我自己就大有所获”。通讯被《人民中国》翻译成法文刊登，法国大使馆核参赞专门来信索取报纸和杂志。

在科技日报社，我采写了桥梁专家茅以升，核物理学家钱三强、何泽慧，火箭老总黄纬禄，两院院士宋健，及育种专家、工程院院士吴明珠等，他们都是我的好老师。他们不仅教给我许多科技知识，更教我学习了科学思想、科学精神、科学方法，学习科学家的人生追求、人生哲理、人生道路。《科技日报》，科学家将科技注入我的人生，把我培养成一个科技记者。

（作者系《科技日报》原编委、高级记者，曾任记者部主任）

万事起头难

文·赵之

有一句古老的俗话说：万事起头难。办报何尝不是如此！当年想办一张科技新闻报纸，中外史无前例。我主张这张报纸尤其需要有自己的副刊。于是副刊应该具有什么样的个性，就也成了摆在报人面前的新问题。在副刊筹备期间、创办之初，副刊部在北京、上海、武汉先后邀集了袁翰青、钱学森、邓广铭、侯仁之、陶世龙、徐迟、杨一之、孙小礼等三四十位自然科学与人文科学两方面的学者座谈，倾听、探讨、归纳他们的意见，终于形成了这样的见解，并得到了他们的首肯（注）：

“我们的科学、文化、文艺、读书、生活副刊和文摘专版，除各自的特殊要求外，作为广义文化的各个组成部分，也都服从这样一个编辑思想：整个社会文化环境是科学技术赖以生存和发展的条件，我们应该了解它；科学技术又是现代社会文化的骨架，社会文化的进步需要我们的关心和推动。以科学为准绳，用科学来审视过去的文化、用科学来武装现在的文化、用科学来探索未来的文化。”

我们就是这样地上路了。

一万期，《科技日报》的一块里程碑，映出的是报社新老同仁在办报实践中不断提高和丰富自己的日日夜夜。已是耄耋之年，我希望我仍能跟上他们的脚步，与时俱进。

（注）例如钱学森致副刊编者的一封信：《有必要办文化副刊》，已收入钱学森著《科学的艺术与艺术的科学》，人民文学出版社，1994。

（作者系《科技日报》原编委、高级编辑，曾任副刊部主任）

许多往事令我感怀

文·卞毓麟

《科技日报》，是我的良师益友。为准确而及时地了解国内外的重大科技动向，我特别倚重《科技日报》。为传播和普及科学，《科技日报》先后刊发了我的50余篇文章。当初《科技日报》之前身《中国科技报》问世甫两月有余，便刊出了我的科学文化类作品《从耶稣诞生到乔托号冒险》，说的是1986年哈雷彗星回归，“乔托号”宇宙飞船挺进彗核的壮举。

《科技日报》的许多往事令我感怀。例如1994年7月拙文《太阳系的边界在哪里?》见报后，时任国务委员兼国家科委主任宋健同志颇为欣赏，之后他还表示：“请转告卞毓麟同志……我对他的科普散文很喜欢，独具风格，科文结合，新鲜活泼，独树一帜。”

又如1996年1月拙文《中外科学数千年 探幽发微四十载——读席泽宗先生著<科学史八讲>》见报，数学界泰斗吴文俊先生阅后即致函席先生并索书。席先生曾屡次言及此事。确实，《科技日报》注重介绍富于启发性的新思想、新见解，乃是非常可贵的。

再如拙文《数字杂说》见诸报端后曾被数种中小学《语文》教材选用，足见《科技日报》之影响不愧“庙堂”抑或“江湖”。凡此种种，不尽备述。来日方长，谨祝《科技日报》为中华民族伟大复兴作出更辉煌的贡献！

（作者系中国科普作家协会副理事长、中国科学院国家天文台客座研究员）

我和科报四分之一世纪的缘分

文·江晓原

记录显示，《科技日报》是我最早开始发表大众阅读文本的报纸，我的《未被遗忘的一页》发表于1988年1月5日的《科技日报》。从这篇文章算起，我和《科技日报》的文字缘也已经超过四分之一世纪了。

上个世纪80年代末到90年代初，国内学术界正处于低潮，经费紧张，许多学术活动步履艰难。又值“体脑倒挂”严重，许多人纷纷出国或改行。那时我倒是能够安心坚守，刘兵教授有“驻守边缘”之说，大得我心。那段时间，我在《科技日报》上写了不少文章，颇多感慨之言，牢骚之语。其中《<科技史文集>悼词》（1993年5月9日）和《又悼<中国天文学史文集>》（1994年2月27日）两文，当时在业内人士中颇有反响。

1999年3月，我在上海交通大学筹建的中国第一个科学史与科学哲学系正式成立，《科技日报》记者李大庆闻讯，亲自赶到上海采访，并在《科技日报》发表了长篇新闻分析《中国有了科学史系》（1999年3月23日），随后又发表了后续报道《新世纪需要科学史》（同年4月3日）。从那以后，《科技日报》一直是热心关注和报道上海交通大学科学史系新成绩、新动向的重要报刊之一。

（作者系上海交通大学特聘教授、科学史与科学文化研究院院长）

《科技日报》与科技史

文·王渝生

我与《科技日报》已有20多年的交往。20世纪80年代末，我在中国科学院学习、工作。那时，我经常给《科技日报》写一些科学史的小故事，多是豆腐干大小的短文。不过，看到自己手写的文章变成了报纸上的印刷体，也不免沾沾自喜。

到了20世纪90年代，《科技日报》有个副刊栏目叫“太阳风”，那时我已拿到了博士学位，当了研究员，并且是中科院自然科学史所副所长，从而有可能同《科技日报》有关栏目合作搞一些大块文章，大都是同中外历史上重大科技成就相关的内容。1997年，搞了一整版“晶体管50周年”，图文并茂，极具可读性。时任中国科学院院长的路甬祥看到报纸，特地打电话给我表示好评。

还是在1997年，我在“太阳风”副刊每周发表一个“科技周历”，把历史上这一周以来的科技大事，包括人物、事件都做了一个简要的介绍。一年下来实际上成了一个科技年历。后来，这个科技年历就被中央电视台“科技之光”栏目配上图片和影像资料，每天播“科技日历”，得到了再度开发。

这几年，作为国家教育咨询委员会委员，我在《科技日报》上发表过几篇有关教育改革和发展的文章，接受过关于流动儿童教育公平等社会热点问题的采访，还不断地在《科技日报》上发出我的声音。

（作者系中国科技馆研究员、原馆长，国家教育咨询委员会委员）

责编：段佳

《科技日报》出版10000期纪念特辑·情缘版

《科技日报》，是我的良师益友。为准确而及时地了解国内外的重大科技动向，我特别倚重《科技日报》。为传播和普及科学，《科技日报》先后刊发了我的50余篇文章。当初《科技日报》之前身《中国科技报》问世甫两月有余，便刊出了我的科学文化类作品《从耶稣诞生到乔托号冒险》，说的是1986年哈雷彗星回归，“乔托号”宇宙飞船挺进彗核的壮举。

《科技日报》的许多往事令我感怀。例如1994年7月拙文《太阳系的边界在哪里？》见报后，时任国务委员兼国家科委主任宋健同志颇为欣赏，之后他还表示：“请转告卞毓麟同志……我对他的科普散文很喜欢，独具风格，科文结合，新鲜活泼，独树一帜。”

又如1996年1月拙文《中外科学数千年 探幽发微四十载——读席泽宗先生著〈科学史八讲〉》见报，数学界泰斗吴文俊先生阅后即致函席先生并索书。席先生曾屡次言及此事。确实，《科技日报》注重介绍富于启发性的新思想、新见解，乃是非常可贵的。

再如拙文《数字杂说》见诸报端后曾被数种中小学《语文》教材选用，足见《科技日报》之影响不唯“庙堂”犹及“江湖”。凡此种种，不尽备述。来日方长，谨祝《科技日报》为中华民族伟大复兴做出更辉煌的贡献！

原载《科技日报》2014年7月29日9版